KB166133

『이래 못난 애비를 지금까지 따라와 준 딸에게, 고맙다고 말하고 싶습니더.』
「어……?!」
©shirabii

ryuoh no oshigoto!
용왕이 하는 일!
© shirabii

눈가를 몰래 훔치고 있을 때,
아래에서 앳된 목소리가――.
여초연 트리오가,
꽃단장을 하고 나타났다.
© shirabii

죽느냐, 사느냐——.
기사의 생명을 건

© shirabii
승부 장기

목차

저자	시라토리 시로	작품명	용왕이 하는 일!
일러스트	시라비	감수	사이유키

페이지	발행	발행연월일
336페이지	노블엔진	2018년 7월 1일

이상 336페이지로
용왕이 하는 일! 제7권 전부

7

시라토리 시로

일러스트 시라비

감수 사이유키

등장인물 소개

쿠즈류 야이치

용왕. 타이틀 방어에 성공해 상금도 들어와 멋진 옷을 사려고 했는데, 멋쟁이 점원에게 압도당한 나머지 결국 유니클로로 향했다.

히나츠루 아이

야이치의 첫 번째 제자.
요새 몸이 성장해서 케이카와 함께 새로운 옷을 사러 가기로 했다.
옷을 고르는 기준은 물론 '사부님의 취향'.

키요타키 코스케

야이치의 스승. 스마트폰 리듬 액션 게임이 장기에 필요한 집중력을 길러 준다고 입버릇처럼 말한다. '과금은 식사'.

소라 긴코

야이치의 사저(師姐).
지금까지 사복에는 관심이
없었지만 하라주쿠에서 받은 옷이
야이치에게 좋은 평가를 받아서
카탈로그를 받기로 했다.

야샤진 아이

야이치의 두 번째 제자. 옷장에는 검은 옷이
가득 들어 있으며, 마을을 돌아다닐 때마다
고스로리 계열 패션 잡지 기자에게 자주
인터뷰 요청을 받는다.

키요타키 케이카

야이치의 사부의 친딸.
일문의 누나(엄마?) 격으로
패션 코디의 전권을 쥐고 있다.
자기 옷은 대부분 싸구려.

칸나베 아유무

야이치의 라이벌이자 칸토 소속
프로 장기 기사. 요즘 들어 패션만이
아니라 가구에도 관심을 가지기 시작했다.
다리가 휘어진 장롱이 가지고 싶다.

☗10년 전 기쁨의 목소리

장기를 갓 시작했을 즈음, 다른 소년들과 마찬가지로 나 또한 이렇게 생각했다.

명인이 되고 싶다――고.

아무런 보장도 없는데도 힘든 수행을 계속할 수 있었던 것도, 보장 대신에 그 꿈이 있었기 때문이다.

명인이 되려면 프로 장기기사가 되어야 한다. 그 사실을 안 나는 망설이지 않고 장려회에 들어갔다.

장려회에서는 한 치 앞도 보이지 않았다.

시꺼먼 어둠 속인데도, 그 꿈만은 언제나 선명했다.

프로가 됐을 때의 목표도 당연히 『명인이 되고 싶다』였다.

하지만 프로의 세계에서―― 순위전에서 시달리다 보니, 어느새 그 꿈이 점점 닳으면서 눈에 보이지 않을 만큼 작아지고 말았다.

올라가고, 내려가고, 정체되고…… 그것을 반복하는 사이에 명인이 될 수 있다는 생각을 버렸다.

명인이 될 수 있는 사람은 중학생 때 기사가 되어 매년 승급해 A급까지 올라는, 선택받은 인간뿐이다. 해가 바뀔 때마다 항상 강등당하지 않을까 걱정하며 승점을 계산하는 나 따위가 명인이 될 수 있을 리가 없다.

C급 2조에서는 9승 1패로 승급을 못하는 『제자리걸음』을 당

했고, 영원히 승급을 못할지도 모른다는 절망을 맛봤다.

C급 1조에서도, B급 2조에서도, B급 1조에서도 제자리걸음을 당했고…… 겨우 올라간 A급에서는 4승 5패로 분전했지만, 순위 차이로 인해 겨우 1기만에 B급 1조로 떨어졌다.

4승을 했는데도 잔류하지 못한 사람은 나 혼자였으며, 그때는 심각한 타격을 받았다.

"역시 내는 명인이 못 되는 거대이……."

그런 고통을 맛보고 있을 때, 인생의 전환점이 찾아왔다.

제자를 두 명 받았다.

네 살 먹은 여자애와 여섯 살 먹은 남자애다. 내제자로 삼았다.

주위 사람들은 그런 내가 유별나다고 생각했을 것이다.

다른 누구보다도 내가 가장 어이가 없었다. 다른 사람을 돌볼 때가 아니니까 말이다. 나 자신도 현실도피를 하고 있다는 생각마저 들었다. 아무리 재능이 좋은 아이들일지라도…….

두 아이는 스승인 내가 이 세상에서 가장 강하다고 생각하는 것 같았다.

"사부님은 왜, 명인이 아닌 거야?"

제자가 순진무구한 표정으로 그렇게 물었을 때는 아연실색했지만, 나는 곧 다부진 표정을 지으며 이렇게 말했다.

"명인은 자기 힘으로 되는 게 아니대이. 장기의 신께서 선택을 받아야 될 수 있는 긴데…… 슬슬 내가 선택받을 때가 된 걸지도 모르긋다."

내가 그렇게 대답하자, 제자들은 눈을 반짝이면서 도장에 가서 "우리 사부님이 곧 명인이 될 거야!" 하고 떠들어댄 바람에 꽤 난감했다.

어린 제자들의 기대에 부응하고 싶다는 생각이 승급의 원동력이 된 걸지도 모른다. 다른 일에 시간을 빼앗기게 됐는데도 성적이 좋아지는 것도 문제라는 생각도 들지만…….

하지만 지금 생각해 보면, 인생에서 큰 사건(?)이 일어나는 시기에 승급을 했다. 장기란 원래 그런 걸지도 모른다.

꿈은 불가사의한 것이다.

어릴 적에는 그렇게 간단히 품을 수 있었는데, 어른이 되어서도 그 꿈을 계속 간직하는 건 어렵다. 가벼운 것 같으면서 무겁고, 확연하게 보이는 것 같으면서 보이지 않는, 그런 불가사의한 존재다.

내가 잃어버린 그 꿈을, 제자들이 찾아내서 나에게 건네줬다.

이제 두 번 다시 잃지 않으리라.

다시 A급으로 올라온 나는 또 그 꿈에 도전할 생각이다.

명인이 되고 싶다.

제1보

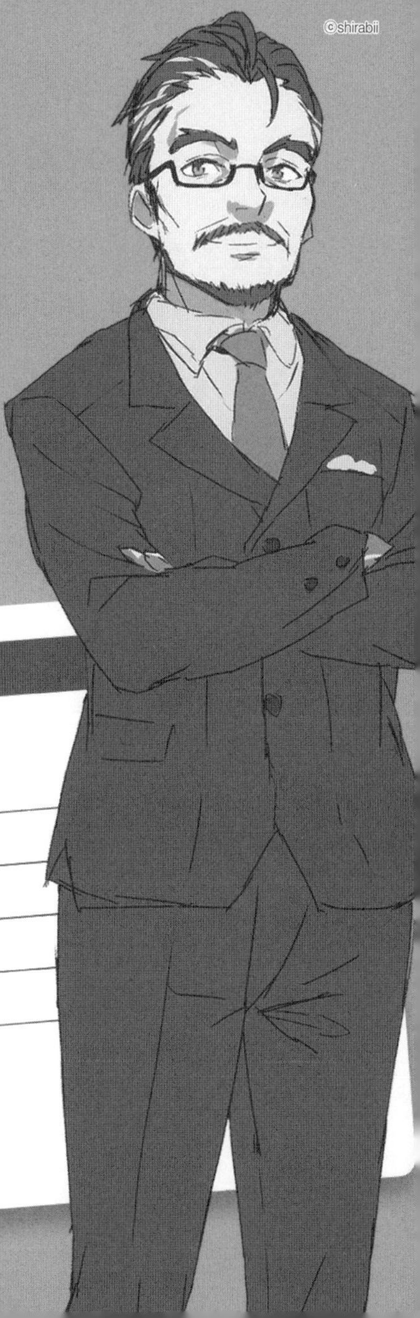

9단

키요타키 코스케
Kosuke Kiyotaki

기사 번호	175
생년월일	1966년 11월 1일
출신지	오사카부(府)
스승	고(故) 사카이 쥬조 9단

☖제76기 명인전(名人戰)

C급 2조 순위전
8회전 제6보

☖ 용왕 쿠즈류 야이치 (7승 0패)

선 ☗ 4 단 후타츠즈카 미라이 (7승 0패)

☖용왕 歩12 金2 香3

	9	8	7	6	5	4	3	2	1	
										一
										二
					馬			銀		三
	歩	銀				桂				四
				桂		歩		竜		五
	歩		歩		金	王				六
				玉		桂		と		七
						銀				八
	香									九

☗후타츠즈카 飛角金 銀桂歩

(투료도 · ☖5육금까지)

제한시간 6시간 (대국시계 방식)

소비 ☗ 5시간 59분

☖ 5시간 59분

각교환에 혁명이 일어나다

밤까지 계속된 격전은 쿠즈류가 [*1]장군 용 잡기에서 이어지는 외통장군을 따서 결판이 났다.

하지만 이번 대국에서 가장 빛난 것은 쿠즈류가 서반에 둔 ☖6오동계라고 생각한다. 검토의 중심이 된 A급 기사 시라이시 타카노부 9단은 흥분한 어조로 말했다.

"지금까지 각교환 후수의 주요전술은 『대기책』. 선수가 무리한 공격을 할 때까지 기다리거나 천일수를 노리는 것이었지만…… 이 ☖6오동계의 출현으로 후수도 공격할 수 있다는 게 증명됐습니다. 하룻밤 만에 각교환의 세력도가 달라지고 만 거죠!"

시라이시의 말에 따르면, 쿠즈류가 둔 새로운 수의 혁신성은 지금까지 당연히 여겨졌던 ☖9사보의 생략에 있다고 한다.

"☖9사보를 생략하면 측면 공세를 못하게 되기 때문에 전략이 성립되지 않는다고 여겨졌습니다. 적어도 저는 그렇게 생각했죠. 20년 전 프로가 된 이후로 쭉 말입니다. 저의 20년을 열일곱 살밖에 안 먹은 젊은이가 뒤집은 겁니다. 프로 기사가 된 지 겨우 2년밖에 안 된 젊은이가 겨우 한 수로 말이죠. 믿기십니까?"

---

*1) 장군 용 잡기 : '왕수용취' 라고도 한다. 장기말 하나가 옥(玉)과 용왕(竜王) 둘 다 잡을 수 있는 상황. 옥(옥장의 줄임말. 일본장기의 왕)이 잡히면 패배이기 때문에 용왕을 포기하고 옥을 대피시킬 수밖에 없다.

《일각수》라는 별명을 지닌 각교환의 스페셜리스트가 이런 발언을 입에 담게 한 쿠즈류의 이번 수는 앞으로도 계속 검증이 이뤄질 것이다.

이번 대국에서 승리한 쿠즈류는 순위전에서 전승을 유지했으며, 또한 공식전 10연승을 기록했다. 게다가 그중 4승은 명인을 상대로 거둔 승리다.

지난 기의 성적이 좋지 않았기에 순위 상으로는 힘들지만, 전승을 한다면 C급1조로 승격할 수 있다. 이제 두 번의 대국만이 남은 가운데, 그럴 자격은 충분히 갖춘 것으로 보인다.

현재, 한 소년의 출현에 장기의 역사가 변하려 하고 있다.

타이틀 방어 이후로 연승가도를 달리고 있는 젊은 용왕이 대국을 마친 후에 자신이 둔 △6오동계라는 수에 대해 언급한 발언을 끝으로, 이 관전기를 마칠까 한다.

"일단 혁명은 일으켰다."

금귤
(金柑)

【쓰레기 용왕】 쿠즈류 야이치의 용왕 타이틀 상실을 기원하며 종이학을 접는 스레드999【사상최강의 로리콤】

『사상 네 번째 중학생 기사이자 사상 최연소 타이틀 보유자, 그리고 이 세상에 태어나 16년 하고 4개월 만에 장기계의 정점에 선 쿠즈류 야이치 용왕에 대해 이야기해 보자!』

『명인의 영세 7관과 타이틀 100기 동시 달성을 저지한 쓰레기.』

『후수 각교환에서 혁명을 일으킨 쓰레기.』

『선수 각교환 때도 계마를 단독으로 투입하는 전법으로 승리를 독차지하고 있는 쓰레기.』

『그 초심자 같은 전법으로 이긴다는 것 자체가 장난 아니지 않아? '혼자 뛰는 계는 보에게 잡아먹힌다' 는 격언을 듣고 자란 세대에게는 세계 붕괴 레벨의 충격이라고.』

『오늘 장기도 장난 아니었어……. 이 녀석 상대로는 망루를 만드는 것도 무서울 지경이야.』

『그 나타기리가 망루를 만들고도 아무것도 못했잖아~.』

『망루필살맨 쿠즈류.』

『우와, 이 로리콤 무서워.』

『하지만 이 녀석이 두는 새로운 수는 소프트가 찾아낸 거지?』

『혹시나 해서 말해 두는데, '소프트가 찾은 수' 가 부정적인 의미를 지녔던 건 몇 년 전 이야기라고.』

『맞아. 그런 변태 전법을 소프트 버금가게 둘 수 있다는 것만 봐도 인간이길 관둔 거야.』

『오히려 그 점이 장난이 아니네.』

『두 여제자도 어엿하게 길러내고 있고, 백설공주도 3단이 됐잖아. 이러쿵저러쿵해도 현재 장기계는 이 녀석을 중심으로 돌아가고 있어.』

『지난주에 무사히 초등학생 3단이 된 소타 꾼과도 연구회를 한다던걸?』

『초등학생이면 남자든 여자든 가리지 않는 거냐……. 로리콤의 귀감이네…….』

『히나츠루 아이 양을 이 세상에 내놓은 것만으로도 성인 클래스의 공적이에요. 감사합니다~.』

『슬슬 이 스레드의 제목을 바꿔야 하는 거 아냐?』

『장기집권도 괜찮을 것 같거든.』

『【쓰레기 용왕】이나 「타이틀 상실을 기원하며 종이학을 접는」은 빼도 되지 않아?』

『【사상최강의 로리콤】은 남기고 싶네.』

『동보.』

『【쓰레기 용왕】을 지우고 【최정상 사육사】를 넣는 건 어때?』

『진심으로 동보.』

『마찬가지로 동보.』

『그럼 다음 스레드부터는 그걸로 가자!』

『만들었어~. >다음 스레드 【최정상 사육사】 쿠즈류 야이치 스레드 1000【사상최강의 로리콤】.』

『땡큐』

『잘했어! 우리 집에 와서 아이와 장기를 둬도 돼!』

☖즉위식

『추거장(推擧狀)』.

호화로운 호텔의 넓은 홀에 스피커로 확대된 츠키미츠 회장님의 맑은 목소리가 낭랑히 울려 퍼졌다.

『귀하는 이번 기(基) 용왕 결정전에서 우승하였습니다. 그에 따라, 귀하를 제30기 용왕으로 추대합니다.』

손으로 직접 만든 두꺼운 화지(和紙)로 만든 커다란 상장.

나는 양손으로 그것을 공손히 받았다.

『축하드립니다.』

"감사합니다."

종이인데도, 넘겨받은 추거장은 양손이 후들거릴 정도로 묵직했다.

이것이 바로 타이틀의 무게다.

"……두 번째이지 않습니까. 이제 그만 익숙해지시죠."

내가 긴장했다는 사실을 꿰뚫어 본 회장이 마이크의 스위치를 끄며 귓속말을 하는 듯한 어조로 그렇게 말했다.

"아, 저는 아직 한참 멀었어요……."

영세명인에게 놀림을 당한 나는 겨우겨우 그렇게 대꾸했다.

회장의 뒤편에 그림자처럼 서서 검정 옻칠을 한 대형 쟁반(방금까지 추거장이 놓여 있었던)을 들고 있던 비서, 오가 사사리 씨와도 시선이 마주쳤다. 오가 씨는 희미하게 웃고 있었다. 용왕전 제4국의 재대국 때, 그녀가 해 줬던 격려가 생각나자 눈시울이 뜨거워졌다.

넘겨받은 추거장을 들고 회장이 나란히 서자, 기자들이 일제히 사진 촬영을 했다.

나와 회장은 미소를 짓고 나란히 선 상태에서 대화를 나눴다.

"그런데 회장님은 앞이 안 보이시죠? 그런데 추거장을 어떻게 읽으신 거예요?"

"이런 일을 몇 번이나 하다 보니 통째로 외워버렸죠. 어느 타이틀이나 명칭만 다를 뿐, 본문 자체는 비슷하니까요."

"그렇군요."

"옛날에는 제가 받는 입장이었지만, 요즘은 항상 주는 입장이군요. 오래간만에 받는 입장이 되고 싶은걸요."

나는 무심코 웃음을 흘리려다, 회장의 말에 서려 있는 날카로운 칼날을 느끼고 그대로 굳어버렸다.

여전히 현역 A급 기사인 츠키미츠 회장이라면 맹인이라는 핸디캡을 안고도 타이틀을 딸 수 있을 것이다. ……올해 순위전에서도 명인 도전권에 남아있을 정도니까 말이다…….

참고로 용왕은 『추거장』이지만, 어제 여류옥좌의 즉위식을 치른 사저가 받은 것은 『즉위장』.

명인은 『추대장』, 옥장은 『증위장』, 옥좌는 『윤허장』을 받는다.

문장의 내용은 거의 비슷하지만, 이름은 차이가 나는 것이다.

그 뒤를 이어 용왕전 주최자인 신문사의 높은 분에게서 용왕배(치치부노미야 기념배)와 함께 상금도 받았다.

그 금액은 4,320만 엔이다.

——작년 상금을 합치면, 아직 10대인데도 1억 엔 가까이 번 건가…….

평범한 회사원의 평생 버는 돈이 2억 엔 정도라고 하니, 그 절반을 17세에 번 것이다. 좋아하는 장기를 두기만 했는데…… 현실감이 없다.

문뜩, 무대 아래편에서 자신을 향한 시선이 느껴졌다.

"윽! …………사부님……."

우리 스승님인 키요타키 코스케 9단이 나를 향해 미소 짓고 있었다.

안경을 쓴 사부님의 눈가가 희미하게 젖어 있자, 나도 무심코 눈물을 터뜨릴 뻔했다.

만약 사부님을 만나지 못했다면…… 나는 지금쯤 어디서 뭘 하고 있을까?

『그럼 마지막으로 꽃다발을 증정하겠습니다.』

츠키미츠 회장이 마이크를 통해 그렇게 말하자——.

천 명 정도는 가볍게 수용할 수 있을 듯한 거대한 홀의 입구가 열리더니, 결혼식에서 흔히 연주될 듯한 곡이 들려오면서 세 소녀가 무대를 향해 걸어오는 모습이 보였는데…….

"어?! 어, 어라……."

인파가 갈라지더니, 그들 사이로 걸어오고 있는 사람은——

작디작은 여자애였다.

『앞장서고 있는 사람은 용왕의 첫 번째 제자인 히나츠루 아이 여류 2급입니다. 어제 열린 여류명적 예선에서 종반에 멋진 외통수로 화려하게 여류 데뷔전을 승리로 장식한 천재 소녀이자, 사생활에서는 내제자로서 용왕을 떠받치고 있는 애제자이기도 합니다. 또한 현재 열 살!』

히나츠루 아이는 순백의 드레스를 입고 있었다.

그렇다. 마치 결혼식장에서 입을 법한 웨딩드레스를 말이다…….

『다음 사람은 용왕의 제자인 야샤진 아이 여류 1급입니다. 이번 기 마이나비 여류 오픈에서 준결승까지 진출한 여류 장기계의 신데렐라죠. 히나츠루 아이 양과 마찬가지로 열 살!』

야샤진 아이는 검은색 드레스를 입고 있었으며, 그것 또한 웨딩드레스 같아 보였다.

『마지막 사람은…… 소개할 필요도 없을 거라 생각합니다. 여류 2관이자 사상 첫 여성 장려회 3단, 그리고 어제는 여류옥좌 4연패의 즉위식을 치르며 수많은 보도진의 관심을 한 몸에 받았죠. 현재 장기계에서 가장 유명한 《나니와의 백설공주》—— 소라 긴코 3단, 현재 열다섯 살!!』

사저(師姐)도 왠지 웨딩드레스 같은 옷을 입었고, 부케 같은 꽃을 손에 든 채 입장했다.

세 사람은 하나같이 나와 인연이 깊으니, 꽃다발 증정 역할을 맡아도 이상할 게 없지만…….

© shirabii

그런데, 왜?! 왜 마지막에 연령을 언급하는 거지?!

"자아, 용왕."

한 손에 마이크를 쥔 회장은 반대편 손을 내 어깨에 올리더니, 귓가에 입을 대며 다른 사람들에게 들리지 않도록 조용히 속삭였다.

"누구의 꽃다발을 받을 거죠?"

"윽?! 그, 그게 무슨……."

회장은 재미 삼아 이런 상황을 만든 것이겠지만…… 나는 하나도 재미가 없었다.

【사저를 우선한다】→히나츠루 아이 격노, 야샤진 아이 조용히 뚜껑 열린다.

【히나츠루 아이를 우선한다】→사저 격노, 야샤진 아이 조용히 뚜껑 열린다.

【야샤진 아이를 우선한다】→히나츠루 아이, 사저 격노, 그리고 야샤진 아이도 완전 뚜껑 열린다.

어때? 완전 절망이라고.

"사부님? 제 꽃을 받아 주실 거죠?"

히나츠루 아이는 첫 번째 제자인 자신이 선택받을 거라 믿어 의심치 않는 눈치였다.

"나, 나는 딱히…… 스승에게 꽃을 증정하고 싶은 게 아니거든? 하지만 이런 거라도 해야 덜 초라해 보일 거라니까…… 그래서 일부러 꽃을 들고 온 거니까 빨리 받아, 바보!!"
야샤진 아이는 고개를 돌린 채 툴툴대면서 꽃다발을 레이피어 처럼 내밀었다.
"10초…… 9, 8, 7, 6——."
그리고 사저는 차분히 초읽기를 하고 있었다.
타이틀전 종반 이상의 압박감이 느껴졌다. 몸이 떨려……!
——어떻게 하지?! 세 개 중…… 뭐가 정답이지?
행사장에 모인 수백 명의 시선, 보도진의 카메라, 제자들이 뿜는 위압감. 사저가 초를 세는 목소리…… 그 모든 것이 혼연일체가 된 극한상황에서, 나는 필사적으로 수를 읽었다.
읽었다.
읽었다. 읽었다. 읽었다. 읽었다읽었다읽었다읽었다읽었다읽었다읽었다읽었다………….
그리고—— 골랐다. 네 번째 수를!
"이게! 내가 고른 해답이다아아아아아아아——————!!"
"""?!"""
느닷없이 양손을 펼치면서 무대에서 뛰어내린 내가 세 개의 꽃다발을 한꺼번에 껴안았다!
【세 사람의 꽃다발을 동시에 받는다】
……라는, 외통수순 뒤집기를 펼친 것이다.
"……하아. 이렇게까지 자리를 마련해 줬는데도 미적지근한 태도를 취하는 건가요."
"모처럼 회장님께서 신경을 써 주셨는데 말이죠. 정말 못 말리는 얼간이 쓰레기군요."

회장님은 어깨를 으쓱했고, 오가 씨는 한숨을 내쉬었다. 이딴 친절은 하나도 달갑지 않거든?!

"뿌우~……!"

"……흥."

"…………쳇."

히나츠루 아이, 야샤진 아이, 사저, 셋 다 선수인 대국이 천일수가 된 듯한 표정을 짓고 있었다. 즉, 불만에 사로잡혀 있었다.

장기꾼은 1등을 좋아한다. 항상 승자와 패자밖에 없는 승부의 세계에서 살고 있기 때문에 일상의 그 어떤 사소한 일에서도 승패를 확실하게 가리려 하는 나쁜 버릇이 있다. 딱히 나를 좋아하지 않더라도 자기를 우선해 주기를 바라는 것이다. 정말 성가시다니깐……!

"그, 그건 그렇고 다들 정말 귀엽네!"

두 팔로 꽃다발을 안아 든 내가 최선을 다해 미소를 지으며 억지로 화제를 돌렸다.

"그런 옷은 어디서 난 거야?! 정말 잘 어울리네! 호텔 결혼식장에서 빌린 거야?"

"짐이 골라 준 옷이니라."

기품 넘치는 목소리가 들려오더니, 한 여성이 젊은 남성의 손을 잡은 채 나에게 다가왔다.

"샤칸도 리나 여류명적이다……!"

"옆에 있는 사람은 제자인 칸나베 아유무 6단이야……. 그야말로 미남미녀 사제지간인걸…….”

이 자리에 있는 사람들은 탄성 섞인 한숨을 내쉬며 그렇게 말했다.

왕족 같은 복장으로 등장한 이는 여류 타이틀 보유자이자 《이터널 퀸》이라는 별명을 지닌 여류 장기계의 레전드다.

직접 만든 패션 브랜드를 보유하고, 하라주쿠에 장기교실 겸 해외 유명 브랜드의 상품을 취급하는 가게를 운영하고 있는 이색적인 장기기사다.

사저조차도 거역하지 못하는 몇 안 되는 존재인 그녀는 자신의 작품을 과시하듯 세 미소녀를 공작 깃털 같은 부채로 가리키면서 의기양양한 목소리로 말했다.

“소재가 좋아서 솜씨를 발휘할 맛이 났지. 하나같이 미의 극치에 도달한 것 같지 않느냐?”

“예! 예! 진짜 그러네요!”

나는 세 사람에게 들리도록 큰 목소리로 동의했다.

“세 사람 다 평소보다 백 배는 귀여워 보여요! 덕분에 한 명을 고를 수가 없었다니까요~. 역시 샤칸도 씨예요. 진짜 끝내주네요.”

“후후. 이 시기가 되면 프로 기사들은 하나같이 신경이 곤두서 있지. 이렇게 아름다운 꽃이라도 장식해야 그나마 축하 무드가 생기지 않겠느냐?”

“윽……!”

나는 샤칸도 씨의 말을 듣고서야, 행사장 안의 분위기가 묘하다는 사실을…… 축하하는 자리와는 거리가 멀 만큼 긴장감이 흐르고 있다는 사실을 눈치챘다.

그 이유 또한 눈치챘다. 이 시기에는 항상 이렇다.

"어쩔 수 없는 일일지라도…… 짐은 이 분위기를 조금이나마 누그러뜨리고 싶었느니라. 오늘은 짐의 애제자가 표창을 받는 날이기도 하니까 말이지. 안 그러느냐? 갓콜드런이여."

"예스, 마스터."

그 말에 공손히 답한 아유무는 용왕전 6조의 우승자다.

이 즉위식에서는 각 조의 우승자도 함께 표창을 받는다. 그래서 복장에도 신경을 쓴 듯한 아유무는 뭐랄까…… 역사 교과서에 나폴레옹이 황제가 됐을 때의 그림이 실려 있잖아? 딱 그런 느낌이야.

하지만 주위 사람들도 그 화려한 복장을 받아들이고 있다.

용왕전 도전자 결정전에서 명인에게 지기는 했지만, 정정당당한 대결을 펼친 아유무는 일약 스타 기사로 도약했다. 장기계는 벌써부터 아유무에게 이런 별명을 선사했다.

《차세대(다음) 명인》

젊은 기사에게 있어 최고의 기대와 경외심이 담긴 별명일 것이다. 본인은 여전히 백은(白銀)의 성기사(聖棋士)이니, 갓 뭐시기 같은 별명을 입에 담지만 말이다…….

그런 아유무가 나를 향해 호전적인 시선을 보냈다.

"나는 최하급인 6조에서 우승했을 뿐이다. 아직 용왕과 내 격차는 현격하게 벌어져 있지……. 하지만 두고 봐라! 다음 기에는 반드시 드래곤킹의 수급을 취하고 말겠다!!"

드래곤킹이라고 부르지 마.

"내가 아유무보다 성적이 좋은 건 용왕전뿐이잖아? 다른 기전에는 하나같이 아유무가 성적이 나보다 낫고, 대국수나 승률은 비교도 안 될 만큼 네가 뛰어나다고……."

이런 말을 하고 있으니 왠지 슬퍼졌다.

"그건 네놈이 타이틀 보유자라 예선이 면제되고, 항상 상위 기사와 대결을 펼치기 때문이다."

"하지만 통산 승률 7할 5푼 이상인 너한테 비하면……."

"참고로 순위전에서만 본다면 내 애제자의 승률은 10할, 즉 역대 최고 승률이니라."

샤칸도 씨가 의기양양한 어조로 보충설명을 하듯 그렇게 말했다.

즉, 서른 번가량의 대국을 치르며 단 한 번도 지지 않은 것이다. 아유무 꾼, 순위전에서 너무 세다 문제 발생.

"어마어마한 괴물을 길렀네요."

"짐의 취향에 맞춰 기른 거지. 순위전에서 강한 기사야말로 명인에 가장 가까운 기사다. 용왕 즉위식에서 이런 소리를 하는 건 그렇지만, 짐 같은 올드 타입에게는 역시 명인이야말로 목표로 삼아야 할 지존의 옥좌(타이틀)이니라."

그건 맞는 말이라고 생각한다.

나도 어릴 적 꿈은 『명인이 되고 싶다』였다(다음은 대중목욕탕 직원). 장기를 두는 사람에게 있어 명인이라는 지위는 특별한 의미를 지니는 것이다.

그 명인에 도달할 수 있는 기전이 바로『순위전』이다.

명인에게 도전하는 권리를 걸고, 1년 동안 펼쳐지는 기나긴 리그전을 치른다. 그렇기에 용왕전처럼 단숨에 타이틀을 거머쥘 수 없다.

C급 2조에서 A급까지 다섯 클래스로 나뉘어 있고, 1년에 단 한 클래스만 승급할 수 있다.

즉, 명인이 되려면 최소 5년은 걸리는 것이다.

그리고 아유무는 프로가 된 후로 단 한 번도 멈추지 않으며 이 계단을 올라가고 있다. 《차세대 명인》이라 불리는 가장 큰 이유는 바로 그 점이다.

"이번 기 B급 1조에서도 너 혼자만 전승을 했지? 이미 승급을 한 거나 마찬가지야. 두 달 후에는 B급 1조의 칸나베 아유무 '7단' 이 되겠네."

"내 순위는 낮다. 확실히 승급하려면 다 이길 수밖에 없겠지."

"그건 그럴 거야."

아유무의 현재 기세와 실력이라면 이대로 전승을 하고도 남을 것이다.

——그러고 보니, 이번 기 B급 2조에서 아유무와 마지막으로 싸우는 건……?

순위전 대국표를 떠올리려던 나는 아유무가 한 말 때문에 현실로 되돌아왔다.

"그러는 네놈이야말로…… 어제 그 장기는 대체 뭐냐?"

"중계를 본 거야?"

어제는 이 호텔에서 사저의 여류옥좌 즉위식이 열렸고, 나와 히나츠루 아이는 도쿄에서 대국이 잡혔기 때문에 키요타키 일문이 단체로 상경했다. 케이카 씨는 일이 있어서 오사카에 남았다.

대국 결과는 전원의 승리다.

그래서 오늘 즉위식에는 기쁜 마음으로 출석할 수 있었다. 아까 전의 서프라이즈 꽃다발 증정 직전까지는 말이다…….

"대국 도중에 좀 재미있는 작전이 생각나서 말이야. 인터넷으로 중계도 되고 있으니까, 팬서비스 삼아서 채용해 봤는데 절묘하게 먹혀들었어."

"그, 그걸 대국…… 도중에……?"

아유무는 놀라움보다 마음에 상처를 받은 듯한 표정을 지었다.

"그 나타기리 8단의 망루를…… 대국 도중에 생각난 작전으로 쓰러뜨린 것이냐?!"

"물론 사전 연구는 했어. 하지만 어제는 컨디션이 좋은지 수가 잘 보이더라고. ……뭐, 망루는 이제 끝났어."

술렁!!

내가 그 말을 입에 담은 순간, 행사장 안이 한순간 술렁거렸다.

가시 돋친 듯한 분위기가 더욱 날카로워진 것 같은 느낌이 들었다.

아유무는 아연실색하면서 말했다.

"마…… 망루가, 끝났……다고……?"

"그래. 선후수를 떠나서 망루는 이제 쓸모가 없어. 밸런스가 너무 나쁘거든. 소프트도 쓰지 않아. 너도 그걸 눈치챘기 때문에, 명인과의 용왕전 도전자 결정전에서 특기전법인 망루가 아니라 안목을 채용한 거지?"

"…………."

아유무는 주위를 살피듯 계속 두리번거렸다.

이 자리에는 1조 우승자인 명인도 있다.

여전히 팬에게 둘러싸여 보이지 않기 때문에, 사람들이 모여 있는 장소를 보고 '아, 저쪽에 있구나.' 하고 인식할 수밖에 없지만 말이다.

그러니 명인은 이 대화를 듣지 못했을 것이다.

"그 장기에서 명인은 망루를 써서, 안목을 쓴 아유무를 최종적으로 이겼어. 하지만 내 검토에 따르면 최종 국면에서 실수를 범하지 않았다면 네가 이겼을 거야. 지금이라면 상대가 누구든 망루로 덤빈다면 절대로 안 질 거야."

"드래곤킹, 너………… 자기가 칸토에서 뭐라고 불리고 있는지 아느냐?"

"어차피 쓰레기나 로리콤 같은 거 아냐?"

"…………모른다면 됐다."

"뭐?"

아유무는 침묵에 잠겼다. 왜 저러지?

"역시 젊은 용왕답게 대담한 발언을 하는구나."

샤칸도 씨는 쓴웃음을 흘리며 말을 이었다.

"망루가 끝났다……라. 짐 같은 올드 타입에게는 거슬리는 발언이구나. 망루야말로 장기의 왕도라 불리며, 명인전에서 망루 이외의 전법을 쓰면 사도(邪道)라며 손가락질을 당하던 시대를 살아온 자에게는 말이지……."

"그런 시절이 있었다면서요? 저도 옛날에 사부님에게 들었어요."

현재의 명인이 처음으로 명인전에 올라섰을 때, 중비차(飛車)를 채용했다가 엄청 비난을 당했다는 이야기도 들었다.

지금은 상상도 할 수 없는 이야기지만, 사부님도 당시에 그 장기를 보면서 '장기를 뭐로 아는 기고.' 라고 말했다는 것 같았다.

그런 사부님은 현재 조금 떨어진 곳에서 스마트폰을 만지고 있었다.

제자의 즉위를 기념해 또 뽑기라도 돌리고 있는 것일까. 요즘 들어 별별 이유를 대며 과금을 한다니깐…….

게임에 집중하느라 우리 대화를 듣지 못한 것 같았다.

뭐, 사부님이라면 방금 내 말을 들어도 웃으며 용서해 줄 것이다. 딱히 거짓말을 하지도 않았고 말이다.

"아무튼……."

샤칸도 씨는 아유무의 어깨에 손을 얹었다.

"갓콜드런에게는 이제 빈틈이 없느니라. 망루든, 다른 전법이든, 《백은의 성기사(슈발리에)》는 당당히 맞아 싸울 준비가 된 것이지. ……그렇지 않느냐?"

"오브코스, 마스터."

아유무는 자신만만하게 고개를 끄덕였다. 나는 그 모습을 보니, 왠지 놀리고 싶어졌다.

"정말이야? 또 야간전투까지 끌고 가서 역전해버린다?"

"후후…… 젊은 용왕이여. 이제 빈틈이 없다고 내가 말했을 텐데? 그 약점은 이미 극복했느니라. 요즘은 둘이서 밤늦은 시간까지 함께하고 있지."

샤칸도는 애제자의 턱을 손가락으로 요염하게 쓰다듬었다.

"짐은 완전히 뒤엉켜서 오랫동안 즐기는 걸 좋아하지. …… 망루처럼 말이야."

"마, 마쓰떠……."

사제지간이 참 원만해 보였다. 보고 있는 내가 다 얼굴이 화끈거릴 지경이었다.

둘이서 밤늦은 시간까지 함께한다는 둥, 완전히 뒤엉켜서 오랫동안 즐긴다는 둥…… 어른의 연애를 연상하게 하는 단어를 듣자, 나와 사저는 멋쩍어했다. 내 두 제자는 아직 애라서 그런지 영문을 모르겠다는 표정을 지었다.

그건 그렇고…….

"사저? 저기, 괜찮아요? 얼굴이 너무 빨개진 것 같은데——."

"씨, 씨끄러어! 확 담가버린다!"

"자, 잠깐만요?! 위, 위험해요, 사저어우엑?!"

당황한 사저가 휘두른 팔꿈치가 내 턱에 정통으로 꽂혔다.

그러자 나는 꽃다발을 안아 든 채 그대로 바닥에 뻗어버렸다.

그날 저녁에는 사방에 흩뿌려진 꽃잎과 함께 바닥에 널브러져 있는 내 사진이 『백설공주, 즉위식에서 용왕을 구타』라는 타이틀 기사와 함께 야●뉴스에 올라왔다. 뭐 이딴 즉위식이 다 있냐고…….

☗축하회

다음 날.

오사카로 돌아온 우리는 또 축하하는 자리를 가졌다.

"""와주셔서 감사합니다! 항상 신세 많이 지고 있습니다!"""

행사장이 된 일류 호텔의 홀에서, 우리 일문은 다 같이 손님들을 맞이했다. 타이틀전 전야제에는 익숙하지만, 이번 같은 자리는 처음이다.

『키요타키 일문 축하회』.

그렇다.

이번 파티는 사부님이 기획한 것이다.

평소 응원해 주시는 후원자 여러분, 그리고 팬 여러분을 초대해서 지도 대국을 하거나 입회 형식으로 환담을 나누는 등, 말하자면 우리 일문의 『팬 감사제』 같은 것이다.

"……그건 그렇고 엄청 분발했네. 이거, 손해가 막심한 거 아냐?"

"물론 완전 적자야."

케이카 씨가 핼쑥한 표정으로 고개를 끄덕였다. 이 자리를 준

비하느라 작년 말부터 바쁘게 돌아다녔고, 이번에도 혼자 오사카에 남았던 것이다.

"'프로 장기계 최고위인 용왕과 여류 장기계 최고위인 여류 2관이 속한 만큼, 일본에서 가장 화려한 자리여야 한대이!' 라고 아빠…… 사부님이 말하셨거든."

"사부님은 정신적으로는 20세기 사람이니까 말이야. 옛날 사람들은 고생하면서 격식을 중요시했다더라고."

그런 것들이 쌓이고 쌓여, 도박의 일종으로 여겨지던 『장기꾼』이 『프로 장기기사』로 인식됐다는 말을 들은 적이 있다.

장기계 전체가 지위를 올리기 위해 노력한 것이다.

"뭐, 허세를 부리고 싶기도 할 거야. 하지만──."

케이카 씨는 피로가 다 날아가 버릴 만큼 상냥한 미소를 지으며 말했다.

"야이치 군이 명인에게 이긴 게 그만큼 기뻤던 게 아닐까?"

"……."

왠지 멋쩍고 부끄러운 나머지, 나는 말을 잇지 못했다.

사부님이 이렇게 기뻐해 주시는 것이 기뻐서…… 가슴이 벅찼다.

사부님은 자기 핏줄도 아닌 나를 위해 이렇게 아낌없이 자신의 재산을 쏟아부어서, 이런 성대한 축하 자리를 마련해 주셨다.

그뿐만 아니라 사부님은 내가 내제자가 된 후로 계속 보살펴 주셨으며, 장기도 가르쳐 주셨다. 친아들에게도 쉽게 못할 일을, 나에게…….

"어? 야이치 군, 왜 그래? 감기 기운이라도 있어?"

"아, 그게…… 아무것도 아냐."

내가 코를 훌쩍이자, 케이카 씨는 그런 착각을 했다. 어쩌면 다 알면서도 그런 말을 한 걸지도 모른다.

"그, 그건 그렇고…… 장기계와 바둑계만이 아니라 다양한 업계의 사람들에게 연락을 했구나. 오사카 부지사와 오사카 시장도 있네!"

내가 눈물을 감추기 위해 말을 돌리자, 케이카 씨는 당연하다는 듯이 고개를 끄덕였다.

"너희는 이제 그런 분들을 부를 수 있어. 야이치 군과 긴코는 이제 장기계의 얼굴이고, 너의 두 제자도 이제부터 인기를 끌 거잖니. 정치권과 재계에도 팬들을 팍팍 만들어 둬야지!"

"그러고 보니 혼인보 슈마이 선생님은 안 불렀어? 아직 안 오신 것 같네."

"그 사람은 정월에 소동을 일으키는 바람에 장기계 행사에 출입금지 처분을 당했어."

"아하."

『첫수 의식 거●기 사건』을 말하는 것이다. 출입금지를 당할 만하지.

우리가 다 같이 손님을 맞이한 후, 바로 장기를 시작했다.

"접수 때 드린 프로그램 표에 번호표가 들어 있습니다! 그 번호에 따라 지도 대국을 받아 주세요!"

케이카 씨와 호텔 스태프들이 몰려드는 손님들을 유도했다.

오늘 이벤트는 키요타키 일문이 주최했지만, 장기계 전체를 하나의 가족으로 보는 칸사이 장기계에서는 보통 이런 행사에 관계자 전원이 참가한다.

《나니와의 제왕(돈)》 자오 타츠오 9단을 필두로 칸사이 장기 패밀리가 전부 와 주셨다. 공식전 시즌이라 바쁠 텐데도 다들 시간을 내준 덕분에, 손님들 전원이 한 번은 지도대국을 받을 수 있는 태세가 갖춰졌다.

이런 상황에서도, 손님들의 관심은 사저와 두 초등학생에게 향하고 있었다.

특히 여류 최강이자 사상 첫 여성 장려회 3단이 된 《나니와의 백설공주》는 인기가 상상을 초월했다. 지도대국을 하는 세 개의 장기판 앞에는 장사진이 형성되어 있었지만——.

“꽝이야.”

“하앙……!”

“이 수는 뭐야? 돼지도 이런 한심한 수는 안 둬.”

“흐윽! 흐어어어어……!!”

“꽝. 이것도 꽝. 꽝꽝꽝꽝꽝꽝꽝.”

“우히이이이이잇~!”, “아, 아아아아아아……♡”, “여, 여왕님…… 더……! 더 매도해 주시와요……!”

사저의 지도대국은 『지도조교』라 불릴 정도로 엄격하며, 채찍처럼 낭창거리는 손가락으로 찰싹찰싹 소리가 날듯이 날카로운 수를 둘 때마다, 열락에 빠져든 아저씨들이 속출했다. 이벤트의 취지 자체가 바뀐 것 같네.
"지나친…… 것 같지만, 손님들이 기뻐(?)하고 있으니 말리지도 못하겠네……."
한편, 내 첫 번째 제자는――.
"자아! 이걸로 장군이에요."
"어?! 하, 하지만 이렇게 하면……."
"그럼 말이죠. 이렇게, 이렇게, 이렇게, 이렇게, 이렇게, 이렇게, 이렇게………… 자아, 장군이에요. 열일곱 수 걸리네요."
"…………."
"이쪽도 장군이에요~. 서른다섯 수 걸리네요. 수가 좀 많기는 하지만 간단한 장기 묘수풀이 수준이니까, 수순은 직접 생각해 보세요!"
"허, 허어…… 간단…………."
인상이 좋은 편이지만, 노타임으로 수를 두며 이겨버리는 바람에, 자신감이 가루가 된 손님들은 울상을 지었다.
악의가 없기 때문에 주의를 주기가 좀 그랬다. 가장 성가신 상황이다.
"……저 두 사람에 비해, 이쪽은 완벽한 지도네."
"응. 의외로 재능이 있는 것 같아……."
나와 케이카 씨의 시선은 다른 누구보다도 차근차근 지도를 하고 있는 검은색 옷차림의 꼬마 아가씨를 향했다.
"방금 수는 80점이야. 나쁘지 않아. 하지만…… 120점짜리 수가 있으니까, 차근차근 잘 생각해 봐."

“……이건, 가요?”

“맞아! 너라면 해낼 거라고 생각했어.”

바로 수를 가르쳐 주는 게 아니라 직접 수를 생각하게 한 후, 정답을 찾아내면 그 점을 과할 정도로 칭찬해 줬다. 그것도 매력적인 스마일까지 지어 주면서 말이다.

“이 수는 나도 못 찾았어. 정말 좋은 수네. 한 수 배웠어.”

“아, 저기…… 우, 우연이에요! 하하하!”

그 어떤 악수나 이상한 수라도 바로 부정하지 않고 그 수의 장점을 칭찬해 주니, 야샤진 아이에게 지도를 받은 사람은 다들 만족해하는 것 같았다.

“……완벽해. 완벽한 지도대국이야…….”

전에는 이렇지 않았는데…… 내가 가르쳐 준 것들을 기억하고 있을 뿐만 아니라 실천에 옮기는 걸지도 모른다. 그렇다면 정말 기쁠 것이다.

내가 시선이 마주친 야샤진 아이를 향해 미소를 짓자, 내 쪽으로 혀를 날름 내밀었다. 귀엽네.

성장한 제자를 보며 만족하고 있을 때——.

야샤진 아이와 지도대국을 하려는 줄에 몰래 끼어들려 하는 정장 차림의 여성을 발견한 나는 그녀의 어깨에 손을 얹으며 말을 걸었다.

“……아키라 씨. 지도대국은 한 사람에 한 명으로 부탁드렸을 텐데요? 당신은 아까 사저에게 지도를 받았잖아요.”

“아, 아키라?! 그게 대체 누구지?!”

당신 말이야, 당신.

"몰래 줄 서 봤자 티가 난다고요. 요즘은 장기 이벤트에 오는 여성도 늘었지만, 오늘 이벤트는 인기 여류 기사를 보러 온 아저씨들이 대부분이라서 아키라 씨는 눈에 띄거든요. 괜한 짓 하지 말고 식사나 하세요."

"하지만 아가씨에게 지도대국도 받고 싶고, 히나츠루 양이나 소라 선생에게도 가르침을 받고 싶어! 다른 프로 기사분들도 특기 전법을 가지고 있잖아! 그중 한 명만 고르는 건 무리란 말이다!"

"아무리 그래도……."

"라이벌이 다른 프로에게 지도대국을 받는 걸 보면 불안하단 말이다! 엄청난 필승법 같은 걸 전수받는 건가 싶어서……."

"라이벌?"

"저 녀석이다! 저 망할 초등학생 꼬맹이 말이다!"

그 아이는 아키라 씨와 도장에서 항상 장기를 두는 초등학생 남자애였다. 오늘은 사부님에게 비차(飛車)와 각행(角行), 그리고 향차(香車)(香車) 두 개를 뗀 접장기로 한 수 배우고 있는 것 같았다.

야샤진 아이가 연수회를 졸업했으니 이제 연맹에 올 필요가 없는데도 불구하고, 아키라 씨는 연맹도장에서 프로에게 지도대국을 받거나 라이벌인 초등학생과 불꽃 튀는 대결을 펼쳤다. 아무래도 장기에 푹 빠진 것 같았다.

"저기, 아키라 씨. 장기를 좋아해 주는 건 기쁘지만——."

"그럼 쿠즈류 선생이 가르쳐다오! 보아하니 딱히 할 일도 없는 것 같으니까 말이다."

"예?! 저기, 저는……."

확실히 지도대국도 하지 않으면서 돌아다니고 있기는 하지만, 이러는 데는 이유가 있었다.

내가 그 이유를 설명할지 말지 고민하고 있을 때──.

"아가씨. 괜찮다면 제가 상대해드릴까요?"

정장을 말끔하게 빼입은 장신의 남성이 이쪽으로 오더니, 아키라 씨에게 미소를 지으며 말을 걸었다.

"네놈은 누구냐?"

"지나가던 장려회 3단이에요."

"사, 3단?! 프로 일보 직전인 거냐?!"

아키라 씨는 깜짝 놀랐다.

지나가던 3단── 카가미즈 히우마 씨는 연기 톤의 낮은 목소리로 말했다.

"호오. 장려회에 대해 알고 있을 줄이야……. 아가씨, 범상치 않은 분이군요."

"훗. 나는 장기계에 대해 잘 알지. 프로 기사와 여류 기사의 차이도 안다!"

"그거 대단하군요. 그럼 그 필승법을 습득할 수 있을지도 모르겠는걸요……."

"정말이냐?! 무조건 이길 수 있는 전법이 아니면 나는 납득하지 못한다!"

"물론이죠. 장려회 회원은 아마추어가 모르는 비밀의 전법을 잔뜩 알고 있으니까요. 아가씨에게만 특별히 가르쳐드리죠."

"트, 특별히……!"

아키라 씨는 코피가 날 것만 같아 보일 정도로 흥분했다. 카가미즈 씨는 더욱 목소리를 낮추면서 말을 이었다.

"다른 사람들이 보면 안 되니 저쪽에 장기판을 준비해 둘 테니, 거기서 하시죠."

"좋아! 나는 이제 도장 최강이 될 수 있어!!"

아키라 씨는 벌써 강해진 것처럼 팔을 빙빙 돌리면서 카가미즈 씨가 말한 테이블로 부리나케 뛰어갔다.

역시 이벤트 운영에 있어서는 백전연마인 카가미즈 씨다. 성가신 손님을 다루는 법도 완벽했다. 그리고 그 성가신 손님이 내 관계자라는 게…… 좀…….

"……죄송해요, 카가미즈 씨."

"괜찮아. 현역 타이틀 보유자는 지도대국을 자숙해야 하지? 아무도 네가 잘난 척하며 농땡이를 부린다고는 생각 안 해."

"예. 오이시 씨의 도장에서 몰래 하는 건 다들 넘어가 주겠지만, 자오 선생님과 츠키미츠 회장님이 계신 자리에서는 좀……."

"타이틀 보유자나 인기 기사가 괜찮은 손님을 전부 채가면 나처럼 별 볼 일 없는 장려회 회원은 일거리가 없으니까 말이지. 감사드리옵니다~."

"자, 잠깐만요?! 카가미즈 씨, 왜 나한테 머리를 숙이는 건데요?!"

"그야 타이틀 보유자님께서 사진 촬영이나 사인 같은 팬서비스를 팍팍 해 주시는 덕분에 장기를 두지 않는 라이트 팬도 늘어나고 있는 거잖아."

그렇다! 그러니 내가 아무것도 하지 않으며 돌아다니는 것은 용왕으로서의 책무를 다하고 있는 것이다!!

"…………뭐, 너한테 말을 거는 팬이 많아 보이지는 않지만 말이지……."

"그렇죠? 역시 눈치 없이 명인의 영세7관을 저지해버린 걸 장기 팬들이 용서 못하는 걸까요? 저, 완전 악역인 것 같네요~."

"너무 우울해하지 마. 딱히 너를 미워하는 건 아냐. ……그저 좀 무서워하는 거야."

"무서워한다고요? 저를요?"

"절대제왕이나 다름없던 명인에게 이겼을 뿐만 아니라, 그 후로도 무패를 자랑하고 있잖아? 너, 자기가 요즘 뭐라고 불리는지 모르는 거야?"

"아, 인터넷은 잘 안 보거든요……."

애초부터 좋은 소리를 듣지 못했던 데다, 명인과 싸웠던 시기에 거의 전 국민에게 악역 취급을 당한 게 트라우마가 되어서 나 자신에 관해 검색해 보지는 않았다.

"그러고 보니 아유무도 비슷한 소리를 하던데, 제가 대체 뭐라고 불리고 있는데요? 전에는 쓰레기나 로리콤이라는 소리를 들었는데…… 혹시 더 무시무시한 소리를 듣고 있는 거예요?!"

"……뭐, 곧 네 귀에도 들어갈 거야."

카가미즈 씨는 약간 망설이는 듯한 기색을 보였지만, 결국 가르쳐 주지 않았다. 어째서지? 이런 자리에서는 입에 담긴 힘든 말인 걸까?!

알고 싶어…… 하지만, 인터넷으로 검색해 보는 건 무서워!

"저기…… 죄송해요, 카가미즈 씨."

옆에서 우리 대화를 듣고 있던 케이카 씨가 카가미즈 씨를 향해 깊이 고개를 숙였다.

"이벤트 준비부터 도와주셨는데, 뻔뻔하게 지도대국까지 요청을——."

"반대야. 케이카 양."

카가미즈 씨는 케이카 씨의 말을 막으면서 상냥한 미소를 지었다.

"나처럼 시골에서 올라와 혼자 살며 장려회 생활을 하는 인간은 이런 아르바이트 기회를 놓칠 수 없거든. 키요타키 선생님이 항상 연락을 주셔서 감사할 따름이야."

"그렇게 말씀해 주시니, 몸 둘 바를 모르겠어요……."

장려회 회원은 기본적으로 아르바이트가 금지되어 있다. 허용되는 것은 기록 담당과 장기 이벤트 도우미 같은 장기에 관련된 일 뿐이다.

게다가 보통 이런 축하회에 일문 이외의 장려회 회원이 도와주러 오는 일은 없다.

사부님께서 연락을 준 것을 보면 그만큼 카가미즈 씨를 신뢰하며 관심을 가지고 있다는 증거이기도 했다.

이런 축하회에 장려회 회원이 오는 것은 괴로운 일이기도 할 것이다.

하지만 그것도 '분하면 빨리 프로가 돼!' 라는 격려로 받아들일 수 있을 것이다.

"어이! 뭐 하는 거냐! 빨리 와서 가르쳐 줘!"

"예. 지금 가요~."

카가미즈 씨는 나와 케이카 씨에게 윙크한 후, 아키라 씨가 기다리는 장소로 걸어갔다.

"자아! 그럼 나도 지도대국을 하러 갈게."

케이카 씨는 기합을 넣듯 팔을 걷어붙이며 말했다.

"아이 양과 긴코 때문에 풀이 죽은 손님들을 격려해 줘야 하거든!"

"응. 아, 케이카 씨."

"왜?"

"축하해."

"……고마워."

나는 그렇게 말하며 지도대국을 하러 가는 케이카 씨가 왠지 눈부셔 보였다.

지금까지 케이카 씨는 이런 이벤트에서 항상 보조 역할만 했다. 카가미즈 씨처럼 말이다.

하지만 오늘은 『선생님』으로서 지도를 하고 있었다.

"……사부님도 기쁠 거야. 자랑스러운 딸을 남들 앞에서 당당히 자랑할 수 있잖아."

장기의 세계에서는, 장기가 전부다.

아무리 인격이 뛰어나도, 머리가 좋아도, 얼굴이 잘생겨도, 장기 실력이 뛰어나지 않다면 평가받지 못한다. 장기를 잘 두는 것 외에는 아무것도 자랑거리가 되지 못한다.

그래서 사부님은 지금까지 케이카 씨를 자랑할 수 없었다.

피가 이어지지 않은 나나 사저를 자랑할 수는 있어도, 친딸을 자랑할 수는 없었다. 그것이 얼마나 힘들었을까.

——하지만, 이제부터는 얼마든지 할 수 있다.

또 뜨거워진 눈가를 몰래 훔치고 있을 때, 아래에서 앳된 목소리가 들려왔다.

"쿠쭈류 선생님! 축하드립니다!"

"축하드려요."

"쭈카뜨러요~!"

미즈코시 미오 양(열 살), 사다토 아야노 양(열 살) 샤를로트 이조아드 양(아마 일곱 살)인 여초연 트리오가 꽃단장을 하고 나타났다.

이런 자리에 익숙하지 않은 건지 세 사람 다 긴장한 눈치였다.

"와 줬구나! 고마워. 지도대국은 했어? 저쪽에서 과자도 나눠——."

"저기!"

얼굴을 새빨갛게 붉힌 미오 양이 내 말을 막더니…….

"저기…… 선물이에요!!"

"뭐?"

세 사람은 귀엽게 포장된 꾸러미를 나에게 내밀었다. 나, 나한테 주는 선물?

샤를 양이 준 것은——.

"와아. 천 장기판이네!"

미오 양이 준 것은——.

"이건 장기말 주머니? 고마워!"

아야노 양이 준 것은——.

"그리고 이건 그 두 개를 넣어 다닐 수 있는 주머니구나. 응! 정말 귀엽네!!"

전부 개성적이었다. 아야노 양이 준 주머니는 차분한 느낌의 문양이 새겨진 천을 정성 들여 꿰매서 만든 것이었고, 미오 양이 준 것은 애니메이션 캐릭터가 프린트된 천이었다. 샤를 양의 천 장기판은 새하얀 천에 검은색 줄이 자수로 놓여 있었다. 서툰 기술로 만든 느낌에서 수제 특유의 애정과 온기가 느껴졌다.

미오 양이 대표로 설명했다.

"쿠즈뉴 선생님은 타이틀전 때문에 전국을 돌아다니죠? 그러니까 여행지에서도 장기 공부를 할 수 있도록 다 같이 만들어 봤어요!"

"아!! ……고, 고마워……! 고마……워!!"

안 그래도 약해져 있던 눈물샘에서 결국 눈물이 흘러나오고 말았다.

마침 손에 들고 있던 샤를 양의 천 장기판으로 눈물을 닦고 말았다. 새하얀 천이라 얼룩이 생기지 않을까 걱정됐지만, 나중에 깨끗하게 빨면 될 것이다.
"그건 그렇고, 이 천 장기판은 감촉이 정말 좋네……♡"
나는 감촉이 끝내주는 그 천 장기판에 볼을 비비며 그렇게 말했다. 얼굴 닦는 수건으로 쓰고 싶을 정도였다.
"킁킁…… 아아, 왠지 좋은 향기도 나……♡♡♡ 감촉만이 아니라 냄새도 좋은걸♡ 샤를 양, 어떤 천으로 이걸 만든 거니?"
"빤쭈."
……………………뭐?
"샤우 말이지? 싸뿌가, 끼뻐해 줘쓰면 해떠! 끄래써, 샤우, 까짱 아끼는 하얀 빤쭈로, 짱기빤을 만든 꼬야! 그리고, 빤쭈는, 보드랍짜나? 끄리고, 샤우, 새 빤쭈 사서, 헌 빤주 잔뜩 이떠. 그래떠 빤쭈로 만든 고야~."
"어? 빤………… 뭐어?!"
『대국 중이신 여러분. 환담 중이신 여러분. 지금부터 키요타키 일문이 인사를 드릴까 합니다. 잠시 무대를 주목해 주십시오.』
샤를 양이 준 천 장기판(팬티……?)에 볼을 비비는 자세를 취한 채 딱딱하게 굳어 있던 나는 그 안내방송을 듣고 정신을 차렸다.
맞아! 무대에 올라가야 해!
히나츠루 아이가 껑충껑충 뛰면서 「사부님~!」 하고 외치는 모습이 눈에 들어왔다.
"미, 미안한데 이제 가 봐야 할 것 같아……. 선물, 정말 고마워!!"

나는 초등학생들이 준 주머니와 팬…… 천 장기판을 호주머니에 넣은 후, 단상으로 뛰어 올라가 사저와 히나츠루 아이 사이에 섰다.

사저는 앞을 바라보면서 내 옆구리를 팔꿈치로 찔렀다.

"뭐 하느라 이렇게 늦은 거야?"

"……팬티로 눈물을 닦았어요."

"뭐?"

『그럼 일문을 대표해, 키요타키 코스케 씨가 여러분에게 감사의 인사를 드리겠습니다.』

사회를 자청한 오가 씨가 그렇게 말하자, 무대 중앙에 서 있던 사부님이 한 걸음 앞으로 나섰다.

『아아~, 단상 위에서 실례하겠습니다. ……바쁘신 와중에 키요타키 일문의 축하회에 와주셔서 정말 감사드립니다.』

사부님이 깊이 고개를 숙이자, 우리도 뒤를 이어 고개를 숙였다.

『11년 전, 이 자리에 있는 소라 긴코와 쿠즈류 야이치를 내제자로 들였을 때부터 저희 일문은 시작됐습니다. 조그마한…… 정말 조그마한, 진짜 가족처럼 지붕 하나 아래에 쏙 들어갈 정도로 조그마한 일문이었죠.』

그 말을 듣자, 당시의 기억이 되살아나면서 가슴이 벅차올랐다.

옆에 서 있는 사저도 나와 같은 심정인 것 같았다. 한순간 시선이 마주쳤을 뿐인데 서로의 마음을 알 수 있었다. ……저 사람의 제자가 되어서 정말 다행이다, 하고 우리 둘 다 생각하고 있었다.

그리고 사부님은 내 두 제자를 가리키며 말을 이었다.

『그렇게 어리던 제자가 타이틀을 지켜냈을 뿐만 아니라, 자신의 제자들을 어엿한 여류 기사로 길러냈습니다. 손주는 정말 좋군요. 저는 어리광만 받아줄 뿐입니다만, 재능이 있는 애들이라 그런지 타이틀을 딸 것 같습니다!』

히나츠루 아이는 뻣뻣해진 채 고개를 깊이 숙였고, 야샤진 아이는 우아하게 예를 표했다.

내 첫 번째 제자는 이미 졌지만, 두 번째 제자는 마이나비 여자오픈의 본선에서도 승승장구하고 있다. 다음번에도 이긴다면 도전자 결정전에 올라간다.

그 앞에서 기다리고 있는 이는── 여왕, 소라 긴코.

『동문이 타이틀을 다투게 된다면 심경이 복잡할 것 같습니다. 딸과 손녀가 싸우는 걸 보면 보는 제가 다 가슴을 졸이게 되니까요(웃음)』

회장 전체에 따뜻한 웃음소리가 울려 퍼졌다.

……참고로 사부님의 딸과 손녀 사이에 끼어 있는 나는 도저히 웃을 수가 없었다. 어제도 장난이 아니었거든…….

『하지만 기사로서 생각해 볼 때, 일문에 이보다 더 명예로운 일은 없을 겁니다. 제자의 성장은 최고의 기쁨이죠. 기사로서 이기는 것 이외에도 이런 기쁨이 있다는 걸 가르쳐 준 제자들에게 감사하고 싶습니다. 고맙대이!』

사부님이 힘찬 목소리로 감사의 말을 건네자, 행사장 전체에서 박수가 터져 나왔다.

그 박수가 잦아든 후, 사부님은 상냥한 표정을 지으며 말을 이었다.

『그리고, 이래 못난 애비를 지금까지 따라와 준 딸에게, 고맙다고 말하고 싶습니더.』

"아……?!"

그런 말을 이 자리에서 들을 거라고는 생각도 못했던 것이리라.

명백한 동요한 케이카 씨에게, 사저가 사회자인 오가 씨에게서 건네받은 꽃다발을 건네며 "축하해."라고 말했다.

"어? …………어?"

케이카 씨는 아직 사태를 파악하지 못했는지 눈을 휘둥그렇게 뜨고 있었다.

케이카 씨는 혼자 오사카에 남아서 이번 축하회를 준비했다.

그리고 우리는 케이카 씨를 위한 서프라이즈를 몰래 준비해뒀던 것이다.

"케이카 씨, 왜 멍하니 서 있어? 자, 사부님 옆으로 가."

"자, 잠깐만?! 기, 긴코?!"

사저에게 등을 떠밀린 케이카 씨는 꽃다발을 안아 든 채 비틀거리면서 부친 옆에 나란히 섰다.

그런 케이카 씨에게 이야기하듯, 사부님은 말을 이었다.

『쿠즈류 야이치와 소라 긴코를 실질적으로 기른 사람은 바로 제 딸입니더. 프로 기사라 집을 비울 때가 많았던 저를 대신해, 진짜 가족처럼 두 사람을 길러 줬지에. 연수회에서 고생해 가면서 말입니더……. 정말이재, 딸한테는 고생만 시킷습니다.』

케이카 씨는 더는 참을 수가 없는지 눈물을 흘렸다.

사부님의 목소리도 떨렸다.

『소개하겠습니대이. 딸인 케이카입니다. 키요타키 케이카…… 여류 3급입니더! 저희 부녀 모두, 앞으로도 잘 부탁드립니더!!』

전에는 한 번도 들은 적이 없을 만큼 크고 따뜻한 박수가 터져 나왔다.

그것은 타이틀을 지킨 나와 사저에게 보내는 박수이자, 여류 기사가 된 내 두 제자와 케이카 씨에게 보내는 박수였다.

하지만 무엇보다 기사로서, 아버지로서, 지금까지 분골쇄신하며 칸사이 장기계를 위해 헌신해온 키요타키 사부님에게 보내는 따뜻한 박수가 틀림없다.

잦아들지 않는 그 박수를 단상 위에서 들으며, 우리 일문은 행복의 절정에 이르렀다.

그리고 일어났다.

우리는 행복의 절정에서 순식간에 밑바닥으로 떨어뜨리고 마는, 그 사건이…….

☖불씨

무대 위에서의 인사가 끝난 후, 우리는 각 테이블을 돌면서 인사 및 접대를 하는 시간을 가졌다.

"키요타키입니다. 항상 지원해 주셔서 감사합니다."

"쿠즈류입니다! 감사합니다!"

사부님과 함께 이런 식으로 만담 콤비처럼 인사를 하면서 높은 분들이 있는 자리부터 차례차례 돌았다.

여성진들은 가볍게 인사만 해도 손님들이 좋아하지만, 사부님과 나 같은 땀내 나는 남정네들은 둘이서 함께 열심히 애교를 떨어야만 했다.

개그도 했고, 연회용 장기자랑도 했다. 알몸 댄스도 춘 적이 있었다.

평소에는 사부님이 말을 마구 늘어놓고, 내가 그 옆에서 마구 고개를 끄덕이며 술을 따라드리면 됐지만…… 오늘은 역할이 반대였다.

"오! 최강 용왕! 기다리고 있었소!"

"야이치 군! 같이 기념사진을 찍지!"

높으신 할아버지들에게 순식간에 둘러싸인 나는 뜻밖에도 엄청 환영을 받았다.

"드디어 칸사이 기사가 천하를 거머쥐었대이!"

"오래 걸렸군……. 츠키미츠 씨가 그 인간말종 안경잡이한테 명인위를 빼앗기고 20년이나 흘렀나…….”

“진짜 길었대이……. 이제 언제 죽어도 되긋다.”

평소 같으면 “더 힘내!” “빨리 명인을 꺾어!” 같은 소리를 들었을 텐데, 오늘은 엄청 칭찬을 들었다. 우는 사람도 있을 지경이었다.

“자, 잠깐만요?! 어? 어어……?”

내가 술을 올리기도 전에 이미 주정뱅이…… 아니, 거나하게 취한 어르신들을 본 나는 당황했다.

뜻밖의 사태 때문에 당황한 나는 사부님에게 도움을 청하려고 했지만…….

“………….”

사부님은 인사를 마친 후, 아무 말 없이 한 걸음 물러섰다.

어라? 하고 생각했지만…… 제자를 들여 자신의 일문을 거느린 나에게, 스승의 소임을 가르쳐 주려는 것일지도 모른다.

그렇다면 그 기대에 부응하는 게 제자의 도리일 것이다. 나는 높으신 분들을 향해 미소를 지으며 맞장구를 쳤다.

“저, 저기…… 감사합니다. 하지만 저는 아직 명인위를 되찾은 게 아닙니다만…….”

“그래도 타이틀의 서열만으로 본다면 용왕은 명인보다 위 아이가. 실력과 격으로 보면 야이치 군이 장기계의 최고위에 올라섰다고 해도 과언이 아닐 거대이.”

“그, 그야 뭐…….”

서열상으로는 그렇지만 말이다.

"하지만 야이치 군도 9단인 대선생이 된 건가요. 이걸로 사부님과 어깨를 나란히 했군요."

"아, 아뇨! 저는 아직 깜깜 멀었어요……."

사부님을 힐끔 쳐다보니, 딱히 별말 하지 않으며 가만히 계셨다. 자기 힘으로 어떻게 해 보라는 뜻일까…….

손님들은 더욱 흥겨워하며 말을 이었다.

"어깨를 나란히 한 정도가 아니라 이미 뛰어넘었대이!"

"그를 기다! 사부님이 손에 넣지 못했던 타이틀도 땄다 아이가!"

"이제 공식전에서 『보은』에 성공하기만 하면 된대이!"

할아버지들은 깔깔 웃었다. 다들 주정뱅이가 된 것 같지만, 오사카에서는 이 정도 블랙 조크는 블랙에 속하지도 않는다.

계속 겸손한 척했다간 다람쥐 쳇바퀴 돌듯 같은 이야기가 계속될 것 같았기에, 나는 대충 맞장구를 치기로 했다.

"하하…… 그런가요. 그럼 내년 즈음에는——."

바로 그때였다.

쾅!! 하고 큰 소리가 들렸다.

그 소리가 들린 곳을 쳐다본 순간, 나는 내 눈을 의심했다.

사부님이 주먹으로 테이블을 내려친 것이다.

"""윽…………?!"""

그 소리에 행사장 전체에 정적이 흘렀다. 나와 이야기를 나누던 높으신 분들은 너무 놀라서 입을 쩍 벌린 채 굳어버렸다.

그리고 사부님은 핏발 선 눈으로 나를 노려보며 외쳤다.

© shirabii

"뭐가 '내년' 이라는 기고!! 내년이면 내가 B급 2조에서 강등 당해서, 니와 순위전에서 맞붙을 거라는 기가?! 아앙?!"

사부님은 10년 동안 함께 살면서도 한 번도 보인 적 없을 만큼, 어마어마한 분노를 드러내고 있었다.

그것은 분노만이 아니었다.

그 안에는 명백한——『적의』가 어려 있었다.

"C급 기사 따위가 타이틀을 땄다고 거들먹거리는 기가?! ……C급에서 장기를 둘 바에야 은퇴할 거대이!!"

느닷없이 『은퇴』라는 말이 튀어나오자, 이 자리에 있는 이들 모두가 숨을 삼켰다.

"그리고 어제 즉위식에서의 그 발언은 뭐꼬?! '망루는 끝났다' 꼬?! 기어오르지 말그라!!"

들으셨구나…….

나는 경솔한 발언을 입에 담았던 것을 후회했다.

사부님은 어릴 적에 나와 사저에게 몰이비차를 금지했을 정도의 앉은비차 파이며, 게다가 『강철류(鋼鉄流)』라 불릴 만큼 견고한 응수를 장기로 삼는 기사다.

그런 사부님에게 있어 망루란 단순한 특기전법이 아니다.

인생 그 자체인 것이다.

그런데 나는 악의는 없었다고 해도 그런 망루를 부정해버렸던 것이다…….

"망루는 장기의 순문학이대이! 망루를 갈고닦지 않으면 명인이 될 수 없다고까지 일컬어지던 장기의 왕도인 기다! 그걸 너

따위가……!"

"하, 하지만 사부님——."

"불만이 있음 함 덤벼 보그라! 야이치!!"

사부님은 또 주먹으로 테이블을 내려치며 고함을 질렀다.

"누가 더 뛰어난지, 손님들 앞에서 결판을 내는 기다! 프로 기사라면 도전을 거부하지 말그라!!"

"사, 사부님……."

나는 한순간, 사부님이 술에 취하셨다고 생각했다.

하지만 그렇지 않았다. 사부님은 오늘 술을 한 잔도 마시지 않았다. 술에 취하지 않았기 때문에 용서할 수 없는 것이다.

그 밑바닥에 있는 것은—— 명인위에 도전한 적이 있는 기사의 자존심이다.

현역 기사로서, 사부님은 순위전에서 아직 나보다 랭크가 높다. 『명인』이라는 타이틀에 한정해서 본다면, 사부님이 나보다 더 가까운 곳에 있는 것이다.

그런데 '뛰어넘었다' 같은 말을 들은 것이다. 아무리 장기기사가 아닌 사람이 입에 담은 농담일지라도, 프로의 자존심이 그것을 용납하지 않으리라.

아니, 방금 발언은 방아쇠에 불과할지도 모른다.

어쩌면 그 뿌리는 더욱 깊을지도 모른다.

——질투……일까?

자신의 사부님의 마음에 깊은 상처를 남겼다는 사실을 그제야 깨닫고 만 나는 격렬하게 후회했다.

아무리 농담일지라도, 상대의 말에 맞장구를 쳤을 뿐일지라도, 현역 승부사를 상대로 '어깨를 나란히 했다' '뛰어넘었다' 같은 말은 입에 담아서는 안 된다.

하지만 나도 순순히 사과할 수 없는 이유가 있다.

그것은——— 내가 용왕이라는 점이다.

타이틀 보유자에게는 상위자에 걸맞게 행동해야 한다는 의무가 있다. 특히 최상위인 용왕은 명인이 상대일지라도 물러서선 안 된다. 내가 으스대고 싶기 때문이 아니다. 그러지 않았다간 장기계의 질서가 흐트러지며, 무엇보다 기전을 주최한 스폰서에게 실례인 것이다.

애초에 망루에 관한 내 발언이 잘못됐다고는 생각하지 않는다.

프로로서, 장기에 관한 것으로 신념을 꺾는 것은 불성실한 행동이다.

그래서 나 또한 상대가 사부님이라고 해도 고개를 숙일 수 없다. 장기로 져드릴 수도 없다. 단둘이 있다면 몰라도, 수많은 사람들이 주목하고 있는 이런 장소에서…….

""…………. ""

나와 사부님은 아무 말 없이 서로를 노려보았다.

조금 전까지 이곳에 감돌던 행복한 분위기가 사라지더니, 행사장 안은 무거운 침묵으로 가득 찼다.

이 상황에서 입을 열었다간 돌이킬 수 없는 발언을 입에 담을 것 같아서, 다들 아무 말도 하지 못했다.

그런 절망적인 상황을 타파한 것은——.

"저기저기~."

어느새 사부님의 발치에 다가간 샤를 양의 혀 짧은 목소리였다.

"샤우도 말이지? 싸뿌의 싸뿌와, 장기 두고 시퍼~."

사부님의 바지를 잡아당기면서 '장기를 두자.' 고 조른 것이다.

사부님이 나에게 싸움을 건 게 아니라, 말 그대로 '지금 이 자리에서 장기를 두자' 고 제안한 것으로 받아들인 걸까…….

"하하! 참 귀여운 도전자가 도전장을 던졌다 아이가."

천진난만한 샤를 양이기에 가능한 그 행동에 재빨리 반응한 이는 바로 칸사이 장기계의 총수인 자오 타츠오 9단이었다.

"코스케. 제자와는 언제든지 둘 수 있다 아이가. 오늘은 그 아가의 상대를 해 주그라."

자오 선생님은 웃으면서 사부님을 보더니, 말을 이었다.

"다른 손님 분들도 따분해하시는 것 같대이. 이제 그만 지도 대국을 재개하는 게 어떻겠노?"

《나니와의 제왕》의 판결은 절대적이다.

사부님은 나한테서 시선을 떼더니…….

"……아가씨, 저쪽에서 나와 장기 두까?"

"샤우, 장기 뚤래~!!"

기뻐하는 사를 양과 함께 장기판으로 향했다.

나도 허둥지둥 미소를 지으면서 딱딱하게 굳은 히나츠루 아이와 여초연 멤버들에게 말을 걸었다. 사저와 케이카 씨도 끝내주는 호흡을 선보이며 분위기를 누그러뜨리고자 분주하게 돌아다녔고, 그 후로는 아무 일도 없었다는 듯이 즐거운 시간이 계속됐다. 이 일의 발단이 된 높으신 분들은 시종일관 미안해했다.

그렇게 아무 일도 없었다는 듯이 축하회는 성황리에 막을 내렸다.

하지만 축하회가 끝난 후에도, 나는 사부님과 대화는 고사하고 시선조차 맞추지 않았다.

☗스승과 제자와

"하아……."

집으로 향하면서도 마음을 무거웠다.

내가 택시 뒷좌석에서 축 늘어져 있자, 옆에 앉아있던 히나츠루 아이가 걱정스럽다는 듯이 나를 응시했다.

"……사부님? 저기…… 으음……."

"아, 괜찮으니까…… 걱정하지 마."

나는 아이를 진정시키기 위해 그렇게 말했지만, 사실 나 자신에게 건넨 말이기도 했다.

나는 동요한 사실을 숨기려는 듯이 말을 이었다.

"사부님은 성격이 순간급탕기 같거든. 내제자 시절에는 말도 안 되는 일로 혼난 적도 있고 하니까, 이런 일에는 꽤 익숙해."

그것은 거짓말이다.

사부님은 항상 어이없는 일로 화를 냈지만, 장기 관련으로 나나 사저에게 부조리하게 화를 낸 적은 단 한 번도 없다.

……참고로 비공식전에서 나에게 지고 연맹 창밖으로 오줌을 싸갈긴 적도 있지만, 기사라면 누구든 지면 그런 짓을 저지를 만큼 울화가 치미니까 그건 화낸 것으로 치지 않겠다.

"사부님은 곧 B급 2조의 순위전을 치르시거든. 요즘 들어 나나 사저의 즉위식에 참가하거나 축하회 준비를 하느라 장기 공부를 거의 못했을 테니까, 그래서 좀 초조한 걸지도 몰라……."

"할아버지 선생님, 이번 기 순위전………… 좀 힘든, 상황……이시죠?"

"그래……. 지난 기에도 강등점을 받았거든……."

"강등점?"

아이는 고개를 갸웃거렸다. 내 말을 이해하지 못한 것 같았다.

"순위전은 시스템이 복잡해. 클래스별로 승급 및 강등의 조건이 달라."

여러 기전 중에서도 가장 시스템이 복잡한 것이 바로 순위전 제도다.

기사 생명에 직결되는 리그전이기 때문에, 시시각각 상황에 맞춰 신중하게 제도개편이 이뤄진 끝에 지금의 시스템으로 귀결된 것이다.

"내가 속한 C급 2조는 최하층이고, 지금은 50명이 속해 있어. 그중 열 명이 추첨으로 대진을 짜서 대국을 하는 거야. 그리고 그중에서 승급할 수 있는 사람은 상위 세 명뿐이야."

"세 명?! 겨우 그것밖에 안 돼요?!"

"하지만 전승을 거둔 사람은 무조건 승급돼. 만약 전승을 한 사람이 다섯 명이 나오면, 그 다섯 명 전원이 C급 1조로 가게 되는 거야."

"호, 혹독하네요……!"

"인원수가 많기 때문이야. 9승 1패가 다섯 명 있으면, 순위가 가장 낮은 두 사람은 같은 성적이더라도 승급을 할 수 없어."

이것을 장기계에서는『제자리걸음』이라고 부른다.

"저기, 사부님? 그 순위는……."

"지난 기의 성적으로 결정돼. 상위 클래스에서 내려온 사람이 톱이고, 하위 클래스에서 올라온 사람이 꼴찌지."

"그럼 프로 기사 선생님 전원에게 순위가 매겨지는 건가요?"

"응. 그렇게 순위를 매기기 때문에『순위전』이라고 부르는 거야."

"그렇군요~!"

참고로 나는 용왕이기 때문에 장기계 최상위지만, 순위전만 본다면 거의 꼴찌라고 하는 극단적인 입장이다.

"그리고 사부님이 지금 속해 있는 곳이 B급 2조야. 위에서 세 번째 클래스지. 승급은 상위 두 명만 되고, 하위 다섯 명에게는 강등점이 붙어. 이 강등점이 두 번 붙으면 강등당하는 거야."

A급과 B급 1조는 순위가 낮으면 바로 강등된다.

하지만 B급 2조 이하는 이 강등 시스템으로 운영되며, 최소한 2년은 재적할 수 있다.

"강등점은 계속 붙어 있는 건가요?"

"아냐. 승이 패보다 많거나, 2년 연속으로 동일 승패면 지울 수 있어."

"동일 승패…… 절반은 이겨야 하는 거네요~."

아이는 복잡한 표정을 지었다.

연수회에서는 거의 진 적이 없고, 마이나비 여자 오픈에서도 뛰어난 여류기사를 쓰러뜨렸던 이 아이는 동일 승패가 어려운 조건이 아니라고 생각할지도 모른다. 게다가 지금은 자고 일어나기만 해도 강해지는 시기인 것이다.

하지만, 사부님은 그렇지 않다.

기력과 체력이 자연적으로 쇠퇴하는 나이이며, 내리막길을 타고 있는 성적을 다시 끌어올리기 위해서는 젊은 시절보다 몇 배는 더 노력해야만 할 것이다…….

"사부님은 A급에서 최선을 다하셨지만 두 번째 명인 도전에 실패한 다음 해에 B급 1조로 강등되셨고, 그대로 B급 2조까지 내려오셨어. 게다가 강등점이 붙었으니, 올해도 강등점이 붙는다면 C급 1조로 떨어지고 마는 거야."

"얼마 전까지 A급에서 승리를 거두셨는데, 왜 그보다 아래 클래스에서 이기지 못하시는 거죠? 슬럼프인가요……?"

"연령적인 문제도 있겠지만…… 그만큼 현재 장기계가 혹독하기 때문이야."

A급은 그야말로 신들의 전쟁이다. 다른 클래스와는 격이 다른 실력자들이 모여서 펼치는 가장 혹독한 리그인 것이다.

그렇다고 B급과 C급이 물러 터졌냐면 그렇지 않다.

"특히 B급 1조는 『도깨비 소굴』이라고 불릴 정도거든."

"도깨비?!"

"실력은 A급에 필적하는 베테랑과 기세가 하늘을 찌르는 루키들이 뒤섞여서 데스매치를 벌이는 거야. 그곳은 'A급이었다' '명인에게 도전해 봤다' 같은 경력이 통할 만큼 물러터진 세계가 아냐. '강등당한 녀석은 약자' 라는 듯이 총공격을 당하지."

그런 B급 1조에서 1승만 거둔 사부님은 다음 해의 B급 2조에서도 2승밖에 못한 바람에 강등점을 받고 말았다.

2년 전까지만 해도 A급이었는데 말이다.

이때 받은 충격이 얼마나 컸을지…… 당시에 사부님이 밝게 행동하셔서 눈치채지 못했지만…….

"…………어쩌면……."

"예?"

"……사부님은 은퇴하실 작정일지도 몰라……."

"어……."

"A급에서 강등당하고 은퇴하는 기사가 옛날에는 많았어. 사부님은 좀 옛날 사람인 데다가…… 단순한 A급 기사가 아니라, 명인 도전자였어."

오늘 다시 한번 깨달았지만, 사부님은 명인위에 대해 경외심에 가까운 감정을 품고 있었다.

자신이 지조 없이 행동하면 명인위마저 더럽혀진다고 생각할지도 모른다.

"하, 하지만 할아버지 선생님은 은퇴 안 하셨잖아요? 지금까지 그런 말은 한 번도 하신 적이 없어요."

"아마………… 나 때문일 거야."

"사부님…… 탓?"

"그래. 사부님이 A급에서 강등당한 해, 나는 3단 리그에서 중학생 기사가 되기 위해 혈전을 벌이고 있었어. 자기가 은퇴하면 제자인 내가 동요할 거라고 생각한 걸지도 몰라."

사부님은 항상 자기 자신을 희생하셨다. 나를 위해서 말이다.

그 덕분에 나는 용왕이 됐고, 이렇게 타이틀 방어에도 성공했으며, 순위전에서도 지금까지 전승을 거뒀다.

그런 내가 자신이 쭉 소중히 여겨온 것을 가벼이 여기는 듯한 발언을 한다면…… 화가 날 수밖에 없다.

"그래. 나는 1년 전 이쯤에 딱 10연패를 했었잖아. 하지만 사부님은 억지로 밝게 행동하시면서………… 그런데, 나란 녀석은…… 젠장!!"

"사부님……."

나 자신이 너무 바보 같은 나머지 주먹으로 무릎을 내려치고 있자, 아이는 안타까운 표정으로 내 손을 감싸 쥐었다.

말은 하지 않았지만 '자책하지 마세요.' 라고 호소하는 제자의 눈을 보자, 주먹에서 힘이 빠져나간 나는 그 손으로 아이의 머리를 쓰다듬어 줬다.

눈가에 눈물이 맺힌 아이는 강아지처럼 내 품에 뛰어들었다.

마치 버림받는 것을 두려워하듯, 희미하게 몸을 떨고 있었다.

나는 그런 아이를 쳐다보며 문뜩 이런 생각이 들었다.

“…………나도…….”

“예? 나도…… 라뇨?”

“아니, 나도………… 아이가 나보다 세지면, 사부님처럼 행동할까 싶어서 말이야.”

“예엣?!”

아이는 말 그대로 펄쩍 뛰더니, 고개를 세게 저으며 부정했다.

“제, 제가 사부님보다 강해질 리가 없잖아요~!”

“하지만 장기 묘수풀이로는 이미 추월당했잖아.”

“장기 묘수풀이와 진짜 장기는 달라요!”

……장기 묘수풀이로 나보다 센 건 부정하지 않는구나…….

이런 솔직함이 어린아이 특유의 잔혹함이리라.

아니다. 기사는 누구나 이렇게 순진무구한 잔혹함을 가지고 있다.

그것은 때때로 사람의 마음을 개운하게 해 주지만, 때로는 남의 속을 끓어오르게 만든다.

그런 순수한 잔혹함으로 이뤄져 있는 듯한 소녀는 눈부신 젊음과 재능을 사방에 흩뿌리며 말했다.

“할아버지 선생님이 순위전에서 꼭 이기셨으면 좋겠어요!”

“……그래. 진짜로 그랬으면 좋겠어.”

제자의 순수한 미소가 너무 눈부신 나머지, 나는 창밖을 쳐다보았다.

시야 한편에 비친 칸사이 장기회관은 왠지 섬뜩한 생물처럼 보였다.

기사들의 불행을 먹고 사는 괴물 같아 보였다…….

☖B급 2조 8회전

——와 그런 소리를 해버린 길까…….

일문 축하회로부터 며칠 후.

키요타키 코스케는 마음속에 응어리를 품은 채, 칸사이 장기 회관에서 순위전을 치르고 있었다.

상대는 지난 기에도 B급 2조에서 싸웠던 칸토의 루키, 코보토케 유우야 6단이다.

제자인 야이치보다 열 살 정도 많기는 하지만, 20대에 B급 2조까지 올라온 상당한 유망주다. 성적 또한 지금까지 6승 1패로 뛰어났다. 순위도 좋았기 때문에 승급 다툼에서도 3위를 하고 있었다.

그렇기에 키요타키도 마음을 굳게 먹고 대국에 임하고 있지만——.

"…………휴우."

다리를 푼 그는 머리를 긁적이면서 땅이 꺼져라 한숨을 내쉬었다.

저녁 식사 휴식을 마치고, 야간전투에 들어선 『마의 시간대』.

피로와 졸음이 몰려오기 시작하는 이 시간이 되면 다양한 잡념이 스멀스멀 다가온다.

키요타키를 괴롭히고 있는 건, 축하회에서 제자를 향해 언성을 높였던 기억이다.

왜 그 자리에서 그런 소리를 한 것일까……. 왜 그렇게 화가 난 것인지, 키요타키 본인도 아직 이해가 되지 않았다.

"집중하그라, 집중!"

키요타키는 소리 내며 자기 자신을 질타한 후, 다시 장기에 몰입했다.

——하지만, 이미 굳히기에 들어간 형세대이.

키요타키의 특기인 망루 대결이 된 오늘 대국은 장시간에 걸쳐 서로를 쥐어짜는 듯한 대설을 펼친 끝에 승리를 거의 수중에 넣었다.

코보토케는 이미 기보 꾸미기에 들어갔으며, 지금은 『추억 장군』을 두고 있었다.

——이렇게, 이렇게, 이렇게………… 응. 딱 한 수 차이로 승리한대이.

확실히 나이를 먹으면 젊은 시절처럼 되지는 않는다.

체력 회복에도 시간이 걸리고, 종반에는 머릿속의 장기판이 제대로 가동되지 않아서 복잡한 외통수를 읽지 못할 때도 있다.

사손(師孫)인 히나츠루 아이처럼 젊음을 뽐내는 듯한 종반력을 자신이 지녔다면…… 같은 생각을 하며 부러울 때도 있다.

——하지만, 엔진이 걸리면 괜찮대이. 이렇게 젊은 녀석들도 압도할 수 있는 기다!

키요타키가 젊은 시절에도, 나이 지긋한 기사가 99퍼센트 이길 수 있는 장기를 종반에 엄청난 악수를 둬서 지고 마는 일이 자주 일어났다.

수읽기를 실수하거나 헷갈린 수준의 악수가 아니다.

장기말의 움직임을 착각하거나 잡은 말을 착각한다거나…… 그런 나이 많은 기사 특유의 패배공식이 있는 것이다.

"괜찮대이…………. 진짜로 괜찮대이."

키요타키는 다양한 의미가 담긴 목소리로 그렇게 중얼거렸다.

자신은 아직 쇠퇴하지 않았다. 20대 승급 후보도 이렇게 압도할 수 있다. 오늘 대국을 완승으로 마쳐서 B급 2조 잔류의 발판으로 삼는 것과 동시에, 중계를 보고 있을 라이벌들에게 '키요타키 코스케는 얕보면 안 된다' 는 인식을 안겨 줄 수 있을 것이다. 그렇게 쌓은 『신용』은 프로로서 싸워 나가는 데 크나큰 재산이 될 것이다.

키요타키는 장기판에서 고개를 들면서 기록 담당을 쳐다보았다.

"카가미즈 군. 제한시간이 얼마나 남은 기고?"

"1시간 14분 남았습니다."

"그릇나……. 고맙대이."

외통수를 읽기에 충분한 시간이다.

——이겼군. 하지만 방심은 금물이대이.

키요타키는 다시 정좌하더니, 정신을 집중하고 장기판을 응시했다.

그러자——.

"어."

아까는 눈치채지 못했던 좋은 수를 발견했다.

――이렇게 좋은 수를 놓친 기가……. 이건 확실한 결정타가 될 거대이.

키요타키는 의기양양 그 수를 선택했다. 이렇게 완벽한 결정타를 날린다면 제자들도 자신을 다시 볼 것이라는 행복한 생각을 하면서 말이다.

"어?!"

아니나 다를까, 키요타키가 그 수를 두자마자 코보토케는 깜짝 놀라면서 몇 번이나 장기판을 확인했다.

하지만―― 아무리 기다려도 투료를 하지 않았다.

의아하게 생각한 키요타키가 다시 장기판을 보았다.

"앗……?!"

그는 자신의 온몸에서 피가 빠져 나가는 듯한 느낌을 받았다.

한 수 *[2]돈사(頓死). 키요타키가 좋은 수라고 생각했던 그 수는 자기 손으로 옥(玉)을 내주는 것이나 다름없는 최악의 악수였다.

"…………실례하겠습니다."

코보토케 6단은 갈라진 목소리로 그렇게 말하더니, 송구해 하면서 키요타키의 옥에 장군을 걸었다.

"…………."

---

*2) 돈사(頓死) : 갑작스럽게 죽다는 의미. 일본장기에서는 최선의 수를 두면 외통수, 즉 체크메이트를 피할 수 있는 상황에서 실수를 한 바람에 외통수로 장군을 당하는 경우를 가리킨다.

키요타키는 천장을 올려다본 후, 말받침에 손을 올려놓으며 투료 의사를 밝혔다.

거머쥔 줄 알았던 승리가 사라지더니…… 장기말의 움직임을 착각한 것만 같은, 그런 무참한 투료도만이 남았다.

☗승부의 자취

B급 2조 순위전이 치러진 그 날.

나는 히나츠루 아이를 케이카 씨에게 맡긴 후, 저녁 식사 휴식 시간이 끝났을 즈음에 연맹을 찾았다.

이 시간에 연맹을 방문한 것은 사부님과 마주치는 것을 피하기 위해서다.

내가 기사실에 가자, 방 안의 분위기가 변했다. 다들 이틀 전에 나와 사부님이 다투는 광경을 봤으니 당연할지도 모른다.

하지만 아무도 그 일을 언급하지 않았다. 그런 배려가 정말 고마웠다.

대국의 검토에서도, 다들 은근슬쩍 사부님이 유리하다고 점쳐줬고…… 덕분에 나도 마음이 점점 안정되면서 농담을 나눌 수 있게 됐다.

실제 국면에서도 사부님이 점점 승리를 굳히고 있었다.

앞으로 한 수. 이제 그 어떤 수를 둬도 이길 수 있다——.

하지만 느닷없이 잔혹한 투료도가 나타나자, 검토를 하고 있던 이들 모두가 얼어붙었다.

"마, 맙소사……."

사부님의 승리를 확신하던 나는 느닷없이 맞이한 끝이 믿기지 않았다.

종반이라고 해도, 아직 시간이 남아있는 단계에서의 돈사였다. 그야말로 어이없는 돈사였다.

말의 움직임을 착각한 듯한, 아마추어나 할 법한 패배였다.

"사부님이………… 이런 식으로 지다니……."

프로 기사는 장기말의 움직임을 『감각』으로 파악하고 있다.

말로 설명하는 것은 어렵지만, 그것을 잘못 본다는 것은 있을 수 없는 일이다. 보지 않더라도 알 수 있으니까 말이다.

"키요타키 선생님께서 이렇게 허무하게 지실 줄이야……."

"……진짜로 몸이 안 좋으신 것 아닐까……?"

"지난 기에도 강등점을 받아서 순위가 나쁘니까 말이야……. 다음에 또 지면 그대로 강등이 확정될지도 몰라……."

"다른 사람도 아니고 키요타키 선생님이 말이야? 명인에게 도전하시고 겨우 5년밖에 안 지났는데?"

"이 시기에는 어느 장기를 봐도 괴롭기만 해……."

기사실 안에서 그런 대화가 오갔다. 밝고 열기에 가득 차 있던 평소의 공기와는 전혀 다른, 초조함과 나른함 때문에 숨이 막힐 듯한…… 순위전 종반의 공기로 가득했다.

이것으로 사부님은 순위전에서 7연패를 하셨다. 아직 1승도 못한 것이다.

강등을 당할 가능성이 더욱 커졌다.

만약 사부님이 축하회에서 하신 말씀이 진심이라면…… 은퇴가 현실미를 띄기 시작했다는 것을 뜻했다.

"큭! 사부님……!!"

걱정이 된 나는 사부님과 지금 거북한 관계라는 것도 잊은 채 기사실을 뛰쳐나갔다.

계단에 발을 걸쳤을 때, 위에서 누군가가 내려왔다.

카가미즈 씨였다.

사부님의 대국에서 기록 담당을 맡았던 그는 기보 데이터를 3층에 있는 사무국에 가져가고 있는 것 같았다.

"카가미즈 씨! 저기……."

"무슨 일이야?"

"그게…… 사부님 말인데, 어떠세요? 화를 내셨나요? 감상전을 거부하지는 않았나요?"

"응? 웃으면서 감상전을 하시던데?"

"예?"

나는 뜻밖의 말을 듣고 말문이 막혔다.

웃었다고? 졌는데?

사부님이…… 저런 식으로 져놓고……?

"처음에는 분위기가 무겁기는 했어. 저런 돈사를 했으니 당연하다면 당연해……."

카가미즈 씨는 당시를 떠올리듯 약간 굳은 표정을 지었다.

"하지만 감상전 중간부터 웃으시더라고. 상대도 눈치를 발휘해 키요타키 선생님의 말씀에 반박하지 않으며 계속 맞장구만

쳤지. 아무튼, 괜찮을 거야."

"그런가요……."

"키요타키 선생님은 베테랑 중의 베테랑이시잖아. 지시기는 했지만, 한잔하시고 한숨 주무시면 깨끗하게 잊으실 거야."

카가미즈 씨는 그렇게 말하더니, 내 어깨를 두드리며 계단을 내려갔다.

그래…… 맞아.

사부님은 나보다 세 배는 더 사셨고, 프로 생활도 30년 넘게 한 베테랑이시다. 예전에도 돈사를 한 적이 몇 번은 있을 것이다.

게다가——.

"어른이잖아."

그렇다. 사부님은 어른이다. 나나 사저, 그리고 내 제자처럼 어린애가 아니다. 어른은 감정을 컨트롤하는 법을 알 뿐만 아니라, 마음이 강하다. 어른은 엉엉 울며 투정을 부리지 않는다.

은퇴 또한 내 지나친 생각일 것이다.

축하회에서 다투기는 했지만, 설령 C급 1조로 떨어지더라도 사부님이라면 현역에서 최선을 다하실 것이다.

그러니 괜찮다! 나 따위가 괜한 걱정을 할 필요는 없다.

납득을 한 나는 다시 기사실로 돌아가려다——.

"……얼굴이라도 보이고 갈까."

어쩌면 사부님과 화해할 수 있을지도 모른다. '일전에는 미안했대이. 검토를 하러 온 기가? 이참에 같이 밥이라도 묵고 돌아가자.' 하고 사부님이 상냥한 어조로 나에게 말할지도 모른다.

그런 기대를 품으며 돌아선 나는 다시 대국실로 향했다.

5층—— 어흑서원(御黑書院)은 이미 정적이 감돌고 있었다.

신발장에는 눈에 익은, 꾀죄죄한 검은색 구두가 있었다.

사부님의 구두다. 그 구두만이 남아 있었다.

"감상전이 벌써 끝난 걸까? 뭐…… 그런 식으로 결판이 났으니까 말이야."

상대방도 할 말이 딱히 없을 것이다. 서둘러 자리를 비웠을 게 틀림없다. 엘리베이터로 내려가서 계단을 이용한 나와 마주치지 않은 것이리라.

——……그럼 왜 사부님은 남아 계신 거지?

위화감을 느낀 나는 기척을 숨긴 채 구두를 벗었다.

바로 그때, 불가사의한 소리가 들렸다.

"응? ……이게 무슨 소리야?"

장기말을 두는 소리가 아니다.

……그것은 코를 훌쩍이는 소리 같았다.

그렇다. 그것은 누군가의 울음소리였다.

장기판과 말은 정리됐고, 불마저 꺼진 대국실에서, 누군가가 울고 있었다.

사부님이다.

홀로 대국실에 남아, 유일하게 켜진 형광등 불빛 아래에서, 몸을 웅그린 채…… 울고 있었다.

오열과 함께 이런 말이 들려왔다.

“…………한 수만 물리도………… 물리도………….”

나는 소리를 내지 않으며 몰래 대국실을 나섰다. 이것은 제자가 결코 봐선 안 되는 광경인 것이다.

어느 수를 ‘물리고’ 싶은 건지는 안 봐도 뻔했다.

지고 분하지 않을 기사가 있을 리가 없다는 것을, 아무리 나이를 먹고 어엿한 어른이 되더라도 장기를 계속 두는 한 패배의 원통함이 누그러들지는 않는다는 사실을…….

나는, 다시 실감했다.

카가미즈 히우마

직 업 장려회원(3단)

출 신 지 미야자키현 미야코노조시

좋아하는것 힙합

불편한 것 천재

☖키요타키 사부님의 가출

"사부님이 아직 돌아오지 않으셨다고?"

"응. 대체 어디를 싸돌아다니고 있는 건지 모르겠어."

B급 2조 순위전 다음 날.

사부님의 집에 맡겨둔 아이를 데리러 가보니, 케이카 씨가 난처한 표정으로 자신의 아버지가 집에 돌아오지 않았다고 말했다.

"정말, 50대나 되어 가지고 정말 뭐 하는 건지……. 아이 양은 아직 열 살밖에 안 됐는데 새벽부터 일어나서 청소와 세탁을 다한 걸로 모자라, 지금은 도장에서 손님을 상대하고 있단 말이야."

"뭐, 그만큼 순위전은 가혹하잖아……."

13시간 넘게 장기를 둔 끝에 졌으니, 집에 돌아가고 싶지 않을 것이다. 케이카 씨도 그걸 알지만 걱정이 되기에 나에게 푸념을 늘어놓고 있는 것이리라.

나도, 케이카 씨도, 축하회 때의 일은 언급하지 않았다.

충격적인 한 수 돈사도, 사부님이 입에 담았던 은퇴에 대해서도, 언급하지 않았다.

그런 이야기를 나누고 있을 때, 잠옷 차림의 사저가 눈을 비비면서 모습을 드러냈다.

방금 일어난 것 같았다. 아직 졸린지 가시 돋친 듯한 날카로운 분위기가 전혀 느껴지지 않았다.
축 늘어진 듯한 느낌의 그 무방비한 모습이 왠지 귀여워 보였지만…… 나를 보자마자 그런 분위기가 순식간에 사라진 사저는 혀를 차더니…….
"……최악이야."
……하고 말하면서 손님방으로 들어갔다.
케이카 씨는 쓴웃음을 지으며 말했다.
"어제, 밤늦게까지 여기서 순위전 검토를 했어……. 말은 안 했지만, 아빠가 걱정되어서 기다리고 있었던 것 같아."
"그랬구나. 사저다워."
나와 사저가 내제자로서 이 집에서 살 때는 사부님의 순위전이 끝날 때까지 잠을 자지 않았다. 프로 기사가 된 심정으로 제한시간이 가장 길고 가혹한 이 기전을 체험하려고…… 아니, 사부님과 함께 싸우고 있는 심정이었다.
우리는 그것을 『순위전 놀이』라고 불렀다.
누가 강제로 시킨 것은 아니지만, 그것이 제자로서의 의무라고 어릴 적부터 생각했다.
순위전은 기사의 생활에 직결되기 때문이다.
순위전에서 강등이 결정되면, 최종적으로 은퇴하게 된다. 거꾸로 보자면, 은퇴로 이어지는 기전은 순위전뿐이다. 그것이 바로 다른 기전과 순위전의 가장 큰 차이점이리라.
게다가――.
"순위전에서 강등되면 수입도 확 줄잖아? 내가 여류 기사가 됐다고 해도, 아직 수입이 없는 거나 다름없으니까…… 최근 몇 년 동안은 도장을 유지하는 것도 힘들었어."

사부님은 명인에게 두 번이나 도전한 9단이다. 칸사이에서는 손꼽히는 중진인 것이다. 실적과 인기만 보면 대국 이외의 일로도 돈을 얼마든지 벌 수 있을 것이다.

오사카 근교의 장기대회에서의 심판. 대기업 장기부 지도. 타이틀전 입회인.

사부님은 이런 짭짤한 일거리를 대부분 다른 칸사이 기사들에게 양보했다.

그리고 자신은 남들이 질색하는 장기 보급 쪽 일을 솔선해서 맡았다. 나와 사부님이 만난 것도, 후쿠이현 산골짜기에 있는 장기협회 지부에서 열린 조그마한 대회에 사부님이 장기를 보급하러 왔기 때문이다.

우리 사부님은 그런 사람이다.

그래서…… 우리는 키요타키 코스케의 제자가 된 것이다.

"내가 대신 도장에 나갈까? 몰래 하면 들키지 않을 테니——."

내가 조금이라도 은혜를 갚고 싶은 심정으로 케이카 씨에게 그렇게 말하자…….

"그러지 말고 찾으러 가 줘. 아마 [*3]미나미 언저리에서 술을 퍼마시고 있을 거야."

"찾으러 가라고? 사부님을 말이야?"

---

*3) 미나미 : 난바역 주변, 오사카시 추오구(중앙구), 나니와구에 걸친 번화가의 총칭. 옛 미나미구(남구)에 포함된 지역이 많다. 난바, 도톤보리 등이 포함된다.

"야이치 군이라면 아빠가 어디 있을지 대충 감이 오지? 주정뱅이가 된 아버지를 찾으러 가는 건 내제자의 일이었잖아."

"뭐, 그렇기는 했지만……."

"도장 일은 내가 하면 되고, 여차하면 아이 양도 도와줄 거야."

"아이가……."

오늘은 토요일이라 학교가 쉬고, 정식으로 여류 기사가 됐으니 도장에서 손님 상대로 장기를 두며 돈을 받는 것도 문제가 없을 것 같기는 했다.

"아이 양, 엄청 인기가 좋아. 어르신들의 사랑을 독차지하고 있고, 아이 양이 다니는 학교도 이 근처에 있어서 장기를 배우고 싶다며 같은 반 애들이 찾아오기도 해. 그리고 인터넷으로 장기를 시작한 젊은이도——."

"뭐? 젊은이? 즉, 젊은 남자라는 소리지? 아이를 눈독 들인 남자가 늘어났다는 거야? 그딴 녀석들은 하나같이 로리콤이야! 그런 녀석들이 아이에게 다가가는 걸 두고 보고 있었어?! 왜?! 위험하다고!!"

내가 발끈하면서 그렇게 말하자, 옷을 갈아입고 손님방에서 나온 사저가 날카로운 어조로 한마디 했다.

"객관적으로 볼 때 야이치가 가장 수상하거든? 이 로리콤 킹."

"큭……!"

반론……할 수가 없다!

바로 그때, 케이카 씨는 손뼉을 탁 치며 말했다.

"마침 잘됐어. 긴코, 야이치 군과 함께 아버지를 찾으러 가."

“싫어. 왜 내가 이딴 로리콤과 함께——.”

“어머머~? 그런 것치고는 꽤 꽃단장한 것 같은데?”

“아니거든? 평소에도 이러고 다녀.”

“그렇지는 않은 것 같은데~? 야이치 군이 보기에는 어때?”

“예? 그게…….”

사저는 현재 평소 즐겨있는 세일러 교복이 아니라 사복을 입고 있었다.

그것도 샤칸도 씨가 억지로 입혔던 휘황찬란한 옷이 아니라, 평범한 느낌의 캐주얼한 옷이다. 그래서 그런지 사저의 범상치 않은 외모가 돋보였다.

“산뜻한 느낌이 감도는 게 예쁘네요. 나는 좋아해요.”

“윽……!”

사저는 얼굴이 벌게지더니, 내 발을 걷어찼다. 꽤 아팠다.

칭찬 삼아 한 말인데 대체 뭐가 마음에 들지 않은 것일까. 잠에서 깬 지 얼마 안 된 사저는 그야말로 맹견이다.

“아~하~. 우후후후후♪”

케이카 씨는 얼굴이 빨개진 사저를 옆에서 뚫어져라 쳐다보며 말했다.

“야이치 군은 평범한 옷을 입은 긴코가 ‘예뻐서’ ‘좋다’ 고 하잖니~. 잘됐네, 긴코!”

“확 담가………… 흥.”

사저는 확 담가버린다고 말하려다 참은 것 같았다. 그러자 케이카 씨는 더욱 기고만장해진 듯한 어조로 말을 이었다.

“그럼 잘 부탁해. 아빠를 찾아줘. 아, 맞다. 발견하면 지갑을 빼앗은 다음에 택시에 태워서 돌려보내면 돼. 그리고 너희는 데이트를 즐겨. 모처럼 너희 둘 다 쉬는 날이잖니!”

“뭐어?! 데, 데이트…….”

“야이치와 함께 미나미를 돌아다니는 게 데이트라는 거야? 말도 안 되는 소리 하지 마. 그건 벌칙 게임이거든?”

말이 너무 심하네.

“뭣하면 도톤보리 2번가에서 쉬었다 와도 돼~.”

케이카 씨는 히죽거리면서 이상한 소리를 했다. 도톤보리 2번가에는 그렇고 그런 호텔이 밀집한 구역이 있습니다.

농담 삼아 한 말이겠지만…… 그런 호텔에 이미 사저와 가 본 적이 있는 데다, 당시의 일이 생각나자 마음이 복잡해졌다.

케이카 씨는 그 일을 몰라서 이렇게 우리를 맺어 주려 하지만, 사저는 그때 나한테 딱 잘라 싫어한다고…… 으으…….

사저는 낮은 목소리로 말했다.

“……케이카 씨는 요즘 사부님을 닮아가는 것 같아.”

“어? 그게 무슨 소리야?”

“아저씨 같아졌어.”

“아저……?!”

아연실색하며 그 자리에 멍하니 서 있는 케이카 씨를 내버려 둔 채, 사저는 역으로 향했다. 나는 케이카 씨를 걱정하면서도, 사저의 뒤를 따랐다.

☗부부 젠자이(善哉)

난바.

사부님의 집이 있는 노다에서 전철로 10분 정도 거리에 있는, 오사카에서 손꼽히는 번화가이자 서일본 최대의 관광지다. 오사카에서 『미나미』라고 하면 이 난바를 중심으로 한 구역을 말한다.

이곳에서 북쪽으로 가면 신사이바시, 남쪽으로 걸어가면 닛폰바시라는 오타쿠 구역이 있으며, 남쪽으로 더 가면 츠텐카쿠라는 전망대가 있는 신세카이가 있다.

"이 근처에도 오래간만에 와보네."

"뭐, 우메다를 벗어날 일이 잘 없으니까요."

[*4]『키타』라 불리는 오사카역 주변의 우메다는 젊은이들의 거리이며, 연맹이 있는 후쿠시마도 오사카역에서 걸어서 갈 수 있는 곳에 있다. 그렇기에 젊은 장기기사들은 대부분 키타에서 논다.

새로운 빌딩이 점점 들어설 뿐만 아니라 깨끗하고 화려한 북쪽(키타)에 비해, 남쪽(미나미)은 오래된 상점가나 술집이 그대로 발전한 느낌이라 전체적으로 난잡한 느낌이다.

하지만 이 난잡한 느낌이 오사카의 이미지에 잘 어울리는 것이다.

---

*4) 키타 : 오사카역, 우메다역 주변의 오사카시 키타구(북구) 일대 번화가를 가리키는 말.

관광객이 잔뜩 몰려온 탓에, 아침부터 활기로 가득 차 있었다.
나도 고향인 후쿠이 현에서 지내던 시절에는 오사카하면 이 근처를 떠올렸다. 글리코 간판 같은 걸 말이다.
"그런데, 어디부터 찾아볼까요?"
"으음…… 강 쪽부터 가볼까?"
"도톤보리 강 말이에요? 사부님이 거기에 있을까요?"
"강에 둥둥 떠 있을지도 몰라."
"윽?!"
그 말은 사부님이 죽었다는…….
"에비스바시 쪽이나 센터거리처럼 술집이 많은 곳부터 찾아보는 게 낫지 않을까요?"
"그럴지도 모르지만……."
사저는 투덜거렸다.
"그쪽은 아케이드라서 그늘이 지니까 좋지만, 사람이 많아서 가능하면 걸어 다니고 싶지 않아. 도망칠 곳도 없잖아……."
"뭐, 사저는 눈에 띄니까 그런 걱정을 할 만도 해요."
용왕 타이틀 방어로 나도 꽤 유명해졌지만, 그래도 사저의 인기는 압도적이다.
사상 첫 여성 3단이 되면서 요즘 들어 텔레비전에도 엄청 나오고 있으니, 휴일에 이렇게 사람이 많은 장소를 걸어 다녔다간 소동이 벌어질지도…… 같은 걱정을 하고 있을 때였다.
꼬옥.
사저가 내 팔을 안더니, 내 어깨에 자신의 얼굴을 묻으며 꼭 달라붙었다.

"어?! 사, 사저……?"

"헌팅 대책이야. 착각하지 마."

사저는 선인장처럼 가시 돋친 목소리로 설명했다.

"이렇게 붙어서 걸어 다니면 남들도 우리를 연인 사이로 착각하지 않겠어? 괜히 헌팅남들을 떼어내며 돌아다니는 것도 성가셔…………. 그래서 이러는 것뿐이야……."

"그, 그런가요……."

"…………."(꼬옥~)

왠지 남들이 보면 염장 커플처럼 보일 것 같은뎁쇼.

우리 둘 다 사복 차림이니, 장기기사처럼 보이지는 않을 것이다. 사저의 은발도 좀 논다는 중학생이 염색한 것처럼 보이기도 했다.

'사저는 똑똑해.' 라는 생각과 '하지만 나와 사저가 오사카에서 연인인 것처럼 딱 붙어서 걸어 다니면, 괜한 오해를 사는 거 아니야?' 하는 생각이 머릿속에서 뒤엉키고 있다…… 하지만 아무 말도 할 수 없다.

왜냐하면 이렇게 귀여운 여자애와 자신한테 딱 붙어 있는 걸 싫어하는 남자가 있을 리가 없는 것이다.

"여, 역시 사람이 많네요! 안 그래요?!"

"……참 한가하네."

우리는 몸을 밀착시킨 채 글리코 간판이 보이는 에비스바시에 도착했다.

『헌팅 다리』라 불릴 만큼 헌팅이 성행하는 장소지만, 아직 이른 시간이라 그런지 조용했다.

다리 위를 오가는 사람들 대부분은 관광객, 학생 그룹, 그리고…… 커플이었다.

그 외에도 그림을 그리고 있는 어르신들도 많았다. 그림교실에 속한 이들이 야외로 나와서 그림을 그리고 있는 걸까? 아무튼 불가사의한 광경이었다.

우리는 다리 난간에 기대면서, 높은 곳에서 주위를 둘러보았다.

"사저, 어때요? 사부님은 찾았어요?"

"아마 없을걸?"

완전 대충이네……!

"뭐, 사부님이 어디 있을지는 뻔하잖아."

그럼 왜 여기 온 거냐고 물어봐도 되겠지만, 나도 넙죽넙죽 여기까지 따라왔기에 그런 소리를 할 자격은 없다. 데이트 기분을 맛보고 싶었다고…….

"『호젠지요코초(法善寺横丁)』로 가자."

"예."

에비스바시 상점가에 들어서서 왼쪽으로 꺾으면 호젠지(法善寺)가 있다.

아담한 부동명왕상이 모셔져 있는 조그마한 사찰이며, 이 주위에 밀집되어 있는 술집 사람들이 이 절을 자주 찾는다고 한다.

자아, 호젠지 하면 [*5]젠자이(善哉)다.

옛날 [*6]소설? 영화? 의 제목도 된 적이 있다고 하며, 경내에서 당당하게 젠자이 장사를 하고 있었다.

그 가게의 이름은 『부부 젠자이(夫婦善哉)』. 붉은색 등롱이 달린 조그마한 가게다.

사저는 그 가게 앞에서 걸음을 멈췄다.

"피곤해."

"벌써요?! 아직 5분도 안 지났는데요?!"

"나는 저 가게에서 기다리고 있을 테니까, 야이치는 혼자서 사부님을 찾아봐."

"싫어요! 나도 젠자이나 먹을래요!"

"……마음대로 해."

그런고로, 우리는 사부님 수색을 일시 중단했다.

가게는 좁지만, 다행히 한 자리가 비어 있었다.

대부분의 손님은 관광을 온 외국인들이었다. 기모노를 입은 점원이 신기한지, 젠자이보다 그 점원을 스마트폰으로 촬영하고 있었다.

나는 사저와 마주 보고 앉은 후, 바로 주문을 했다.

"젠자이랑 냉(冷) 젠자이를 하나씩 주세요."

이곳은 메뉴가 두 개 뿐이기에 메뉴판을 볼 필요도 없다. 그리고 메뉴가 적기 때문에 음식이 금방 나왔다.

---

*5) 젠자이(善哉) : 팥을 삶아 으깨서 설탕을 넣고 끓인 음식. 우리나라의 단팥죽에 가까우나, 일본에서도 지역에 따라 그 형태가 다르다. 떡이나 경단을 곁들여 먹는다.

*6) 오다 사쿠노스케(1913~1947)의 단편소설 「부부 젠자이(夫婦善哉)」. 오사카를 배경으로 한다.

젠자이 두 그릇, 찬 젠자이 두 그릇, 그리고 다시마 소금 절임이 두 접시 나왔다.

음식이 잘못 나온 것 같지? 하지만 이 가게는 원래 이렇게 나와.

"1인분 시켰을 때 두 그릇이 나오는 건 확실히 신기하네요."

"그래? 나, 젠자이는 이 가게에서만 먹으니까 잘 모르겠어."

"그러고 보니 나도 그래요……. 뭐, 타이틀전 때 간식으로 나와서 먹은 적도 있긴 하네요."

달콤한 젠자이와 폭신폭신한 경단.

으깬 팥의 말랑말랑한 식감과 새하얀 경단의 매끈한 식감이 자아내는 하모니는 케이크로는 맛볼 수 없는 일본 전통 간식의 묘미다. 정말 최고야!

"으음, 맛있어! 선재(善哉)로고~."

"……타이틀전 때 간식으로 젠자이가 나오면 왠지 마음이 편해져."

"맞아요! 대국 중에는 맛을 느끼지 못해도, 식감은 느끼니까요. 하얀 경단을 혀 위에서 굴리거나 씹으면서 탄력을 즐기기도 해요. 마음이 치유되는 것 같다니까요."

어쩌면 사부님도 마음을 치유하고 싶어서 이 호젠지를 찾는 것일지도 모른다. 순위전에서 밤새도록 싸우고 나면 스스로 전투 모드를 끌 수가 없으니까 말이다…….

사부님은 대국을 마치고 나면 꼭 이 근처에 와서 술을 마신다.

다음 날 점심때가 됐는데도 사부님이 집에 돌아오지 않는다면, 나와 사저는 항상 사부님을 찾으러 갔다.

사부님이 가는 가게는 대부분 장기를 좋아하는 주인장이 운영하는 가게이기 때문에, 술에 취해 곯아떨어지면 가게에서 재워주기도 했다.

우리가 가면, 사부님은 숙취 때문에 지끈거리는 머리를 감싸쥐며 거북한 미소를 지으시더니…….

『이 일은 케이카에게 비밀로 해도. 알긋재?』

이렇게 말하면서 나와 사저를 이 젠자이 가게에 데려와서 우리가 먹고 싶어 하는 것을 사 주셨다. 즉, 매수를 한 것이다.

"뭐, 여기서는 젠자이밖에 안 팔지만 말이야."

"에이…… 그래도 여름에는 찬 젠자이도 얻어먹었잖아요."

찬 젠자이는 간단히 말해 팥빙수 같은 것이다.

사저가 좋아하는 것은 녹차 찬 젠자이라서, 젠자이와 찬 젠자이를 1인분씩 시켜서 나와 반씩 나눠 먹었다.

참고로 젠자이는 한 그릇씩 공평하게 나눠 먹지만, 찬 젠자이는 사저의 기분에 따라 내 몫이 어마어마하게 변했다.

거의 매번 다 녹아버린 국물만 홀짝였다. ……내가 무슨 장수풍뎅이냐?!

"나는 『아메리칸』의 케이크도 좋아해."

사저는 따뜻한 젠자이와 찬 젠자이를 번갈아 먹으면서 그리움이 어린 목소리로 그렇게 말했다.

"아메리칸도 좋았죠. 오래간만에 가보고 싶네요."

"야이치도 그래?"

"예. 점원의 유니폼도 귀엽잖아요."

"……."

카페 아메리칸도 이 근처에서 꽤 명물인 가게다.

가게 내부는 20세기의 카바레처럼 화려하면서 고풍스럽다고나 할까…… 어른들만의 세계 느낌이 물씬 나는 가게다.

나는 거기서 파르페 같은 것을 먹었고, 사부님은 커피를 홀짝이면서 예쁜 점원들로 눈요기하며 승부 때문에 거칠어진 마음을 치유했다……. 어디까지나 전사의 휴식을 위해서지, 단순히 에로 목적으로 그 가게를 간 것은 아니다. 결단코 아니다.

"사부님이 마시던 그 커피에는 위스키가 들어가 있었다더라고요. 사저는 알고 있었어요?"

"물론이야. 메뉴에 적혀 있었거든."

"사부님은 툭하면 '숙취에 가장 좋은 건 해장술이대이~.' 같은 소리를 하셨는데, 그렇게 술만 퍼 드셔도 정말 괜찮을까요? 주량도 점점 늘어난 데다, 나중에는 안주도 거의 안 드시잖아요……."

"………….."

사저는 아무 말 없이 젠자이를 먹었다. 나도 괜한 소리를 했다는 생각이 들었다.

——괜찮지 않으니까, 이런 사태가 벌어진 것이다.

후회에 사로잡힌 나를 위로하듯, 사저는 약간 밝은 목소리로 말했다.

"맛있네."

"응. 그리워."

동심으로 돌아간 바람에 사저에게 반말을 했지만, 사저는 화를 내지 않았다. 그런 별것 아닌 일에서 행복을 느꼈다.
젠자이를 다 먹고 나니, 어느새 점심때가 다 됐다.
나는 계산을 하려고 자리에서 일어나려 했다.
바로 그때, 계산대 쪽에서 젠자이를 레토르트 팩에 담아서 팔고 있다는 것을 눈치챘다.
"포장도 되는구나……. 사 가야겠네요."
"그렇게 마음에 들었어?"
"아, 다음 여초연 때 간식으로 내줄까 해서요."
"…………."
"하지만 요즘 애들은 젠자이를 싫어하려나요? 아이에게 물어봐야겠네요~."
나는 스마트폰을 꺼내서 제자에게 LINE으로 『요즘 초등학생들은 젠자이 같은 걸 먹어?』라는 메시지를 보냈다.
사부님의 집에서 도장 일을 돕고 있을 아이는 점심때라 쉬고 있는지 바로 메시지를 확인하고 답장을 보내왔다.
『젠자이요? 저는 좋아하는데…… 왜 느닷없이 그런 걸 묻는 건데요?』
메시지의 뒤를 이어 고양이 머리에 물음표가 달린 스탬프가 왔다. 그런 아이가 귀여워서 나는 무심코 미소를 지었다.
"잠깐 내놔 봐."
"앗!"
내가 답장을 보내려던 순간, 사저는 상대방이 잘못 둔 장기말을 단숨에 낚아채가듯 내 스마트폰을 빼앗았다.

『호젠지에서 부부 젠자이 NOW (^q^) 포장해 갈게』

사저는 내 옆에 앉더니, 평소와 다르게 환한 미소를 지으며 수평 피스 사인을 날리는 투샷 셀카를 찍었다. 그리고 그 사진을 위의 메시지와 함께 송신했다.

사실상의 선전포고다.

"히이이이이이이이이이이이이이이이이이이이이이익!!"

보낸 메시지를 삭제해 보려 했지만, 그건 무리였다. 메시지 옆에 붙어 있는 『읽음』이라는 문자는 돌이킬 수 없는 실수를 저질렀다는 낙인 그 자체다…….

"자, 잠깐만요! 이, 이게 무슨 짓이에요?! 아이는 이런 농담이 통하지 않으니까, 이러지 말라고요!!"

"……." (휙~)

"앗! 항의하는 사람을 무시하는 거예요?! 게다가 내 다시마까지 먹어치우면 어떻게 해! 그게 없으면 입안의 단맛을 어떻게 씻어내냐고!"

달콤한 젠자이를 먹은 후에 먹는 다시마 소금 절임은 끝내준다! 그 다시마를 맛있게 먹기 위해 젠자이를 먹는다고 해도 과언이 아닐 정도인데……!

가게를 나서고 걸으면서 다시마를 쪽쪽 빨아먹는 게 내 취향이라는 걸 알면서도, 사저는 그 즐거움을 전부 빼앗아 갔다. 이 악마……!

"젠장~! 도깨비! 악마! 찰싹 달라붙어 다니기에 좀 귀엽다고 착각했어! 완전 깜빡 속았다고!!"

"…………그러는 너야말로 나와 단둘이 있는 걸 즐기나 했더니…… 결국 초등학생만 챙겼잖아……."

사저가 뭐라고 중얼거렸지만, 목소리가 너무 작아서 들리지 않았다.

바로 그때, 스마트폰이 울렸다.

아이한테서 답장이 온 것이다.

화, 화난 걸까? 아니면…… 슬퍼하고 있는 걸까?

『빨리 돌아와서 설명해 주세요!』, 『이제 집에 들이지 않을 거예요!』 같은 말이 적혀 있으면 어떻게 하지……. 떨리는 스마트폰을 쥔 손이 더욱 떨렸다. 무, 무서워…….

하지만 읽음 표시가 뜨고 3초 안에 답장을 보내지 않았다간 아이가 더욱 기분 나빠 한다. 우리 집의 3초 룰이다. 그야말로 철칙이다.

나는 머뭇머뭇 스마트폰을 보았다.

『가게 앞에 있어요.』

히이이이익!!

☖식칼 한 자루

허둥지둥 가게를 나서보니, 열 살인 내 제자가 싱글벙글 웃으면서 두 손을 등 뒤로 모은 포즈로 나를 기다리고 있었다.

그리고 다리가 다 풀릴 만큼 귀엽게 나를 올려다보며 물었다.

"사부님? 사부님이 오시기만 기다리며 도장에서 열심히 일하는 제자를 방치해 두고, 아주머니와 단둘이서 젠자이를 즐긴 거예요~?"

아이는 죽도록 귀엽다.

또한…… 죽도록…… 무섭다!!

"그리고 이 가게는 뭐예요? 부부 젠자이? 흐음, 부부라고 쓰고 『메오토』라고 읽는 군요~. 새로운 걸 배웠어요~."

"그, 그게 말이야! 케이카 씨가 키요타키 사부님이 행방불명이 됐으니 찾아봐달라고 부탁해서…… 맞아, 케이카 씨! 케이카 씨에게 어떻게 된 건지 물어보면――."

"케이카 씨는 지금 반성 중이세요."

아이는 싱글벙글 웃으면서 무시무시한 발언을 입에 담았다. 『반성』의 구체적인 내용을 언급하지 않는 점이 공포감을 조성하고 있었다.

내 뒤를 이어 가게에서 나온 사저(계산을 하고 온 것 같았다)는 약간 질린 듯한 표정으로 아이에게 물었다.

"……어떻게 이렇게 빨리 찾아온 거야?"

"사부님에게 발신기를 달았기 때문이죠."

""뭐?!""

나와 사저는 얼굴이 새파랗게 질려서 고함을 질렀다. 바, 발신기?!

그럼…… 우리가 그런 곳(사쿠라노미야)에 간 것도 이미 다 알고 있는 거야?!

"농담이에요. 그리고 저도 말받침에 놓인 장기말이 아니니까, 아무 곳에나 불쑥 나타날 수는 없어요. 실은 점심 때 여기에 올 예정이었어요."

"호젠지에 말이야?"

"예. 『미즈카케후도(물 끼얹는 부동명왕)』 앞에서 아빠와 만나기로 했거든요."

""아빠?""

나와 사저는 한목소리로 그렇게 외쳤다. …………그게 무슨 소리지?

"이, 이게, 『부동명왕님』인가요?!"

부부 젠자이를 나와서 오른편을 보니, 그곳에는 미즈카케후도가 서 있었다.

조그마한 사당에 모셔진 그것을 본 아이는 깜짝 놀랐다.

"그래. 이끼에 완전히 뒤덮여 있지?"

그것은 녹색 이끼로 뒤덮인 조그마한 석상이었다.

사람 모양을 하고 있다는 것을 겨우겨우 알아볼 수 있는 이게 바로 그 유명한 물 끼얹는 부동명왕상이다.

"장사 번성과 예술의 신이니까, 장기를 잘 두게 해달라고 비는 것도 괜찮을 거야. 우리도 옛날부터 사부님을 따라 여기에 자주 왔었어."

"와아아……!"

"모처럼 온 김에 참배하고 갈까."

나는 그 석상 앞에 놓인 국자를 쥔 후, 물을 떠서 끼얹었다.

석상은 크기가 상당하기 때문에 붓는 게 아니라 말 그대로 끼얹어야 했다.

"물을 끼얹어도 되나요?"

"해 볼래?"

"아…… 예!"

아이는 내가 들고 있던 국자를 건네받더니, 발돋움을 하면서…….

"에잇! 에잇!"

툭. 툭.

뿌린 물이 석상에 겨우겨우 닿았다. 귀여워♡

"……그래 가지고 효험이 있겠어? 줘봐."

사저는 아이한테서 국자를 빼앗더니, 찰싹~ 하는 소리가 날 정도로 호쾌하게 물을 뿌렸다.

"그, 그렇게 잔뜩 뿌려도 되나요~?!"

"하하하. 뭐, 여기는 오사카니까 말이야. 뭐든 잔뜩, 그리고 힘차게 하는 편이 좋아."

"아무튼 이걸로 저도 장기 실력이 쑥쑥 늘 거예요! 그것 말고 다른 효험도 있나요?"

"으음, 사랑도 이뤄진다던가?"

"윽!!"

그 순간, 아이와 사저 사이에서는 방금까지와는 비교도 안 될 만큼 강렬한 긴장감이 감돌았다.

"물을 한 번 더 뿌릴 거예요!! 비켜 주세요!!"

"꼬맹이, 너나 비켜."

아이는 다른 국자를 들고 끼어들려 했지만, 사저는 자신이 쥔 국자로 아이의 국자를 쳐냈다. 그리고 어찌 된 영문인지 둘이서 칼부림을 시작했다. 되게 호전적이네!

"두, 둘 다 스톱! 국자로 그런 짓을 하면 천벌 받는다고!"

"뭐? 확 담가버린다?"

"누구 때문에 이러는 건지 몰라서 그래요? 진짜로 천벌 받을 사람은 따로 있는 것 같네요."

누구 탓에 이렇게 된 것인지는 모르겠지만, 일단 사과부터 했다. 잘못했습니다…….

"그런데, 언제부터 이렇게 이끼투성이가 된 걸까요?"

국자로 아돌을 날릴 듯한 자세를 취한 아이가 석상을 올려다보며 고개를 갸웃거렸다. 그러자──.

"이 아버지가 여기서 수행을 하던 시절에는 이미 이런 상태였단다."

"아빠!"

"아이, 건강해 보이는구나."

그렇게 말하며 옅은 미소를 머금은 사람은 히나츠루 타카시 씨, 바로 아이의 아버님이다.

아이의 아버지는 자신의 품에 뛰어든 딸을 상냥히 안아준 후, 우리를 향해 정중히 고개를 숙였다.

"쿠즈류 선생님, 소라 선생님. 오래간만입니다."

"아, 안녕하세요……."

나는 허둥지둥 고개를 숙였고, 사저 또한 아무 말 없이 인사를 건넸다.

그리고 내가 무슨 일로 호젠지에 오신 건지 물어보려고 한 순간, 아이의 아버지가 뜻밖의 말을 입에 담았다.

"키요타키 선생님께서는 가게에서 쉬고 계십니다. 자아, 안내할 테니 따라 오시죠."

아이의 아버지가 우리를 안내한 『가게』는 호젠지의 바로 옆에 있었다.

『쇼벤탄바테이』라는 품격 있는 요리점이었다.

뭐, 가게 이름을 처음 들었을 때는 무심코 되물었지만 말이다.

"소, 소변?"

"소변이 아니라 쇼벤(正弁)입니다. '올바르게 분별한다'는 의미죠. 뭐, 오사카다운 센스가 담긴 이름이죠?"

아직 영업을 하지 않는 그 가게의 현관을 통해 안으로 들어가 보니, 한창 영업 준비 중이었다. 새하얀 일본식 앞치마를 걸친 남자들이 묵묵히 일하고 있었다.

카운터석으로 안내된 우리는 셋이서 나란히 자리에 앉았다. 나는 한가운데 자리라 영 불편했다. 진퇴양난이다. 빨리 이 상황에서 벗어나고 싶기에 바로 용건을 꺼내기로 했다.

"그런데 사부님은 어디 계시죠?"

"2층에서 쉬고 계십니다. 지금 사람을 보내서 부르죠."

아이의 아버지가 이 가게 사람에게 지시를 내린 후, 카운터 앞에 서서 우리와 시선을 마주했다. 그리고 따뜻한 차를 내놓았다.

"그럼 어떻게 된 건지 설명을 드리자면――."

"설명 안 해도 돼. 사부님이 이 가게에서 고주망태가 된 거지?"

사저가 퉁명한 투로 그렇게 말하자, 아이의 아버지는 아무 말 없이 미소를 지었다.

나는 그 점 이외에도 궁금한 게 있었기에, 차를 한 모금 마시고 질문을 던졌다.

"그런데…… 히나츠루 씨는 무슨 일로 호젠지에 오신 거죠?"

"제가 요리사 수행을 시작한 곳이 바로 이 가게입니다. 이곳 호젠지요코초는 요리사의 성지죠."

"예엣?!"

"이 가게의 주인…… 제 사부님 되시는 분께서 얼마 전에 건강을 해치셨습니다. 일손이 부족하다고 해서 제가 좀 도우러 온 겁니다."

아이의 아버지는 문뜩 뭔가 생각난 듯한 어조로 말을 이었다.

"『달의 호젠지요코초』라는 노래를 아십니까? 이 호젠지요코초에서 일하던 요리사가 식칼 한 자루만 들고 수행을 떠난다는 내용의 노래인데요."

"몰라." "죄송하지만, 저도 잘……."

사저와 내가 고개를 젓자…….

"그, 그런가요…………. 하긴, 꽤 오래된 노래니까요……."

아이의 아버지는 약간 아쉬워하며 고개를 숙였지만, 곧 다시 말을 이었다.

"저도 마찬가지로 이곳 호젠지에서 다른 곳으로 수행을 떠났죠. 호쿠리쿠 지방의 여관에서 요리사가 부족하니 사람을 파견해 달라는 의뢰가 들어와서, 반년 동안 그곳에서 일하기로 했습니다. 당시에 저는 스물다섯 살이었어요."

"그 여관이——."

"예. 『히나츠루』입니다."

아이의 아버지가 데릴사위라는 건 알고 있었지만, 그런 경위로…….

"당시, 히나츠루의 주방은 심각한 상황이었습니다. 확대 노선을 관철한 선대 주인이 손님을 과하게 받으면서 요리사들의 극심하게 피폐해져서, 야전병원이나 다름없는 상황이었죠……. 저는 파견을 간 첫날부터 요리장으로서 일을 해야만 했을 지경이었습니다."

"하지만 아빠는 멋지게 맡은 일을 완수했잖아! 엄마가 항상 말했어! 아빠가 없었으면 우리 여관은 옛날 옛적에 망했을 거래! 그러니까 결혼을 할 거면 젊고 어엿한 기술을 가진 사람과

하라고 엄마가 항상 그랬어!"

아이는 어찌된 영문인지 반짝이는 눈으로 나를 쳐다보았다.

아이의 아버지는 쓴웃음을 지으며 입을 열었다.

"딸의 발언은 과장이 꽤 섞였지만, 제가 필사적으로 일한 건 사실입니다. 처음 석 달 동안은 사원용 기숙사에 가지도 못한 채, 주방 옆 창고에서 채소와 함께 잠을 잤죠."

"혹독한 전장이네요……."

"여관업은 시간과의 싸움이니까요. 하지만 그런 생활을 계속 하다 보면 몸이 망가지고 맙니다. 넉 달째에 들어선 어느 폭설이 내리던 날, 저는 주방에서 식칼을 쥔 채 쓰러졌죠."

호쿠리쿠는 겨울이 되면 지독하게 춥다. 나도 후쿠이의 시골 촌구석 출신이라 잘 안다.

폭설이 내리니까 병원에도 갈 수 없고, 당연히 의사를 부를 수도 없다. 절체절명의 상황에 처한 아이의 아버지는 과연 어떻게 됐을까…… 듣고 있는 우리 또한 손에 땀을 쥐는 상황이었다.

딸인 아이도 이 이야기는 처음 듣는지, "아빠! 괜찮았던 거야?!" 라고 말하며 카운터를 향해 몸을 쑥 내밀었다.

"주방에서 쓰러진 저는 사원용 기숙사가 아니라 히나츠루 가문의 저택으로 옮겨졌습니다. 다른 가게의 요리사에게 무슨 일이 생기면 곤란하다고 생각한 건지, 저는 폭설이 그쳐 의사를 부를 수 있게 될 때까지 극진한 간호를 받았죠. 그리고──."

"""그리고?"""

아이의 아버지는 딸을 힐끔 쳐다보더니, 만감이 교차하는 듯한 어조로 말했다.

"이 아이의 모친에게………… 잡히고 말았습니다……."

'잡혔다.' 고 말했어!

이 사람, 방금 분명 '잡혔다.' 고 말했다고!

아버지가 돌려서 한 말이 무슨 뜻인지 눈치 못 챈 듯한 아이가 순진무구한 목소리로 이렇게 외쳤다.

"와아~! 아빠와 엄마의 만남은 운명적이었구나!"

"……하하하………… 아이는 엄마를 쏙 빼닮았는걸……."

"어~? 그래~?"

맞아.

"즉, 쓰러진 아버님을 간병해 준 사람이 어머님이었고, 그것이 인연이 되어서 결혼하게 된 건가요?"

"최종적으로는 말이죠……. 하지만 상대는 거대 여관의 외동딸, 그리고 저는 일개 요리사였죠. 신분도 차이가 나고, 나이도 차이가 많이 났습니다. 게다가 저는 아직 수행 중이었죠. '지금 바로 결혼한 후, 히나츠루에 남아달라.' 고 아키나…… 아이의 모친이 말했을 때는 그 자리에서 바로 거절했고, 계약기간이 끝나자마자 오사카로 돌아갔습니다만――."

그럴 만도 했다. 아무리 미소녀에 부잣집 외동딸일지라도, 만난 지 얼마 안 된 사람한테서 결혼하자는 말을 듣는다면 기뻐하기 전에 우선 두려움을 느낄 것이다. 그리고 보통 이런 상황에서는 간병을 받은 사람이 반해야 정상 아니야? 진짜 무시무시하네.

"하지만 그 이야기는 거기서 끝나지 않았던 거죠?"

"예. 그게………… 그 사람은 저를 쫓아서, 이곳까지 와버렸습니다."

"예?! 이, 이곳이라면…… 이 호젠지요코초에 말인가요?! 아이의 어머님이요?!"

"고등학교를 중퇴하고, 본가와 인연을 끊더니, 저와 함께 일하겠다며 고집을 피웠죠."

여, 여관에 모든 것을 바친 것만 같던 슈퍼 안주인이…… 가출까지 했다고?!

"그래서요?! 그래서요?! 아, 아버님은 어떻게 하셨죠?!"

"내버려둘 수도 없어서, 제 아파트에게 같이 살기로……."

"어머님은 당시에 몇 살이셨죠?"

"열일곱 살이었습니다."

여, 열일곱 살?! 게다가…… 여고생과 오사카에서 동거?!

"그건 범죄잖아요!"

"이런 말씀을 드리는 건 좀 그렇지만, 쿠즈류 선생님보다는 훨씬 낫습니다."

"맞아, 로리콤. 확 돈사해서 죄를 뉘우쳐, 로리콤."

아이의 아버지와 사저에게 집중포화를 당했다. 죽고 싶어.

바로 그때, 아이가 벌떡 일어서며 외쳤다.

"사부님은 로리콤이 아니에요! 그리고 방금 이야기는 정말 멋져요! 부동명왕님이 이어 준 러브 스토리네요! 아빠도 그렇게 생각하니까 엄마와 결혼한 거지?!"

"뭐, 그렇기는 한데…… 지금 생각해 보니, 당시 아키나의 행동력은 좀 비정상——."

"엄마한테 확 일러버릴 거야!"

"이렇게 멋진 순애 스토리는 이 세상에 없을 거야. 틀림없어."

아버님…….

여전히 아내와 딸에게 잡혀 사는 모습을 보니 같은 남자로서 한심해 보였다. 좀 더 당당하게 행동해 줬으면 한다.

나? 나는 반드시 집안에서는 큰소리 떵떵 치며 살 거라고요.

"뭐, 그래도 어린 여자애가 모든 걸 버리고 자신을 쫓아온다는 상황은 남자의 심금을 울리기는 해요. 예를 들어 샤를 양이 프랑스 국적을 버리면서까지 나를 선택해 준다면 그대로 확 결혼해버릴 자신이 있다고오오오오옷! 아야얏! 사저, 밟았어요! 내 발 밟았다고요오오오오오옷!!"

"진짜 하나같이…… 남자들은 전부 로리콤이야……. 전부 돈사해버려……."

사저는 내 발을 자근자근 밟으면서 그렇게 말했다. 아이 또한 "왜 제가 아니라 샤를 이야기를 하는데요~!"라고 외치며 불만을 터뜨렸다.

"그런데 사부님이 너무 안 오시는 것 같지 않아?"

"아야야…… 그, 그러네요……."

우리가 이 가게에 오고 시간이 상당히 지났다.

그래서 직원이 또 2층에 가 봤는데——.

"……아무래도 키요타키 선생님께서는 부엌문으로 돌아가신 것 같습니다."

“““어?”””

하지만 예상을 못한 일은 아니다.

우리와 얼굴을 마주하기 힘든 것이리라. 대국에서 질 때마다 매번 이러셨다. 사부님의 심정을 충분히 이해하기에 탓을 할 마음이 들지 않았다.

어제의 한 수 돈사는 『부모의 요실금』을 목격한 것에 버금갈 정도의 충격이며, 나 또한 사부님이 쇠퇴했다는 사실에 대해 마음의 정리가 되지 않았다.

그래서 조금 더 시간을 두고 싶었다. 사저도 마찬가지이리라.

“키요타키 선생님에게서 여러분의 택시비와 점심 식사비를 받았습니다. 딸이 평소에 신세를 지는 만큼, 감사의 마음을 담아 실력 발휘를 할까 합니다.”

그 후, 우리는 아이의 아버지에게 점심 식사를 대접받았다. 그건 정말 맛있었지만, 아까 일로 삐친 아이가 저녁을 해 주지 않아서 한 끼 굶어야 했다.

☗두 가지 길

“어서 와. 얼마나 걱정했는지 알아?”

“……미안하대이.”

집에 돌아가자, 딸인 케이카가 부엌에서 얼굴을 내밀었다.

“나는 괜찮으니까, 아빠를 찾으러 갔던 야이치 군과 긴코한테나 고맙다고 말해. 그리고 아이 양이 도장 일을 도와줬으니까,

다음에 용돈이라도 줘."

"…………물 좀 도."

"테이블 위에 있어."

케이카는 다시 부엌에 들어갔다. 나도 숙취 때문에 아픈 머리를 감싸 쥔 채 비틀거리면서 케이카의 뒤를 따랐다.

케이카는 딱히 나한테 화가 나서 일부러 퉁명한 태도를 취하는 게 아니다. 정반대다. 걱정하기 때문에 일부러 저러는 것이다.

지고 돌아온 승부사를 상냥하게 대하는 것은, 상처에 소금을 뿌리는 짓이나 다름없으니까 말이다.

테이블 위에는 얼음물이 가득 놓여 있었다. 내가 현관문을 여는 소리를 듣고 준비한 것이리라. 집에 돌아온 내가 얼음물을 찾을 거라는 것을 케이카는 알고 있는 것이다.

몸은 이 물을 원하지만…… 물을 마시려 할 때마다 항상 머뭇거렸다.

——물을 마셔서 술이 깨면, 어제 대국이 생각날 것이다…….

말도 안 되는 실수를 범해 돈사를 당한 것도, 강등을 당할 위기에 처한 상황도, 제자와 다툰 일도…… 그 모든 것이 나를 궁지에 몰고 있었다.

"…………옛날에는 장기계도 이렇지 않았대이……."

나는 부엌의 의자에 앉은 후, 술을 깨기 위해 물을 마시면서 신음에 가까운 목소리로 그렇게 중얼거렸다.

"그게 무슨 소리야? '옛날이 더 좋았다.' 같은 말이야?"

"아니, 최악이었재."

"뭐?"

"대국 매너 같은 건 있지도 않았대이. 선배들은 아침부터 주식이니 경마 이야기나 해댔다 아이가. 장려회나 대국 제도도 지들 입에 맞게 뜯어고쳤고, 우리가 의견을 내놓으려고 하면 '아랫것들은 닥치그라!' 하고 고함이나 빽 질러댔던 기다."

칸토와 칸사이의 격차 또한 심각했다.

칸사이 기사들은 칸토쪽 기사들한테 건달 취급을 당했다. ……뭐, 당시 『장기꾼』은 도박꾼과 별반 다르지 않았지만.

"당시에 비하면 지금의 장기계는 천국인 기다. 회장인 츠키미츠 씨는 누구한테나 공평하고, 후배들은 하나같이 예의가 바르재. 대국 중에 잡담 같은 것도 안 한대이. 장기에만 집중할 수 있는 환경이 갖처져 있다 아이가."

"그럼 잘된 거 아냐?"

"지금의 내한테는 지옥이대이. 옛날보다 더 힘든 기다."

"뭐? 천국인데 지옥?"

"선배들과 같은 나이가 되니…… 후배들에게 추월당하는 처지가 되니, 당시의 선배들 심정이 처절하게 이해가 된대이……."

"……그게 무슨 소리야?"

"불안한 기다."

나는 뱃속을 가득 채우고 있는 감정을 토해냈다.

"자신들보다 강한 후배가 쑥쑥 튀어나오는 게, 어린 것들에게 추월당하는 게, 자신들이 쇠퇴해 가는 게…… 너무나도 불안한 기다. 그런 불안을 얼버무리기 위해, 대국 중에 동료들끼리 잡담을 나누는 기다. 안 그러면 평정심을 유지할 수 없을 정도로 불안한 기재……."

조금이라도 자신이 커보이게 하기 위해 언성을 높인다. 장기로 이기지 못하니 선배로서의 권위에 매달리며, 그것을 필요 이상으로 휘두른다.

지금은 이해가 된다. 선배들의 불안이, 공포가…….

"……하지만 그런 짓을 한다고 강한 후배를 이길 수 있는 것도 아닌 기다. 언젠가는 추월당하고 말겠재."

당시에 그렇게 으스대던 선배들은 어떻게 됐나?

장기계의 중심에서 점점 구석으로 밀려나더니…… 이윽고 연맹 홈페이지에 작게 은퇴 기사가 실리고…… 그 후로는 소식을 접할 수가 없다.

그리고 마지막으로, 장기 잡지 구석에 작디작은 추모 기사가 실린다.

모든 이들에게서 잊혔을 즈음, 누구도 봐주지 않는 장소에서 최후를 맞이하는 것이다.

"이기지 못하게 되면, 장기를 두더라도 재미가 없는 기다. 재미가 없으니까 공부도 하지 않고, 대국에도 집중하지 못하는 기재……."

"…………."

"그랬지만 승부사의 흥분을 잊지 못해서, 주식과 도박에 의존하게 되는 기다. ……내는 스마트폰 게임이지만 말이대이."

나는 자조 섞인 어조로 그렇게 말하면서 스마트폰을 꺼내 들었다.

이제 장기로는 맛볼 수 없게 된 그 감각을, 스마트폰 화면을 보며 손쉽게 접하려 하는 것이다. 예전에는 슬롯머신을 했지만, 언제 어디서나 손쉽게 즐길 수 있는 스마트폰 게임은 그 이상의 쾌감을 안겨 준다. 이미 중독된 것일지도 모른다.

손가락 하나로 이렇게 간단히 즐길 수 있는 유흥이 있는데, 이기지도 못하는 장기를 누가 둘 것인가?

장기를 두기 위해서만 써오던 손가락으로…… 손톱이 깨지고 피가 날 정도로 힘든 수행을 거듭한 손가락으로, 손쉬운 쾌감을 얻고 있는 고위 장기기사.

9단이라는 최고위까지 올라간 끝에 얻은 것이…… 공포, 그리고 그것을 얼버무리기 위한 스마트폰 게임이다.

차분하게 생각해 보니, 너무나도 비참했다.

장기를 모독하고 있는 듯한 느낌마저 들었다.

"…………자신이 쇠퇴했음을 자각한 기사가 선택할 수 있는 길은 두 가지……."

"두 가지?"

"하나는 아무것도 안 하는 거대이."

"아무것도…… 안 하는 거야?"

"그래. 아무것도 말이대이."

연습 장기도, 연구회도 가지지 않으며, 자신을 은밀하게 감추는 것이다.

"아무것도 하지 않으니, 자신이 쇠퇴하고 있다는 것도 숨길 수 있을 기다. 그러면 상대방은 그런 내를 불길하게 여기며 과대평가하겠재……. 언젠가 쇠퇴하고 있다는 게 탄로 나겠지만 그때까지는 버틸 수 있는 기다."

탄로가 나면 어떻게 되는지, 케이카는 묻지 않았다. 물을 필요도 없으니까 말이다.

"……다른 하나는 뭔데?"

"후배들에게 머리를 숙이고 가르침을 구하는 기다."

하지만 그것도 쉽지 않다.

"앞날이 창창한 젊은 프로에게 배운다면 차라리 나을 기대이. 하지만 그런 아들은 연구회를 하자는 사람도 많고, 나 같은 노땅과의 연구회에서도 메리트를 느끼지 못한대이. 결국 거절당하고 말겠재."

"……그럴 거야."

"결국 자기 자식이나 손주뻘인 장려회 회원에게 고개를 숙이며 연습 장기를 둘 수밖에 없는 기다. 그런 녀석들만 상대를 해준다거나, 그런 녀석들한테도 이기지 못한다는 사실은 금방 소문이 되어 퍼져 나가겠재. 설령 몰래 하더라도 말이대이. 그렇게 되면 『신용』을 잃고, 얕보인 끝에…… 비참하게 유린당하는 기다. 아무것도 안 할 때보다도 장기기사로서의 수명이 짧아질 가능성이 크대이."

"…………."

케이카는 말문이 막힌 것 같았다.

과거의 위대한 기사들은 그렇게 되기 전에 은퇴를 선택했다.

명인 경험자나 오랫동안 A급에 재적한 기사는 A급에서 강등되자마자 은퇴하는 게 흔했다.

유린당할 거라는 사실을 알고 있기에, 그 전에 스스로 목숨을 끊는 것이다.

하지만 나는 B급 1조로 떨어졌을 때, 아직 해 볼 만하다고 생각했으며, 그 마음은 최근까지 변치 않았다. ……지금? 지금은 물론 다르다.

잠시 후, 케이카는 절박한 목소리로 말했다.

"하지만…… 이대로 가만히 있을 수는 없잖아? 그렇다면 장려회 회원이든 누구든 좋으니까, 연습 상대를 찾아서 공부를 해야 하지 않을까? 촌스럽고 끈질긴 게 칸사이 기사의 특징이잖아."

"그렇재. 내도 그게 옳다고 생각한대이."

"그렇다면——."

"하지만 무리인 기다."

나도 몇 번이나, 몇백 번이나 생각해 봤다.

"내는………… 내는, 그럴 수 없다. 없는 기다……."

"…………아빠……."

"명인에게 도전한 자로서, 그것만은……."

지금의 나에게 남아있는 건 A급이었다는 과거. 명인에게 두 번 도전했다는 긍지.

그것마저 잃는다면…… 내 인생에 대체 무엇이 남지?

제76기 순위전

C급 2조 9회전 (칸사이)

쿠즈류, 충격적인 새 구상

【사진·글】쿠구이

C급 2조 순위전도 이제 단 2국만이 남았다.

9회전 개시 당시의 상황을 정리하면, 승급 경쟁은 현재 아래와 같이 전개되고 있다.

(괄호 안은 순위)

(5) 쵸가오 이치로 7단 8승 0패

(18) 하쵸 신고 4단 8승 0패

(36) 쿠즈류 야이치 용왕 8승 0패

(38) 하토마치 사토루 5단 8승 0패

(3) 이우치 켄타 6단 7승 1패

(49) 후타츠즈카 미라이 4단 7승 1패

(9) 유즈리야 마키 4단 6승 2패

보다시피, 전승자가 네 명이나 되는 높은 수준의 경쟁이 벌어지고 있다. 전승을 하면 전원이 승급할 수 있지만, 그렇지 않다면 승급자는 단 세 명뿐이다.

승급을 두고 열띤 경쟁이 펼쳐지고 있는 가운데, 강등점을 둘

러싼 싸움은 더욱 심각한 양상을 보이고 있다.

이날, 칸사이 장기회관의 『어상단의 방』에서는 이 두 경쟁에 참가 중인 기사의 대국이 나란히 펼쳐졌다.

칸사이를 대표하는 기사로서 오랫동안 현역에서 활동해온 자오 타츠오 9단은 이미 강등점을 두 개나 받았다. 지금까지도 힘든 싸움이 이어져 왔으며, 이번 대국에서 지면 은퇴가 현실감을 띠는 것이다.

상대는 칸토의 승급 후보인 하토마치 사토루 5단. 이번 기에 좋은 성적을 내며 기세를 올리고 있는 강적이다.

요즈음 '정좌를 하는 게 힘들다.' 는 말을 자주 입에 담게 된 자오지만, 이날도 대국 중에 때때로 힘든 표정을 지었다.

장기에서는 자오가 특기로 삼는 공중전이 펼쳐졌다.

비정상적일 만큼 하이 페이스로 서로가 수를 뒀으며, 점심 휴식 시간에 들어서기 전에 이미 대세는 기울었다. 그리고 휴식 시간이 끝나고 잠시 생각에 잠긴 후, 자오는 투료했다.

기자가 페이스가 빨랐던 이유에 대해 묻자, 하토마치는 약간 거북해 하며 그 이유를 밝혔다.

"……전례가 있어서……."

"그래. 정석이 있었던 기가."

종국 시각은 오후 2시 19분.

"꼴사나운 장기를 두고 말았대이."

자오는 그렇게 말하면서 감상전을 금세 끝냈다. 승리한 하토마치는 9전 전승으로 승급에 장군을 걸었다.

그 옆에서 펼쳐진 쿠즈류 야이치 용왕의 대국 또한 일찌감치 결판이 났다.

쿠즈류는 순위가 낮기에 1패라도 하면 상황이 힘들어진다.

C급 2조에 속한 유일한 타이틀 보유자로서 부담을 느끼고 있겠지만, 지금까지 공식적 11연승을 거두며 승승장구 중이다.

특기인 각교환에서는 『☖6오동계』와 『계마 단기돌격』 등의 혁명적인 수를 연이어 발표하며, 다양한 의미에서 주목을 모으고 있다.

이날 대국에서도 선수인 쿠즈류는 각교환을 펼쳤다.

대국 상대는 칸토의 베테랑인 소자 케이지 7단.

C급 2조 재적 34년. 4단 승단 이후로 쭉 C급 2조에 머문 이 인물은 34년 동안 한 번도 강등점을 받은 적이 없다고 하는 불가사의한 기록을 가지고 있다.

승급 후보로 여겨지는 젊은 기사에게 매우 강하며, 입이 험한 팬들에게는 《최강의 문지기》라 불리고 있다. 하지만 본인은 오히려 그것을…….

"영광이군요."

……하고, 긍정적으로 받아들였다.

"강한 후배는 순식간에 위로 올라가버리니, 다음에 싸울 기회가 없을지도 모르죠. 그래서 대국 때도 힘이 들어갑니다."

현재의 명인조차도 C급 2조에 있을 때 소자에게 졌다. 《최강의 문지기》라는 별명은 겉치레가 아닌 것이다.

"사상 최연소 용왕과 대국을 할 기회는 두 번 다시 없겠죠. 명인과의 대국 때보다 마음을 단단히 먹고 싸울 겁니다."

대국 전, 소자는 이번 대국에 임하는 포부를 이야기했다. 두 사람은 첫 대국이다.

17수 째, 쿠즈류는 계마(桂馬)를 돌격시켰다.

연승의 원동력이 된 『계마 단기 돌격』을 본 소자는 장고 끝에 맞대결이 아니라 지구전을 선택했다.

하지만 쿠즈류는 그것을 용납하지 않았다.

19수. 쿠즈류는 보를 무리하게 돌격시키면서 억지로 전쟁을 시작했다.

기사실에 있던 이들은 그 수를 보고 비명을 질렀다.

"어어?! 거옥(居玉)?"

"괜찮은 기가?"

"싸는 걸 깜빡한 길까?"

옥(玉)을 초기 위치에서 옮기지 않은 상태에서 전쟁을 시작한다고 하는 그 참신한 구상에 검토 중이던 젊은 기사들과 장려회 회원들조차 놀랐다. 종래의 정석에서는 옥(玉) 주위를 정비하는데 한 수를 쓰지만, 그 한 수조차도 생략한다고 하는 대담한 발상이다.

소자 또한 이 수는 의외였던 것 같지만, 형세는 나쁘지 않다고 판단한 것 같았다.

"승부다!"

소자는 기백이 담긴 목소리로 그렇게 외치면서 쿠즈류의 보(步)를 잡았다.

자신의 옥(玉)은 튼튼하게 쌌으니, 선공을 당하더라도 맞대결이 된다면 이길 수 있다고 판단한 것 같지만…… 소자는 이 판단을 후회하게 된다.

"선수의 진형은 옥뿐만 아니라 좌우의 금조차 꿈쩍도 하지 않았죠. 게다가 은이 옥의 퇴로를 막고 있습니다. 나쁜 진형의 견본이라 할 수 있는 상태죠. 제가 수행을 하던 시절에 이런 장기를 두면 파문당했을 겁니다."

확실히 대국자의 이름을 숨긴다면, 장기계 최상위인 용왕이 이런 장기를 뒀다고는 누구도 생각하지 않을 것이다. 아마추어로 착각해도 이상하지 않을 만큼 정석을 무시하고 있었다.

"하지만 수읽기를 하면 할수록…… 이 진형을 무너뜨릴 수가 없군요."

이 대국의 기록 담당을 맡았던 쿠누기 소타 3단은 대국이 끝난 후에 이렇게 말했다.

"'거옥은 피해라.' 라는 격언이 있지만, 옥의 튼튼함은 상대적으로 평가해야만 하죠. 무조건 싸면 좋다는 것은 낡은 생각이에요."

사상 첫 초등학생 3단에게 현대 장기의 정석인 '튼튼함' 은 절대적인 가치관이 아닌 것 같았다.

그런 새로운 가치관을 증명하듯 쿠즈류는 계마(桂馬)를 공격에 투입했고, 순식간에 후수의 옥(玉)을 벌거숭이로 만들었다. 또한 쿠즈류의 진형은 초기 상태에서 거의 변화가 없었다. 마치 마법과도 같은 수순이었다.

형세는 단숨에 기울었다.

59수. 쿠즈류는 비차(飛車)를 투입해 상대의 옥(玉)을 몰아넣기 시작했다.

정면에서 날린 오른손 스트레이트는 그대로 완벽한 피니시 블로가 되더니, 소자의 연약한 턱을 때려 부쉈다. 그리고 얼마 지나지 않아 소자는 투료했다.

겨우 67수만에 승부가 갈린 것이다.

소자가 소비한 시간은 제한시간 여섯 시간 중 겨우 1시간 17분밖에 안 됐다. 제한시간조차 다 쓰지 하고 《최강의 문지기》는 허무하게 지고 만 것이다.

농담이 오가던 기사실도 이 종국도를 보더니 다들 말문이 막히고 말았다.

"너무 강해."

먼저 대국을 마치고 기사실을 찾았던 하토마치는 그 말만을 남긴 후, 의자에 앉아 보지도 않고 그대로 칸토로 돌아갔다.

그의 얼굴에서는 대국에서 이긴 기쁨도, 전승을 이어 갔다는 안도감도 찾아볼 수 없었다.

"여어, 소자 씨."

칸사이 장기회관을 방문한 키요타키는 2층 도장 앞에 있는 흡연 부스에서 담배를 피우고 있던 소자를 보고 말을 걸었다.

"키요타키 씨……."

"대국 상대의 사부와 대국 도중에 이야기를 나누는 건 좀 찝찝

한 기가? 제자를 위해 다음 수를 알아내려고 말을 건 게 아니대이."

키요타키와 소자.

두 사람은 소속이 다르지만, 같은 세대이기 때문에 친하게 지냈다. 서로가 원정을 갔을 때는 상대를 불러 술을 마시기도 하고, 함께 마작을 두기도 했다.

오늘도 키요타키는 대국이 끝난 후에 소자와 술을 한잔할까 싶어서 연맹을 방문했지만, 소자는 그런 그에게 뜻밖의 말을 건넸다.

"아, 대국은 이미 끝났습니다."

"뭐라꼬?! 아직 4시밖에 안 됐대이."

'내처럼 돈사라도 한 기가?' 하고 농담을 건네려던 키요타키는 소자의 표정을 보고 그 말을 참았다.

그리고 눈치챘다.

소자가 불을 붙인 담배에 전혀 입을 대지 않았다는 사실을.

새하얀 연기만이 피어오르고 있는 그 광경은 마치 향을 피운 것처럼——.

"……나는 말이죠. 현 명인의 세대가 나타났을 때도, 그 아래 세대나 또 그 아래 세대가 나타났을 때도, 살아남을 자신이 있었습니다. 정상에 설 생각은 없었죠. 하지만 제가 죽을 거라는 생각도 들지 않았어요. ……제아무리 기발한 전법이라도, 상대가 어떤 의도를 가지고 그런 수를 두는 건지 이해할 수 있었습니다. '장기는 대화다.' 라는 말처럼, 대화가 성립했어요."

키요타키는 의아하게 생각했다.
소자가 대국 후에 이렇게 말을 많이 하는 일은 드문 것이다.
"하지만 키요타키 씨. 오늘 내가 싸운 상대는………… 당신의 제자에게 이런 말은 하고 싶지 않습니다만……."
소자는 공포에 질려 떨리는 목소리로 말했다.
"그는 우리와 같은 인간이 아닙니다. 외계인이나 로봇이에요."
"윽……!!"
키요타키는 전율했다.
소자 케이지는 결코 강자가 아니다. 장기계라는 사바나의 먹이사슬에서 상위에 존재하는 맹수는 아니다.
하지만 그런 맹수들이 활보하는 세계에서 굳세게 살아남을 정도의 힘을 지닌 기사다. 그 힘의 원천은 바로 '살아남고 말겠다' 는 굳은 의지인 것이다.
하지만 현재, 그 의지가 완전히 꺾이고 만 것이다.
"그래도, 뭐…… 그가 키요타키 씨의 제자라 다행일지도 모르겠네요. 스승이 다른 사람이었다면 '이딴 멍청한 짓을 하면 어떻게 해!' 하고 외쳤을 테니까요……. 자기를 물어 죽일 괴물을 길러낸 거나 다름없으니까 말이죠."
소자는 거의 다 타버린 담배를 재떨이에 눌러 껐다.
"……소자 씨. 당신, 설마――."
"키요타키 씨."
"응?"
"오랫동안 신세 많이 졌습니다."

그 해의 순위전이 끝난 후.

생애 처음으로 강등점을 받은 소자 7단은 프리 클래스로의 전향을 선언했다.

☗일문연

"요전에는 미안했대이."

내 순위전 다음 날.

사부님은 할 이야기가 있다며 우리를 자신의 집으로 불렀다. 사손까지 포함해 일문 전원이 모인 것이다.

지금까지 서로를 피하는 분위기가 있었던 만큼, 느닷없이 이런 연락을 받고 다들 긴장했다.

순위전에서 궁지에 몰린 사부님이 드디어 『은퇴』 이야기를 꺼내는 것은 아닐까 하고 생각한 것이다…….

하지만 사부님은 이 자리에 모인 제자들을 둘러보며 뜻밖의 말을 입에 담았다.

"우리 일문도 프로와 여류 기사를 합쳐 총 여섯 명이대이. 마침 짝수다 아이가."

짝수.

그 단어를 들은 순간, 나와 사저는 감을 잡고 눈짓을 교환했다.

"그러니 일문이 정기적으로 연구회를 가지는 게 어떻게 하는데, 느그들 생각은 어떻노?"

——역시 『일문연(一門研)』을 하자는 거구나…….

소속된 인원이 비교적 많고 분위기가 화목한 일문에서는 함께 연구회를 가지면서 전원의 레벨업을 도모하기도 한다.

하지만 문제는…… 동문이라고 해도 기력과 기풍, 그리고 처한 상황이 다르면 연구회를 가지는 메리트 또한 달라지는 것이다.

원래 연구회는 서로에게 메리트가 있기 때문에 가지지만, 일문연은 『동문』이라는 이유로 가진다. 그래서 각자의 반응에 따라서는 그대로 공중분해가 되기도 하지만——.

"해요! 아이는 여러분과 함께 연구회가 하고 싶어요!!"

말석인 히나츠루 아이는 정좌를 하고 앉은 채 몸을 쑥 내밀면서 바로 찬성의 뜻을 밝혔다. 그리고 옆에 앉아있는 야샤진 아이의 손을 잡으면서 말했다.

"텐짱도 찬성하지?! 그렇지?!"

"……나는……."

야샤진 아이는 키요타키 사부님을 배려하는 듯한 태도를 취하면서도, 떨어진 곳에 앉아있는 사저를 의식하면서 딱 잘라 이렇게 말했다.

"마이나비에서 붙을 가능성이 있는 사람이 같은 연구회에 속하는 건 좀 그럴 것 같아."

"흠…… 맞는 말이대이."

그러자 복도에서 우리의 말에 귀를 기울이고 있던 아키라 씨가 장지문을 힘차게 열면서…….

"아가씨! 그럼 제가 대신 연구회에 들어가겠습니다!!"

"뭐? 당연히 안 되지. 말도 안 되는 소리 하지 마, 아키라."

"하, 하지만 저도 강해지고 싶습니다! 하다못해 견학이라도…… 기록이든, 초읽기든 뭐든 다 할 테니 저도 끼워 주세요오오오오!!"

아키라 씨는 야샤진 아이에게 매달리며 애원했다. 하지만 야샤진 아이는 "뭐 하는 거야! 떨어져, 이 바보야!"라며 발길질을 했고, 사부님 또한 "미안하지만 이건 기사들끼리 하는 연구회대이." 하고 미안한 듯한 어투로 말했다.

아무 말 없이 상황을 지켜보고 있던 케이카 씨가 나를 쳐다보며 머뭇머뭇 사부님에게 말했다.

"저기…… 우리야 큰 도움이 되겠지만…… 야이치 군은 괜찮을까? 지금까지 전승을 했다고는 해도 순위전도 이제 막바지잖아. 하다못해 이번 기 순위전이 끝난 후에 시작하는 편이……."

"그랬다간 긴코의 3단 리그가 시작될 거대이. 할 거면 지금 하는 편이 나을 기다."

"하, 하지만 아빠——."

"이런 자리에서는 사부님이라고 부르라고 내가 몇 번이나 말했재?"

사부님은 케이카 씨를 꾸짖었다.

"요즘에는 『거각 좌 미노』처럼 소프트로 찾아낸 새로운 수도 프로의 공식전에서 쓰이고 있다 아이가. 그런 새로운 전법에 대한 정보를 일문이 공유하지 않았다간, 어이없이 발목을 잡힐지도 모른대이. 그래서 연구회를 가지자는 소리를 하는 기다. 야이치한테도, 긴코한테도 메리트는 있을 거대이."

사부님은 그렇게 말하면서 의기양양한 눈길로 나를 쳐다보더니…….

"어떻노? 내도 꽤 연구하고 있재?"

"예. 그러네요."

나는 사부님의 말에 진심으로 공감한 것처럼 고개를 끄덕였다.

"안 그래도 연구회를 늘릴까 하던 참이에요. 기왕이면 동문끼리 할까 해서 사저와도 이야기하던 참이었죠. 사저, 안 그래요?"

"맞아. 3단 리그에서는 연구에 열성적인 칸토의 장려회 회원과도 대국을 할 테니까, 연구회를 가지면 정말 든든할 거야."

"그렇재? 그렇재? 하하하!"

사부님은 오래간만에 기분 좋은 듯이 웃음을 흘리더니, 일정을 조절하기 위해 장기 수첩을 펼쳤다.

☖마에스트로의 우울

"훗……. 일문연이라. 키요타키 씨도 솔직하지 못한걸."

연구회를 위해 『싱글벙글 탕』을 찾은 나와 사저의 이야기를 들은 오이시 미츠루 옥장이 평소와 마찬가지로 평소처럼 공허한 미소를 지었다.

"그 사람은 나와 마찬가지로 외톨이 늑대였지. 뭐, 나보다 윗세대의 칸사이 기사는 연구회에 부정적이었으니, 이제 와서 제자에게 고개를 숙이고 장기를 가르쳐달라는 말은 하기 힘들 거야."

"일문이 함께 연구회………… 좋겠다………….."

작은 목소리로 그렇게 말한 이는 오이시 씨의 딸인 아스카 양이다.

연구회 멤버는 아니지만, 항상 곁에서 조용히 우리의 대화를 듣고는 했다.

조신하고 매사에 최선을 다할 뿐만 아니라, 요리도 잘하고 가슴도 크…… 귀여운 아가씨이기에 나는 항상 반겼다. 사저는 내키지 않아 했지만 말이다.

나는 아스카 양이 타준 핫밀크를 마시면서 물었다.

"오이시 씨는 오오츠치 9단 문하죠? 일문연은 안 하나요?"

"내 사부님은 잠만 퍼질러 자거든. 연맹 행사에도 얼굴을 비치지 않을 정도니까, 연구회는 고사하고 새로운 제자를 받는 것도 무리야."

"오오츠치 선생님은 자오 선생님의……."

"사제지."

그 말을 들으니, 자오 선생님이 지금도 프로 자리에서 장기를 두고 있는 것이 기적처럼 느껴졌다.

오오츠치 다이지로 9단은《해머 다이지로》라는 별명을 지닌 몰이비차의 명수다.

해머를 휘두르듯 대마로 몰아붙이는 호쾌한 휘젓기가 매력적인 칸사이 기사이며, 타이틀은 따지 못했지만 오랫동안 A급에 재적했다.

A급에서 강등당했을 때 바로 은퇴했고, 그 후에는 후진 양성에 힘쓰셨지만…… 결국 프로가 된 제자는 오이시 씨밖에 없다.

그 오이시 씨가 제자를 받지 않았기에, 현재 오오츠치 일문은 두 명뿐이다.

"그럼 오이시 씨와 아스카 양이 열심히 일문을 키워야겠네요."

"으, 응……! 열심히 할 거야……!"

아스카 양은 내 말을 듣더니 양손을 꼭 말아 쥐었다.

오이시 씨는 그런 딸에게 딱 잘라서 이렇게 말했다.

"어이, 아스카. 나는 아직 너를 제자로 들이지 않았다고."

"…………."

아스카 양은 그 말을 듣더니, 평소와 달리 볼을 한껏 부풀리며 불만을 표시했다.

"……그럼, 나………… 야이치 군의 제자가 될래……!!"

"어?! 내, 내 제자?!"

나는 느닷없이 입문 희망자가 생겨서 깜짝 놀랐고, 오이시 씨는 분기탱천했다.

"허락 못한다! 절대 허락 못한다, 아스카!! 여자라면 초등학생도 건드리는 에로 꼬맹이의 제자가 되는 건 절대 허락 못해! 지금 나이에 임신이라도 하면 어쩌려고 그래!!"

"예?! 내 제자가 되면 왜 임신하는 건데요?!"

말도 안 되는 중상모략을 듣고 화가 난 나는 마에스트로를 향해 반론했다.

"나는 제자 두 명을 전부 여류 기사로 만들기는 했지만, 임신은 안 시켰거든요?!"

"임신도 못할 만큼 어린 여자애만 건드려대니 당연하지!"

"음해야! 중상모략이라고! 사저도 한마디 해 줘요!"

"임신당할 거니까 이 인간의 제자가 될 생각은 그냥 접어. 나도 일전의 연구회 후에 호텔로 끌려갔단 말이야."

"네가 그딴 소리를 해?! 그건 네가——."

퍼억!!

사저의 오른손 스트레이트가 내 볼에 꽂혔다.

"말조심해. 사제."

"자, 잘못했습니다…………. 대박, 레알 용서해 주세요……."

너무 아픈 나머지 이상한 말을 섞어 쓰고 말았다. 피 나는 거 아냐?

"봐라, 아스카. 아무리 장기를 잘 둬도 이렇게 밝히고 한심한 남자의 제자가 되는 건 자기 인생을 포기하는 거나 다름없지. 자기 자신을 좀 더 소중히 여겨!"

"아…… 아빠는………… 벽창호……."

아스카 양은 그렇게 외치면서 도장을 뛰쳐나갔다.

딸에게 『벽창호』라는 말을 듣고 충격을 받은 듯한 부친이 인상을 쓰면서 한숨을 내쉬었다.

"휴우………… 사춘기 딸을 두면 골치가 아프다니깐……."

"그 심정, 충분히 이해해요……."

나는 사저에게 두들겨 맞은 볼을 손으로 문지르면서 인상을 썼다. 나는 물리적 대미지 때문에 아픈 거지만 말이다.

사저는 내가 입에 담은 원망 섞인 말을 깔끔히 무시하면서 오이시 씨에게 말했다.

"그것보다, 선생님. 옥장전 검토는 어떻게 되어 가고 있죠?"

"그쪽도 골치가 아파."

오이시 씨는 더욱 인상을 썼다.

"제1국과 제2국을 전부 졌어. 게다가 에이스 전법인 싱글벙글 중비차가 봉쇄당한 게 뼈아프지……. 이 한 달 동안 레이팅도 꽤 떨어졌을 거다."

『레이팅』이란, 오해의 여지를 감안하고서 간단히 말하자면 『전투력』이다. 수치가 높을수록 강하다.

계산하는 방법은 다양하지만, 프로 기사의 경우에는 공식전의 승패로 계산된다.

현재 레이팅 1위는 2014인 명인이다.

다음이 오키토 제위이며 수치는 1925다. 그다음이 1899인 아유무이며, 나는 그보다 조금 낮은 1881이다. 12연승을 한 덕분에 그나마 올라간 것이다.

오이시 씨는 최근에 연패한 바람에 1801이다.

제위와는 100 이상 차이가 나는 것이다. 기대 승률은 32% 정도이리라.

"최정상 기사는 대전 상대도 강하기 때문에 레이팅이 잘 올라가지 않아요. 이 수치만으로 실력을 평가할 수는 없겠죠."

나는 평소와 다르게 약한 모습을 보이는 오이시 씨에게 그렇게 말했다.

아유무의 수치가 높은 것도 실력에 비해 대전 상대가 약해서 연승을 거두고 있기 때문이다. 아직은 B급 2조라 계속 승리를 거두고 있지만, A급에서도 그럴 수 있으리라는 보장은 없다. 뭐, 그것은 나도 그렇지만 말이다.

그렇기에, 최정상 기사와 대국을 하면서도 높은 레이팅을 유지하고 있는 명인과 오키토 씨는 그야말로 경이적이라 할 수 있다.

하지만 그런 명인에게 내가 4연승을 했으니, 레이팅은 어디까지나 어림짐작에 지나지 않는다.

곱절 정도 차이가 난다면 이야기가 다르겠지만 말이다.

"그런데 장기 소프트는 어느 정도지?"

"정확한 건 모르지만……."

나는 한순간, 말을 할지 말지 망설였다.

"……최강의 소프트는 3000, 4000 정도는 된다고……."

"그래. 인간이 당해낼 수 있는 레벨이 아닌 건가."

《휘젓기의 마에스트로》는 메마른 미소를 지으며 말을 이었다.

"그럼 소프트 선생님에게 내 장기의 약점이라는 것을 배워 보실까."

☗연구회 in 사쿠라노미야

"사부님은 진짜로 어쩌려는 걸까?"

나는 침대에 드러누운 채, 욕실에서 들려오는 사저의 말을 멍하니 듣고 있었다.

이곳은 사쿠라노미야에 있는 어느 호텔이다.

오이시 씨와의 연구회를 끝난 후, 여기서 시간을 보내는 것이 『수순』이 된 것이다.

"저기, 야이치. 내 말 듣고 있어?"

"응~?"

내가 대답을 하지 않자, 사저는 약간 언짢은 어조로 말했다.

"거각 좌 미노 같은 시대착오적 전법을 자랑스레 이야기하셨을 때는…… 정말 안쓰러웠어. 옛날에는 그렇게 강하셨던 사부님이……."

"……아무로가 된 심정이네……."

"그게 뭔데?"

"사저는 몰라요? 아무로의 아버지는 건담을 만든 천재 기술자지만, 우주공간에서 산소결핍증에 걸렸죠. 그리고 아무로와 재회했을 때는 시대착오적인 장치를 건담에 달라면서 권했어요."

"몰라. 건담이 뭔데? 안목 같은 거야?"

건담을 모르는구나…….

사저는 진짜로 장기 말고는 관심이 없다. 학교에서 친구와 말이 통하기는 하는지 걱정이 될 레벨이다.

"그것보다 일문연 말인데, 야이치는 할 생각이야?"

"사부님이 그걸로 만족하신다면요. 제자들을 단련시킬 자리도 마련하고 싶다고 마침 생각하고 있었고요."

"……흐음."

사저의 목소리 톤이 점점 낮아지고 있었다.

분명 사부님 일로 고민하고 있는 것이리라.

"날짜를 정할 때, 사부님의 수첩이 언뜻 보였는데…… 다른 연구회 일정은 전혀 잡혀 있지 않았어요. 이대로 가다간 최신 연구를 쫓아가지 못하겠죠. 최소한의 정보만이라도 우리가 가르쳐드려야 하지 않을까요?"

"하지만 사부님의 성격을 생각해 봐. 고집불통인 사부님이 우리가 가르쳐드린 수를 쓸 리가 없잖아?"

"그건……."

사부님은 제자에게 장기를 가르쳐달라고 솔직하게 말하지 못할 만큼 자존심이 센 사람이다. 우리가 가르쳐 준 수를 그대로 쓸 바에야, 오히려 전혀 다른 수를 둘 것이다.

게다가 그것이 소프트가 찾아낸 수라는 걸 안다면…….

"……하지만 사부님을 이대로 둘 수는 없어."

"맞아요."

거각 좌 미노가 공식전에 등장한 것은 최근이다.

하지만—— 물밑에서는 1년도 더 전부터 연구되고 있었다.

소프트를 사용하면 간단히 알 수 있는 수라서, 다들 그 수를 피했던 것이다.

그래서 공식전에서는 1년 넘게 출현하지 않았다.

하지만, 소프트를 쓰지 않을 뿐만 아니라 젊은 기사들과 접점이 없는 고위 기사들은 그 수를 몰랐다.

소프트를 이용한 수라는 즉사마법에 대한 내성이 없었고……

결국 즉사했다.

이것이, 루키와 베테랑 사이에서 벌어지고 있는 일이다.

A급과 B급 1조에 속할 법한 강호가 C급 2조의 루키에게 눈 깜짝할 사이에 당하는 하극상이…… 초고속으로 세대교체가 이뤄지는 이유가 바로 그것이다.

"소프트를 쓰지 않는다는 게 알려지면, 즉사마법을 얼마든지 걸 수 있으니까요. 현재의 프로 장기계에서 그건 알몸으로 분쟁지대를 돌아다니는 것이나 다름없어요."

"…………."

사저는 입을 다물었다.

『즉사마법』이라는 공포는 프로의 세계에만 존재하는 것이 아니다. 장려회에서는 그것보다 더 무시무시한 연구 대결이 펼쳐지고 있다. 어떤 방법을 쓰더라도 이겨서 3단 리그를 돌파한다면, 그것이 올바른 방법으로 평가되는 곳이 바로 장려회다.

"……괜찮을까? 그리고 오이시 선생님도……."

"일단 최소한의 내성은 길렀지만…… 솔직히 힘들 거예요. 오키토 씨가 몰이비차까지 연구했을 줄은 꿈에도 몰랐네요."

오키토 요우 제위는 소프트 연구에 특화된 최초의 기사일 것이다.

그 연구 어드밴티지는 내 상상을 넘어선 범위까지 뻗어 있다. 『지옥의 옥장 리그』라 불릴 만큼 가혹한 리그에서 승리해 도전자가 된 것도, 방대한 연구량이 원동력이 된 것이 틀림없다.

"오키토 씨의 연구가 어느 수준인지 파악하기 위해서라도, 오이시 씨가 최선을 다해 줬으면 좋겠네요. 오키토 씨가 다음 기의 용왕전 도전자가 될 가능성이 크니까요."

타이틀 방어에 성공한 순간부터 바로 다음 싸움이 시작된다. 단 한순간도 방심할 수 없는 것이다.

"야이치라면 이길 수 있겠어? 선승제로 그 오키토 선생님에게 말이야."

"얼마나 효율적으로 연구를 할 수 있느냐에 달렸을 거라고 생각해요."

나는 침대 위에서 눈을 감고 시뮬레이션을 해 보며 대답했다.

"극단적으로 이야기지만, 전법 연구는 소프트에게 맡길 수 있어요. 그리고 그걸 배워서 써먹는 거죠. 예전에는 무리였어요. 수읽기 자체가 공중분해 되고 마니까요. 하지만 명인과의 선승제 승부를 통해 수읽기 실력이 좋아진 지금이라면——."

"수읽기 실력이 좋아졌다니…… 야이치, 전에 컨디션이 나쁘다고 말하지 않았어? 수읽기가 폭주한다며?"

"그 점도 소프트로 해결했어요."

"뭐?"

"공식전에서의 제 수를 소프트로 해석시켰어요. 어느 타이밍에 시간을 썼을 때 수를 읽을 수 있었나, 어느 타이밍에 자신이 극한까지 집중할 수 있었나, 거꾸로 어느 타이밍에 집중력이 바닥을 쳐서 악수를 뒀느냐, 같은 걸요."

"…………."

"그런 걸 전부 수치로 파악할 수 있으니까, 실전에서 두는 수의 정확도와 연구의 효율이 비약적으로 좋아졌어요. 인간 상대의 연구회에서는 수읽기에 불순물이 섞이지만, 기계는 그럴 일이 없죠. 무엇보다 언제 어디서나 연구를 할 수 있어요."

이 발견은 용왕전의 부산물이다.

내가 홀로 집에 틀어박혀서 소프트에 의지해 연구하던 당시에 발견한 것이다.

그 후에는 수읽기의 힘을 유지하기 위해 장기 묘수풀이를 계속 풀기만 하면 된다. 이것은 제자와 함께할 수 있기 때문에 집안 분위기도 화목해진다. 일거양득이다.

"확실히 효율적일지도 모르지만……."

사저는 망설임이 섞인 어조로 말을 골라가며 입에 담았다.

"……솔직히 그렇게까지 하는 데에는 거부감이 들어."

"내가 하지 않더라도 언젠가 누군가가 할 거예요. 일단 혁명은 일으켰어요. 이렇게 장기는 진화해 가는 거라고 생각해요."

명인 세대가 이룩한 『현대 장기』라 불리는 새로운 장기체계는 연구회와 VS 등의 효율화된 공동연구 시스템 없이는 성립하지 않는다.

즉, 현대 장기를 뛰어넘는 새로운 장기체계를 만들기 위해서는 더욱 효율적이고 기밀성이 뛰어난 학습방법을 확립시켜야만 하는 것이다.

그것이 내 결론이다.

명인 세대를 뛰어넘기 위해서는 새로운 전법을 한두 개 창조하는 것으로는 부족하다. 그것도 그럴 게, 상대의 특기전법을 경이적인 대응력으로 순식간에 자신의 무기로 만든다고 하는, 옛날 소년만화의 주인공 같은 사람들이니까 말이다.

IT혁명을 통해 극도로 변한 세계.

태어날 때부터 IT에 적응한 세대가, 그 생육환경을 통해 자연스레 얻은 능력을 발휘해 그 이전의 세대를 추월한다. 그것이야말로 세대교체일 것이다.

"…………야이치, 는……."

"응?"

"저기………… 컴퓨터가, 되고 싶은 거야?"

사저가 머뭇거리며 그렇게 말하자, 나는 무심코 웃음을 터뜨렸다.

"나도 그 정도로 바보는 아니에요. 인간은 기계가 아니죠. 소프트를 사용하는 모든 전법을 인간이 완벽하게 둘 수 있을 리가 없어요. 하지만――."

"하지만?"

"하지만 현시점에서의 내 연산력을 사용한다면, 그 어떤 프로기사보다도 소프트가 만든 전법을 능숙하게 사용할 수 있다고는 생각해요."

"윽!! ……그, 그렇다면…………."

사저는 말을 잇지 못했다.

방금 내 발언은 『현시점에서 자신이 인류 최강』이라는 소리나 다름없기 때문이다.

오만한 것일까?

하지만 명인을 쓰러뜨리며 용왕위를 방어했고, 그 후로도 연승을 이어가고 있다. 지금의 내 방식이 틀리지 않았다는 것은 결과가 증명하고 있다.

『각교환 ☖6동계』와 『계마 단기 돌격』 같은 것은 일부에 지나지 않는다.

현대 장기에 더욱 혁명을 일으켜 순위전에서 치고 올라간다.

그리고 내가, 새로운 명인이────.

"그런데 사저. 아직 안 끝났어요?"

"…………갈아입긴, 했는데……."

문 너머에서 계속 꼼지락거리고 있던 사저가 갑자기 기어들어가는 목소리로 그렇게 말했다.

"그럼 빨리 나오세요."

"…………으으……."

오이시 씨와의 연구회가 끝난 후에도, 우리는 여기서 새로운 연구회를 가지고 있었다.

『긴코의 코스프레 연구회』다.

경위를 설명하겠다.

기사 뿐만 아니라, 승부의 세계에서 살아가는 이들은 『징크스』나 『루틴』을 중요시한다. 매사가 술술 잘 풀릴 때는, 일부러 변화를 주지 않는 것이다.

자신만의 독자적인 루틴을 만드는 것도 프로의 기술 중 하나로 여겨진다.

나와 사저가 연구회 후에 이 호텔에 들렀던 것은 일종의 사고에 가까웠지만, 그 후로 컨디션이 더욱 좋아진 나는 공식전에서 압승을 이어갔고, 사저 또한 사상 첫 여성 장려회 3단이 됐다.

나는 순위전에서 승급할 때까지 이 페이스를 유지하고 싶으며, 사저 또한 좋은 상태로 3단 리그를 맞이하고 싶다.

서로의 의도가 일치했기에, 아스카 양이 내 제자가 된다는 발언 때문에 분위기가 험악해졌는데도 불구하고 러브호텔에 함께 온 것이다.

참고로 선은 넘지 않았습니다. 우리 둘 다 어디까지나 장기를 위해 러브호텔에 다니는 것이니까.

그리고 코스프레 말인데…….

나와 사저가 이 호텔에 와보니, 무료로 의상을 빌려주는 서비스를 하고 있었다. 새로운 서비스다.

오사카 사람은 공짜라는 말에 약하다. 나는 당연히 사저에게 입어봐 달라고 요구했다. 그러자 사저는 '확 담가버린다.' 발언을 입에 담았다.

하지만 나는 물러서지 않았다.

그렇다면 장기로 정하자고 말한 것이다.

지면 내가 코스프레를 하겠으며, 사진을 찍어서 인터넷에 퍼뜨려도 된다고 말했다.

사저는 내 말을 들은 척도 하지 않았지만 '흐음? 질까 봐서 그러는 거죠?' 하고 도발하자 바로 걸려들었다. 장기? 물론 내가 이겼다. 3연승을 해 줬지. 소프트한테서 배운 비장의 수를 아낌없이 투입하면서 말이다!

그리고 완성된 것이 바로——.

『긴코냥 데인저러스 비스트』인 것이다.

이건…… 데인저러스 그 자체인걸……!

"이, 이거…… 진짜로, 이런 의상이야……?! 천 면적, 너무 좁잖아……!!"

"원래 그런 의상이에요."

쿠즈류 용왕은 힘차게 단언했다.

사저는 평소 세일러 교복을 입지만, 타이틀전에서는 기모노를 입기도 하고, 샤칸도 선생님이 억지로 드레스를 입히기도 한다. 의외로 다양한 옷을 입는 것이다.

하지만 코스프레는 새로운 영역이다.

게다가 안경! 안경 쓴 사저는 첫수로 가장자리의 보를 옮기는 것만큼 드문 일이다.

"너무 욕심을 부렸나? 아냐! 사저 수준의 소재라면 분명 어울릴 거야……!!"

아무튼 혁명은 일으켰다.

일으켰……지만, 역시 밸런스가 나쁜가?

귀여움의 과잉 적재였다.

"좀 줄일까……."

너무 욕심을 부려선 안 된다. 매사에 중요한 것은 밸런스니까 말이다. 장기도, 코스프레도, 마찬가지다.

"여기를 이렇게…… 한 다음, 여기도 벗기면——."

© shirabii

"우오오오오오오오오오오오오오오오오오오오오오오오오오오오오오오오오오!!"

말도 안 돼!! 너무 귀엽잖아!!

게다가 에로틱해!! 긴코 에로오오오오오오오오오오~!!

"큭! 너, 너무 부끄러워서…… 돈사할 것 같아……!!"

"아뇨! 좋아요! 끝내준다고요!!"

얼굴이 새빨개진 채 부들부들 떨고 있는 사저에게, 나는 직접 시범을 보이면서 어떤 포즈를 요구했다.

"좀 더! 좀 더…… 이렇게! 손가락을 굽히면서 고양이 흉내를 내 봐!"

"이, 이렇게?"

"좀 더어어어엇!!"

"이렇게?"

"좋아아아아아아앗!! 끝내줘어어어어어어엇!! 좀 더, 좀 더 해 봐아아아아아아아앗!!"

"이러면…… 돼냥?"

내 칭찬을 듣고 기분이 좋아진 듯한 사저는 침대 위에서 네 발로 기면서 『암표범 포즈』를 취했다.

이 여류 2관, 완전 신났네.

"귀여워! 좋아! 긴코냥, 최고냥!!"

"귀, 귀여워? 귀엽게 찍혔어?"

"응! 엄청 귀여워, 사저! 완전 최고야!!"

"그래……♡ 에헤헤♡"

© shirabii

아, 쉬운 여자다.

나는 그렇게 생각했다. 어렴풋이 눈치채고 있었지만, 사저는 강요에 약했다. 남들과 자신 사이에 벽을 만들지만, 그 벽이 부서지면 두부처럼 물러지는 것이다.

——이 사람, 귀엽다는 말만 해 주면 뭐든 다 할 것 같지 않아?

새로운 주문 『귀여워』를 습득한 나는 이 기회에 마구 써먹었다. 긴토냥도 즐거운지 "냐앙~♡" 소리를 냈다. 으으, 이건 완전 즉사마법이잖아! 야한데 너무 귀여워서 내 심장이 멎어버릴 것만 같아!!

그렇게 약 한 시간 동안 촬영회…… 가 아니라, 연구회를 한 후였을까.

"휴우…… 잠시 쉴까요……."

"그, 그래냥………… 그래."

주문을 너무 써서 MP가 떨어진 내가 침대에 털썩 쓰러졌다.

사저도 마음을 진정시키니 부끄러워진 것인지, 이불로 몸을 감싸며 내 옆에 털썩 앉았다.

"그런데, 사부님 말인데……."

"응?"

"우리가 연구회를 오케이를 했다고 기고만장해진 바람에, 기사실에 가서 젊은 기사나 장려회 회원에게도 연구회를 제안하지는 않을까?"

"윽! 그건……."

기사란 잔혹한 생물이다.

가치가 있다고 판단되면 얼마든지 말을 걸고…….

그렇지 않다면, 공기 취급을 하며 무시한다.

친구로서는 친하게 지낼지라도, 연구회에 관해서는 냉혹한 판단을 내린다. 자신에게 없는 것을 가지고 있거나, 자신과 동격이거나, 혹은 자신보다 랭크가 위인 상대하고만 어울리는 것이다.

그러니 지금 사부님이 기사실에 가서, 젊은 기사들에게 연구회를 가지자는 제안을 해도…….

"…………연애, 같은 걸지도 몰라."

사저가 문뜩 중얼거린 그 말이 둔탁한 아픔이 되어 내 가슴 속에 오랫동안 자리했다.

☖목숨을 깎아 가면서

그 날, 키요타키는 기사실을 찾았다.

"카가미즈 군이라면, 내 제안을 기쁘게 받아 줄 기대이."

칸사이에서 최연장자 장려회 회원인 카가미즈 히우마 3단은 제자인 긴코 이외에는 칸사이의 장려회 회원 중에서 유일하게 키요타키와 접점이 있는 젊은이다.

지금으로부터 약 10년 전.

장려회 여행이라는 행사가 남아 있던 시절의 일이다.

제자인 야이치가 그 여행에 참가했을 때, 칸토에 속한 서른 남짓한 장려회 회원이 한밤중에 신입 장려회 회원들을 깨워서 심부름을 시킨 일이 있다.

하지만 카가미즈가 그걸 말렸다고 한다.

카가미즈는 이렇게 말하며 야이치를 감쌌다고 한다.

『쿠즈류 야이치는 칸사이 장기계의…… 아니! 일본 장기계의 보물입니다! 제가 대신 할 테니, 그를 깨우지 마세요!!』

키요타키는 그 말을 듣고 카가미즈를 눈여겨보게 됐다.

수입이 적은 장려회 회원이 시골에서 오사카까지 와서 혼자 생활할 뿐만 아니라, 장기 수행까지 하는 것은 결코 쉬운 일이 아니다.

키요타키는 카가미즈의 마음이 약해지지 않도록 신중하게 거리를 재면서, 다양하게 편의를 봐줬다. 카가미즈는 똑똑하기에 그 점을 이해하고 있었다.

그런 카가미즈가 자신의 부탁을 거절할 리가 없다――.

"여어! 다들 열심히 하고 있는 기가."

기사실에 얼굴을 내민 키요타키는 연습 장기를 두고 있는 장려회 회원들을 향해 힘찬 목소리로 인사를 건넸다.

젊은이들은 계속 장기를 두고 있었다. 그중에는 카가미즈도 있었다. 그는 키요타키를 향해 가볍게 고개를 숙였지만, 그래도 목소리를 내서 인사를 하진 않았다.

――9단이나 되는 프로 기사가 인사를 하는데도 대꾸도 하지 않는 기가……!

화가 났지만, 참았다.

키요타키가 출입하던 시절의 기사실은 잡담 장소나 다름이 없었다.

텔레비전에서는 야구나 경마 방송이 나오고 있었고, 하루 종일 담배 연기로 가득 차 있었으며, 연습 장기를 두면 방해되니까 나가라며 선배들이 고함을 지르던 장소다.

장기를 두더라도 커피값 내기 삼아 뒀으며, 선배들에게 얼마 안 되던 용돈마저 뜯겼다.

——무섭……지만, 따뜻한 장소이기도 했지.

하지만 지금은 전혀 다른 장소로 변해버렸다.

담배 진액으로 더러워졌던 벽에는 대국 정보와 연맹의 연락사항이 붙어 있었고, 만화 잡지와 스포츠 신문이 굴러다니던 책상에는 장기판이 질서정연하게 놓여 있었다.

재떨이는 치워졌으며, 모니터에는 대국실에서 펼쳐지고 있는 장기판이 비치고 있었다.

무기질적인 그 광경을 본 키요타키는 '물러졌다' 고 느꼈다.

이건 마치 학원이다.

키요타키에게 있어서, 장기 수행에는 고통과 불합리가 항상 뒤따르며, 필수 불가결했다.

선배들의 부조리함을 견디면서, 그래도 이를 악물고 장기를 뒀다. 그렇게 승부의 혹독함을 마음에 새겼기에 강해질 수 있었다.

——그 점을 내가 가르쳐 줘야만 할 것 같대이.

그런 생각을 품은 키요타키가 성큼성큼 실내로 들어가더니,

장려회 회원들이 두고 있는 장기를 하나하나 살펴보았다.

"호오…… 꽤 재미있는 장기를 두고 있대이."

키요타키가 보고 있는 것은 얼마 전에 사상 최연소로 3단이 된 쿠누기 소타의 장기였다.

3단 자격이 걸렸던 승부에서 긴코에게 지기는 했지만, 다음 예회에서 아무 일도 없었다는 듯이 3단 리그 입성을 결정지었다.

이 소년과 장기를 둔다면 충분히 득이 있을지도 모른다고 생각한 키요타키는 상냥한 목소리로 말했다.

"니, 어린데도 꽤 탄탄한 장기를 둔다 아이가. 하지만 여기서 이렇게 피한다면 우짤 기고?"

"…………."

소타는 '이 할아버지는 뭔 소리를 하는 거지?' 라고 말하는 듯한 표정을 지으며 키요타키를 올려다보더니, 이어서 다른 수를 뒀다.

"그래도 이렇게 하면 장군인데요."

"아니, 이렇게 하면 장군을 피할 수 있을 거대이. 한 번 생각해 보그라."

키요타키는 그렇게 말하면서, 옆에서 펼쳐지고 있는 감상전에도 참견했다.

그리고 서반 연구에 대해서도 질문을 시작했다.

다들 입과 손이 무거운 것은 키요타키가 자신의 의견이나 연구를 드러내지 않으며, 일방적으로 상대의 연구 성과를 원하고 있기 때문이다.

키요타키로서는 자신과 연구회를 가질 만큼의 실력을 지녔는지 확인하기 위한 행위에 지나지 않지만…….

"자아, 그럼 슬슬 내도 끼어 보까……."

대국자도 아니면서 감상전을 멋대로 끝내버린 키요타키는 이 자리에 있는 장려회 회원 중에서 가장 기력이 떨어지는 듯한 소년의 어깨에 손을 얹었다.

"자네, 미안한데 자리를 양보해 주지 않긋나?"

장려회 회원은 그 말을 듣고 화들짝 놀라면서 키요타키를 쳐다봤지만, 고위 프로 기사의 말을 거역할 수도 없기에 투덜거리며 자리를 양보했다.

"키요타키 선생님."

바로 그때, 옆자리에서 감상전을 하고 있던 카가미즈가 처음으로 키요타키에게 말을 걸었다.

그 목소리는 굳어 있었지만, 키요타키는 눈치채지 못했다.

"혹시 내를 상대해 줄 아는 읍나? 장기를 가르쳐 주꾸마. 명인 도전자에게 배우는 건 니들한테 흔치 않은 기회일 거대이."

장려회 회원들은 손을 멈추더니, 당황한 듯한 눈길로 서로를 쳐다보았다.

하지만 아무도 키요타키와 장기를 두려고 하지 않았다.

조바심이 난 키요타키가 한 번 더 입을 열려던 바로 그때였다.

"선생님! 한 말씀 드려도 되겠습니까?"

"음? 카가미즈 군, 와 그라노?"

"……저는 다음 3단 리그 때 서른 살이 됩니다. 제한 연령인 26세를 예전에 넘겼으며, 과반수 승리 연장도 다음번에 끝나죠. 제가 장기를 둘 수 있는 횟수는 정해져 있습니다. 제 목숨은 이제 반년밖에 남지 않은 거죠."

카가미즈가 그렇게 말하더니, 실내에서 연습 장기를 두고 있는 장려회 회원들을 가리키며 말을 이었다.

"저만이 아닙니다. 여기 있는 장려회 회원은 프로가 되지 못한다면 자살할 심정으로 장기에 임하고 있습니다. 다들 필사적이에요."

"그건 내도 안다. 내도 장려회에서 지옥을 맛봤으니까 말이대이. 내가 장려회 회원이었을 시절에는 더 힘들었다 아이가. 이렇게 멋진 장기회관도 없——."

"아니요. 모르십니다."

카가미즈는 딱 잘라 말했다.

실내의 분위기가 대국 때와는 다른 긴장감으로 가득 찼다.

하지만 카가미즈는 전혀 주눅 들지 않으며 말을 이었다.

"선생님은 프로이시며, 최고위인 9단이십니다. 대국실에서는 선생님의 말씀에 기쁘게 따를 겁니다. 하지만 이 기사실은 수행을 위한 장소입니다. 심심풀이나 시간을 때우려고 장기를 두는 사람보다, '강해지고 싶다' 고 진지하게 생각하며 장기를 두는 사람이 우선되는 것이 당연하죠.

또한, 장기판 앞에서는 누구나 평등합니다. 유복한 집에서 태어나면 그만큼 많은 것을 가질지도 모릅니다만, 장기를 둘 때는 누구나 스무 개의 장기말만을 무기로 삼아 싸웁니다. 대단한 직함을 지니면 남들이 자기 말에 따를지도 모르지만, 장기를 둘 때는 직함 같은 것은 아무런 의미도 없습니다.

그게 장기죠. 저처럼 세간에서 볼 때 낙오자나 다름없는 학력을 지닌 쓰레기조차도, 장기는 평등하게 대해줍니다. 그래서 최선을 다하는 거죠. 그래서 목숨을 걸고 장기를 두는 겁니다. 목숨을 걸기에 합당하다고 생각하니까요. 장기만이 저희를 인정해 주니까요.

방금, 선생님이 자리를 양보하라고 말한 장려회 회원은 아침 5시에 일어나 본가에서 두 시간 거리에 있는 이곳에 매일 같이 옵니다. 그렇게 일찍 일어나야만 하는 건, 7시에는 와야 기사실의 자리가 비어 있기 때문입니다. 확실히 이 아이는 아직 급위자이며, 여기에서 장기 실력이 가장 떨어질지도 모릅니다. 하지만 분명 강해질 거라고 생각하기에, 다들 이 애와 장기를 두는 겁니다. 그 근성이 저희에게 플러스가 된다고 생각하기 때문에, 함께 장기를 두는 거죠.

그는 자기 힘으로 그 자리를 쟁취했습니다. 남이 양보해 준 게 아니죠.

그 자리를 빼앗는 것도, 꾸준히 연구한 성과를 캐내려고 하는 것도, 두고 싶지 않은 상대와 장기를 두라고 강요하는 것도, 이 세계의 그 누구도 해서는 안 되는 일입니다. 설령 명인일지라도 말입니다."

카가미즈는 자신의 심장을 손가락으로 가리키며 물었다.

"감히 묻겠습니다. 푼돈을 벌려고 두던 하찮은 장기가 아니라, 저희는 목숨을 깎아 가면서 장기를 두고 있습니다. 선생님은 저희 목숨의 대가로 뭘 내놓으실 겁니까?"

"대가……?"

키요타키는 분노를 터뜨리며 외쳤다.

수염이 분노 때문에 부들부들 떨리고 있었으며, 입에서는 침이 튀어나왔다.

"그래서 아까부터 말했다 아이가! 내는 최신 연구에는 어두울지 모르지만, 명인에게 두 번이나 도전한 경험이 있대이! 그걸 가르쳐 주겠다는 기다!"

"됐습니다. 경험은 직접 쌓는 것이지, 남에게 들어본들 아무런 의미도 없으니까요."

"이 자식이 감히……! 내가……

9단인 내가, 이렇게 한 수 접고 장기를 두자고 하는디——."

"아뇨. 그렇지 않습니다. 선생님은 이렇게 말씀하셨습니다. '장기를 가르쳐 주겠다.' 고 말이죠."

카가미즈 히우마 장려회 3단은 진지한 표정으로 키요타키와 마주 서더니, 차분한 목소리로 그렇게 말했다.

"하지만 지금의 키요타키 선생님에게 배울 것은 하나도 없습니다. 수행에 방해만 될 뿐이니, 돌아가 주십시오."

어느새 장기말을 두는 소리도, 대국시계 소리도 멎었다.

기사실에 있는 장려회 회원들은 아무 말 없이 눈앞에 있는 장기판만을 쳐다보고 있었다.

……"이거, 역시 장군이죠?" 하는 소타의 순진무구한 목소리가 들릴 때까지.

☗잠에서 깬 밤

"…………꼴사나워 미치겠대이……."

늙은 개처럼 기사실에서 쫓겨난 키요타키는 그대로 집으로 돌아가더니, 아무것도 하지 않으며 멍하니 시간을 보냈다.

홧술을 마실 기력조차 없었다.

자기 자신이 너무 한심해서 잠조차 오지 않는 가운데, 키요타키는 어둑어둑한 부엌에서 컵에 담긴 물에 비친 자신의 모습을 응시하며 같은 말만 계속 중얼거리고 있었다. ……꼴사나워 미치겠대이,라고 말이다.

컵 안의 물에 비친 키요타키는 스마트폰 게임과 술 때문에 탁해진 눈으로 자기 자신을 쳐다보고 있었다. 키요타키 본인조차도 놀랄 만큼 눈길에서 패기가 느껴지지 않았다.

그런 자신이, 카가미즈가 야이치를 지키기 위해 맞섰다던 고참 장려회 회원과 똑같다는 생각이 들었다.

"……내가 어느새 그런 놈이 되어 있었던 기가……?"

지금의 자신에게 딱 맞는 말이 있다.

『꼰대』.

젊은 시절 죽어도 되고 싶지 않아도 생각했던, 불합리한 선배 기사들과 자신들이 똑같다는 생각이 들었다.

언제부터 이렇게 되어버린 것일까?

10대, 20대 때에는 대국에서 지고 집에 돌아가면 잠도 자지 않으며 진 대국을 검토할 기력이 있었다. 아니, 분한 마음을 장기판에 쏟아붓지 않으면 잠을 잘 수가 없었다.

30대가 되자, 분한 마음을 술로 삭히게 됐다.

40대가 되자 대국 후에는 피로가 몰려와서, 휴식을 취하지 않으면 다시 장기판 앞에 앉을 수가 없었다.

오늘은 푹 쉬자.

내일, 눈을 뜨면 예전처럼 기력이 돌아올 것이다——.

"……하지만, 자고 일어나도, 기력이 돌아오지 않았재……."

하루 쉬면 되돌아왔던 장기를 향한 정열이, 이틀을 쉬어야만 돌아왔다.

그 탓에 연구시간이 필연적으로 절반으로 줄어들었으며, 그것이 쇠퇴를 가속화시켰다. 가파른 언덕을 다시 올라가기 위해서는 젊은 시절의 몇 배나 되는 기력과 노력이 필요했다.

그래도 40대에는 '어떻게든 해야겠다' 는 심정이 있었다.

자신이 썩어 문드러져 가는 고통이, 죄책감이 느껴졌다.

하지만 언제부터인가 그런 마음이 마모되더니…… 어느새 그런 마음이 사라졌다. 나이를 먹어서 쇠퇴하는 것은 당연하다고, 약해지는 자신을 받아들이고 만 것이다.

그런 마음이 사라진 후, 예전처럼 괴로움과 고민에 빠져들지 않게 됐다.

그것은 정신적으로 성숙됐기 때문이라고 생각했다.

뒤로 물러나서, 제자들의 성장을 지켜보는 것이…….

"…………그날, 야이치의 모습을 볼 때까지……."

축하회에서 들었던 손님의 말은 단순한 계기에 지나지 않는다.

원인은 그 전날—— 제자의 즉위식 날에 존재했다.

그 날, 즉위장을 들어 보이며 스포트라이트를 받는 제자를 본 키요타키는 눈치챘다.

자신의 마음의 버팀목으로 삼고 있던 '명인에게 도전했다' 는 실적이…….

결국 지고 만 패배자라는 낙인에 지나지 않는다는 사실을.

제자에게 추월을 당한 것이 분한 건 아니다.

자신이 패배자라는 사실을 깨닫고도, 그것을 받아들일 수가 없었다.

그래서 제자에게 짜증을 내고 화풀이한 것이다.

"…………꼴사나워 미치겠대이……."

키요타키는 그 말을 몇 번이나 되풀이했다.

자신은 명인이 되고 싶다는 말을 수도 없이 입에 담았다. 하지만 자신은 '명인이 되지 못했다' 는 사실을 가지고 으스대기만 했을 뿐이다.

'촌스럽고 끈질기게' '최후의 순간까지 포기하지 말아라' 라고 제자들에게 항상 말했다. 그것이 칸사이 장기라면서 말이다.

하지만 자신은 그것을 실천에 옮겼을까?

장기판 위에서 끝까지 싸우는 것은 기사에게 있어 당연한 일이다. 그것은 아마추어라도 할 수 있다.

하지만…… 장기판에서 떨어진 곳에서도 계속 싸울 수 있는 이는 적다.

대국이 없는 날, 자신은 무엇을 했는가?

장기에 인생을 통째로 바칠 각오를 한 자들이 프로 아니었나?

『우리는 목숨을 깎아 가면서 장기를 두고 있습니다.』

카가미즈가 낮에 했던 말이 뇌리를 스쳤다.

그 말은 강렬한 바람이 되어서, 키요타키를 기사실 밖으로 밀어냈다.

하지만――.

"……뜨거워."

키요타키는 어둠 속에서 중얼거렸다.

그것은 다 타버린 줄 알았던 숯에 남아있던, 작디작은 불씨였다.

카가미즈의 그 말은 키요타키의 마음속 불길을 끄는 게 아니라…… 마음속에 남아있던 조그마한 불에, 자신도 잊고 있었던 불에, 신선한 공기를 불어 넣었다. 새로운 바람을 말이다.

그런 조그마한 불에, 키요타키는 또 바람을 불어넣었다.

"뜨거워."

뼛속까지 추운 2월의 한밤중. 난방도 조명도 전부 꺼진 부엌에서, 남자는 몇 번이나 같은 말을 되풀이했다. ……뜨거워, 뜨거워, 라고 말이다.

2층에 있는 자기 방에서 내려온 케이카가 깜짝 놀란 것처럼 물어보았다.

"……아빠? 아직 깨어 있었던 거야?"
"그렇지 않대이."
키요타키는 의아해하는 딸을 향해 말했다.
"겨우 잠에서 깨어난 기다."

다음 날 아침.
카가미즈 히우마가 평소처럼 기사실에 가보니, 먼저 온 사람이 묵묵히 장기판을 닦고 있었다.
"키요타키 선생님……."
"좋은 아침이대이."
양복의 상의를 벗고, 와이셔츠의 소매를 걷어 올린 채 장기판과 말을 닦고 있던 키요타키는 이마에 맺힌 땀을 손등으로 훔치며 고개를 들었다.
그 얼굴은 최근 몇 년 동안의 키요타키와는 딴사람이라는 생각이 들 정도로 맑았다. ……어제, 카가미즈가 봤을 때와는 완전히 딴사람이 된 것 같았다.
"어젯밤에는 오래간만에 아침이 오는 게 기다려졌대이. 빨리 자네와 장기를 두고 싶더라 아이가."
"예?"
"카가미즈 군. 내한테 장기를 가르쳐 주이소."
키요타키는 상의를 걸치고 단추를 채우더니, 그렇게 말하면서 깊이 고개를 숙였다. 9단인 기사가 장려회 회원에게 말이다.
"지금의 내한테, 자네들에게 가르쳐 줄 최신 연구 같은 건 읎다. 그뿐만 아니라 장기에 임하는 자세마저도 자네들에게 미치지 못할 기다…….”

제자와 장려회 회원을 향해 장기를 가르쳐 달라고 말할 용기마저 잃었던 남자는 마음속 깊은 곳에 남아있던 용기를 쥐어짜내 이 방에 다시 돌아왔다.

키요타키는 고개를 숙인 채 말을 이었다. 열기로 가득 찬 목소리로 말이다.

“잡일이든 뭐든 다 할 끼다. 수행 시절로 되돌아간 심정으로, 내도 자네들과 함께 장기를 기초부터 다시 익히고 싶은 기다. 자네들의 연구를 훔치려는 게 아니대이. 물러터진 근성을 뜯어고치고 싶은 기다. 이대로 진 채 끝나고 싶지는 않다 아이가.”

“선생님…….”

“어제, 카가미즈 군의 말을 듣고 겨우 잠에서 깼대이. 그 후로 온몸이 뜨거워서, 장기를 두고 싶어서, 가만히 있을 수가 없었다 아이가. 이런 기분을 진짜 오래간만에 맛봤대이……. 자네가 상대해 주지 않으면, 이 마음이 가라앉지가 않을 기다.”

“하, 하지만…….”

“어? 카가미즈 씨, 오늘은 장기를 안 둘 건가요?”

카가미즈의 뒤편에 숨어 있던 조그마한 남자애가 새된 목소리로 그렇게 말했다.

쿠누기 소타는 고개를 쑥 내밀더니, 천진난만한 미소를 지으며 말을 이었다.

“그럼 제가 키요타키 선생님과 둘게요. 야이치 씨의 옛날이야기 같은 것도 듣고 싶거든요."

"고맙대이. 야이치의 이야기라면 얼마든지 해 주꾸마."

"와아~♡"

소타는 과자를 받은 어린애처럼 순수하게 기뻐했다.

한편, 카가미즈는 머뭇거렸다.

자신이 어제 키요타키에게 말한 것은 본심에서 우러난 발언이었다.

그리고 자신의 신념에서 우러난 말이기도 했다.

하지만 그와 동시에, 장려회 회원이 프로에게 결코 해서는 안 되는 말이기도 했다. 대외적으로 알려진다면 장려회에서 쫓겨날 정도의 일인 것이다.

——게다가 나는 이 나이가 될 때까지 4단으로 올라가지 못하는 낙오자 3단…….

카가미즈는 갑자기 자기 자신이 부끄러워졌다.

장려회 회원의 마음을 대변해서 한 말이었지만…….

——프로가 되지 못한 데서 우러난 초조함을, 짜증을, 선생님에게 퍼부었을 뿐인 게 아닐까?

그런 생각이, 키요타키의 진지한 요청을 받아들이는 것을 주저하게 만들었다.

카가미즈는 키요타키를 똑바로 쳐다보지 못했다.

창밖에서 쏟아져 들어오는 아침 햇살을 받아 빛나고 있는 키요타키의 땀이, 탁한 자신의 눈에는 너무 눈부셔 보여서…….

안경 너머에서 불꽃을 머금은 것처럼 타오르고 있는 키요타키의 눈이, 음지의 존재인 자신의 눈에는 너무나도 눈부셔 보였기에…….

——이게…… 이게, 프로 기사라는 존재인 건가…….

완전히 무뎌진 줄 알았던 강철은, 카가미즈가 불씨를 약간 지폈을 뿐인데 다시 날카로운 빛을 뿜기 시작했다.

——나와는 차원 자체가 명백하게 달라…….

카가미즈는 자신이 매미 유충이 된 것 같은 느낌을 받았다.

이 기사실이라는 흙 속에서 그저 성충이 되는 날만 기다리며 가만히 있을 뿐인……. 게다가 카가미즈는 매미보다도 오랜 시간 동안 장려회라는 어둠 속에 있었다.

예전에는 본능적으로 알고 있었던, 성충이 되는 방법을 잊고 만, 길 잃은 장려회 회원…….

"카가미즈 군."

그런 장려회 회원에서, 키요타키는 먼저 손을 내밀었다.

그리고 이번에야말로 그를 똑바로 쳐다보며, 용기가 담긴 목소리로 이렇게 말한 것이다.

"부탁합니더. 내한테 장기를 가르쳐 주이소."

"…………저야말로 잘 부탁드립니다. 키요타키 선생님."

카가미즈 히우마 3단은 깊이 고개를 숙이면서 그 손을 움켜잡았다. 매달리는 듯한 심정으로 말이다.

이 순간, 훗날 『키요타키 도장』이라고 불리며 오랫동안 회자되는 전설의 연구회가 결성됐다.

©shirabii
제3보
RYU
히나츠루 타카시
직 업 요리사
출신지 오사카부(府)
좋아하는것 아내와 딸
불편한 것 아내와 딸

☖키요타키 도장

"키요타키 씨가 묘한 짓을 시작한 것 같다."

그런 소문이 장기계에 퍼지기 시작한 것은 사부님이 일문연을 하자는 말을 꺼내고 열흘 정도 지났을 즈음이었다.

"자택에 젊은이들을 불러서 식사를 대접한다던데?"

"돈이 없는 장려회 회원들한테서 정보를 얻으려는 거 아냐?"

"드디어 프로로 활동하기 힘들어졌으니까, 도장을 확장하려는 것 아닐까?"

"어제는 닛폰바시의 『덴덴타운』에서 봤어."

"힙합 피플 같은 복장으로 연맹에 왔더라고."

"너무 져서 머리가 이상해진 것 아냐?"

그런 말들이 내 귀에도 들어왔다.

……어떻게 된 것이지?

"일문연 쪽도 다시 생각해 보겠다며 사부님한테서 연락을 받았는데 말이야."

"할아버지 선생님, 다른 연구회를 열기로 한 걸까요?"

아이도 영문을 모르는지 "연구회를 한다면 저도 끼워 주시지……." 하고 쓸쓸한 어조로 말했다.

설령 그렇다고 해도 불가사의한 점이 많았다.

이 세계에서는 눈에 띄거나 연패를 당하면 비난을 당하고, 소문도 따라다니기 마련이다. 그것은 내가 잘 알고 있다.

용왕을 딴 직후에 연패하면서 비난을 당했고, 명인과의 용왕전 때도 비난을 당했으며, 제자를 받고 로리콤이라면 비난을 당했다. 내 기사 인생은 항상 말도 안 되는 비난이 뒤따랐던 것이다. 로리콤이라는 말은 정말 너무했다. 내가 너무 이기니까 안티가 생긴 거겠지…….

그러니 사부님에 대한 소문도 애초부터 믿지는 않았다.

"……하지만 좀 신경이 쓰이니까 나중에 들러 봐야겠네."

"예! 아이도 할아버지 선생님의 연구회가 궁금해요!"

"대체 누구와 연구회를 하는 걸까?"

"장려회 회원들 아닐까요?"

"그건 그렇고 힙합 피플 같다는 건 또 뭐야? 좀 현실감이 있는 거짓말을 하란 말이야."

하와이에서 산 알로하셔츠를 입은 모습이라면 이해가 되지만, 사부님의 힙합 스타일은 상상조차 되지 않았다.

그런고로 우리는 일요일 아침에 사부님의 집을 찾았는데――.

""다녀왔습니다~.""

"여어! 니들 왔나."

힙합 피플 같은 복장을 한 사람이 있다――――――!!

"놀랬나? 나름 생각하는 바가 있었다 아이가. 그래서 젊은 애들한테 장기를 기초부터 다시 배우기로 한 거대이."

품이 낙낙한 옷을 입은 그 인물은 놀랍게도 내 사부님이었다.

화려한 컬러에 후드가 달리고 사이즈가 큰 플란넬 셔츠는 힙합의 상징이다.

또한 사이즈가 큰 카고바지를 질질 끌면서 다다미 위를 걷는 그 모습은 50대 장기꾼처럼 보이지 않았다. 놀라울 정도로 스마트한 아이템 초이스다.

대체 사부님에게 무슨 일이 있었던 거지……? 머리에 있는 어느 비공을 찌르면 인간이 단시간에 이렇게 변하는 걸까……?

나는 혼란에 빠진 채 주위를 둘러보았다.

다다미방에는 장기판이 줄지어 놓여 있었으며, 그 앞에는 장려회의 유단자와 급위자가 뒤섞여 앉아 있었다. 재야의 아마추어 강호까지 있었다.

그리고 거실에는 아직 먹이 마르지도 않은 글씨가 걸려 있었다.

『젊음을 해방하라.』

……지나치게 해방했잖아…………….

젊음 이외에도…… 이것저것 다…….

"그렇게 뚫어져라 쳐다보지 말그라. 고리타분한 장기관에서 내 자신을 해방시키고 싶은 것뿐인 기다……."

사부님은 약간 부끄러워하듯 코밑을 손가락으로 훔치며 말을 이었다.

"그른데 뭐부터 손을 보면 좋을지 몰라서, 일단 옷차림부터 바꿔봤대이. 어떻노? 내 입으로 이런 말을 하는 것도 좀 그렇지만, 꽤 어울리재, MAN?"

"괘…… 괜찮은 것 같아YO!"

나도 최선을 다했다.

© shirabii

"그, 그런데…… 그 옷은 어디서 난 거예요?"

"내가 드린 거야."

"카가미즈 씨?!"

잔뜩 놓여 있던 장기판 중 하나로 대국을 하고 있던 카가미즈 히우마 3단이 약간 부끄러워하듯 잘생긴 얼굴에 옅은 미소를 머금으면서 말했다.

"키요타키 선생님의 '변하고 싶다!' 는 마음에 나도 공감했거든……. 그래서 내가 옛날에 스트리트에서 장기를 두던 시절에 입던 옷을 드렸어."

응? 어?

스트리트에서??? 장기???

"장롱에서 꺼내보니…… 오래간만에 당시의 내 마음이 생각났어……. 빅 머니와 석세스, 그리고 무엇보다 드림을 거머쥐려고 고향인 미야자키를 떠난 시절의 심정이 저 웨어를 보고 떠올랐지……!"

맙소사, 이 사람도 꽤나 이상해졌어……. 루 오시바 같은 말투를 쓰는 사람이 아니었는데…….

우리가 그런 이야기를 나누고 있을 때, 누군가가 계단에서 내려오는 소리가 들렸다.

"아, 역시 야이치 씨다~♡"

"소타?! ……들고 있는 케이블은 뭐야?"

"2층 컴퓨터를 새것으로 바꿨어요. 이 집에는 무선 LAN도 없더라니까요! 이 시대에 와이파이를 못 쓰면 불편하잖아요! 시마네현인 줄 알았다니까요!"

시마네에도 컴퓨터는 있다고! 대체 몇 년 전 이야기를 하는 건데! 시마네를 무시하지 마!

"……혹시, 어제 닛폰바시의 전자상가에 갔었어?"

"예! 키요타키 선생님과 부품을 사러 갔어요. 뭐든 마음껏 사도 된다고 하셔서, 어떤 소프트라도 동시에 돌릴 수 있는 몬스터 머신을 만들어보려고요!"

소타는 나에게 와이파이 아이디와 패스워드를 가르쳐 준 후, 다시 2층으로 올라갔다.

바로 그때, 현관 쪽에서 다른 장려회 회원의 목소리가 들렸다.

"키요타키 선생님! 강사 선생님께서 도착하셨습니다!"

"좋아! 이쪽으로 모셔오게!!"

강사?

이번에는 대체 어떤 인물이 나타나는 건지 궁금해서 현관 쪽을 쳐다보니…… 예상보다 훨씬 가까운 위치에 그 『강사』가 서 있었다. 서로의 숨결이 느껴질 만큼 밀착된 거리에.

"후훗! 와버렸어☆"

A급 기사, 나타기리 진 8단이었다.

"꺄아아아아아아아아아아아아아아아아아아아아아아아아아아아아아아아아아아———————!!"

나는 절규를 지르면서 허겁지겁 물러났다.

명인의 연구 파트너이자 《쌍칼잡이》라는 별명을 지닌 올라운더다.

하지만 그 실체는…… 성적인 의미에서도 남녀 가리지 않는 올라운더인 것이다.

"저, 저기, 사부님! 왜 이딴 걸 집으로 부른 건데요?!"

"무례한 소리 말그라, 야이치."

사부님은 당황한 나를 점잖게 꾸짖었다.

"나타기리 8단은 어엿한 A급 기사일 뿐만 아니라, 장기계 제일의 연구가로 알려져 있대이. 단수가 낮은 젊은 프로와 장려회 회원도 차별하지 않으며 대할 뿐만 아니라, 대국 때문에 칸사이에 오면 항상 젊은이들에게 한 수 가르쳐 주기 위해 연습 장기를 두시지. 정말 존경스러운 태도 아이가. 그래서 이렇게 초빙을 한 기다."

나타기리 씨는 사부님의 말을 듣더니, 긴 앞 머리카락을 손가락으로 만지작거리면서 말했다.

"과찬이십니다……. 저는 그저 젊은 남자를 좋아할 뿐이에요."

"오호라. 젊은이의 정열을 접하면서 그 향상심을 유지한다는 의미재?"

저기, 말 그대로의 의미거든요?!

이 사람이 '좋아한다' 고 말할 때는 진짜로 그렇고 그런 의미라고요!!

나는 시선만으로 그렇게 말했지만, 나타기리 씨의 말을 좋은 쪽으로 해석한 사부님은 감격한 것처럼 몇 번이나 고개를 끄덕였다.

"내가 이 나이가 되어서 겨우 눈치챈 것을 젊은 나이에 깨닫다

NOVEL ENGINE
[비매품] 노블엔진 특별부록
용왕이 하는 일! 7
©2018 Shirow Shiratori
©2018 shirabii
SB Creative Corp.

니…… 역시 명인에게서 연구 파트너가 되어 달라는 부탁을 받은 사람답대이. 우리에게도 그 정열을 나눠 주시게!"

"우후♡"

나타기리 씨가 깨달은 새로운 세계에 관해서는, 사부님이 몇 살이 되어도 눈치채지 못할 것이다.

아니, 눈치채지 못했으면 한다.

"저도 칸사이 쪽 젊은이들에게 관심이 있었으니 더할 나위 없는 제안이랍니다………… 게다가, 키요타키 선생님에게도 관심이 있거든요. ~~후후. 우후후후후후후후~~……."

《쌍칼잡이》는 물색을 하는 듯한 눈길로 실내를 둘러보았다.

사부님에게 정열이라는 이름의 변질된 무언가에 전염되지 않을까 걱정된 나는 아이와 함께 이 연구회를 견학하기로 했다.

2층에 있던 소타도 내려오자, 이 자리에 있는 이들이 장기판 하나에 집중했다.

그리고 나타기리 씨와 장려회 유단자가 중심이 되어, 젊은 프로가 과제로 삼고 있는 최신 국면을 분석하는 매우 고도의 논의가 이뤄졌다.

하지만 사부님도 적극적으로 발언했고, 도중부터는 아이도 그 논의에 참가했다.

여자 초등학생의 발언 또한 다들 바보 취급하지 않으며 진지하게 받아들이고 있었기에, 아이 또한 실수를 두려워하지 않으며 연구에 참가하고 있는 것 같았다. 사부님도, 아이도, 정말 즐거워 보이는걸…….

그런 모습을 한발 물러선 곳에서 지켜보고 있을 때…….

"분위기가 좋지?"

"케이카 씨……."

"처음에는 나도 이런 연구회가 성립될지 불안했어. 게다가 아빠도 장려회 회원과 함께 연구하는 걸 두려워했지."

두려워해……?

"젊은이들과 자신 사이에 존재하는 벽을 느낀 것 같아. 하지만 '강해지고 싶다'는 마음으로 그 벽에 맞섰더니, 놀라울 정도로 많은 젊은이들이 공감해 주지 뭐야. 그리고 카가미즈 씨와 쿠누기 군을 데리고 집에서 연구회를 하겠다고 하더니, 점점 사람이 늘어났고, 나한테 밥을 해달라고 하더라니깐……."

내 옆에 선 케이카 씨는 앞치마를 하고 있었다. 아무래도 방금까지 부엌에서 요리를 만들고 있었던 것 같았다. 향긋한 밥 냄새가 어디선가 풍겨왔다.

"남들이 이런저런 소리를 한다는 건 알고 있지만, 나는 이 분위기가 좋아. 혼자서 고통스러워하던 아빠보다, 지금의 아빠가 훨씬 좋아. 장기를 둔다면, 나도 같이 두면서 고민할 수 있잖아."

장기가 중심이었던 이 집에서, 케이카 씨는 항상 소외됐다.

드디어 진정한 가족이 됐다고 생각한 순간, 이번에는 사부님이 은퇴라는 말을 꺼냈다. 케이카 씨는 그 말을 듣고 고뇌에 빠졌을 것이다. 그 축하회 이후로 지금까지 가장 고통스러워한 사람은 케이카 씨가 틀림없다.

확실히 이곳에 모인 멤버는 장기 실력도, 지위도, 성별도 천차

만별이다.

그런 이들이 모여 있는 이 연구회를 부자연스럽다고 비판하는 심정도 이해가 안 되는 것은 아니다.

하지만 딱 하나 공통되는 점이 있다.

『장기가 좋아!』라는 마음이다.

프로 세계에서 사라지고 있는 소중한 무언가를 본 듯한 느낌이 든 나머지, 나는 부럽다는 생각이 들었다.

"……분명 괜찮을 거야. 보답받지 않는 노력은 없잖아."

나는 진심을 담아 그렇게 말했다.

그와 동시에…… 최정상의 자리를 목표로 삼는 자로서, 자신은 이 연구회에 낄 수 없다는 생각이 들었다. 씁쓸하지만, 현재 장기계는 그런 감상적인 생각을 용납하지 않을 만큼 혹독했다.

"하아……. 피곤하긴 하지만, 정말 즐거웠어요!!"

나타기리 씨를 중심으로 논의가 끝난 후, 쭉 집중하고 있던 아이가 내 곁으로 와서 환한 목소리로 그렇게 말했다.

"저기…… 사부님? 저도 이 연구회에 참가해도 될까요? 할아버지 선생님이 여초연 멤버들도 참가해도 된다고 말씀하시긴 했는데……."

"물론이지. 나도 안심이 될 거야."

자신은 몰라도, 제자가 배움을 구하는 자리로서는 이상적인 환경이었다.

뭐, 나타기리 씨가 항상 카가미즈 씨(모델급 미남)의 옆자리를 딱 차지하고 있는 점이 신경 쓰이기는 하지만, 카가미즈 씨는 어엿한 어른이니 자기 앞가림은 할 수 있을 것이다. 새로운 발견(의미심장)을 할지도 모르고 말이다.

"……그럼 사부님. 저는 이만 가볼게요."

"그래. 배웅은 안 하겠지만, 조심해서 돌아가그라."

이제부터 장려회의 급위자와 10초 장기를 둔다며 팔을 걷어붙인 사부님은 장기판에서 눈을 떼지 않으며 그렇게 말했다.

"내일은 장기 소프트 개발자 분을 초빙해서 이야기를 들어볼 거대이. 이 연구회는 24시간 365일 풀 오픈이니까 언제든 오그라!"

☗변화

"……그런 일이 있었어. 사부님이 느닷없이 힙합 피플 같은 복장을 하고 있는 걸 보고 놀랐는데, 나타기리 씨까지 그 연구회에 온 걸 보고 경악했다니깐."

『그랬군.』

태블릿 화면에 나온 아유무는 망토의 옷깃을 세우면서 고개를 끄덕였다.

용왕전 기간에는 중단했던 인터넷을 통한 둘만의 연구회도, 해가 바뀐 후로 재개하며 서서히 그 빈도를 늘리고 있다.

소프트를 이용한 연구의 비중이 늘었다고 해도, 소프트의 장기를 인간 상대로 그대로 채용할 수 있는 건 아니다.

신들이 쓰는 고도의 마술을 인간용으로 마이너 체인지하는 감각으로, 나와 아유무는 서로의 전법을 시험하고 있는 것이다.

웬만한 상대는 간단히 즉사해버릴 전법인 만큼, 시험을 해 보려고 해도 아유무 수준의 강적이 필요했다.

이 녀석 레벨이면 간단히 통하지는 않고, 파탄이 나는 부분을 지적당할 때도 많지만, 그래도 서로가 성과를 얻고 있다.

그런 연구회 도중에 사부님에 관해 이야기를 나누고 있을 때, 아유무가 뜻밖의 말을 입에 담았다.

『전법의 유행은 패션의 유행과 비슷한 법이지.』

"……뭐?"

『아무리 세간에서 유행하더라도, 자신이 마음에 들어 하던 옷을 벗어던지고 다른 옷을 입기 위해서는 용기가 필요하다. 그것이 과거에 높이 평가되던 패션일수록, 벗어던지려면 크나큰 용기가 필요하지. 장기의 전법도 마찬가지라고 할 수 있다.』

"듣고 보니…… 그런 것도 같네."

의식한 적이 없기는 하지만, 아유무의 말을 듣고 보니 비슷한 것 같았다.

사부님은 망루가 최강이라고 불리던 시대에 감각을 길렀으니, 아무리 망루의 승률이 낮아지더라도 부정을 할 수 없으리라.

스마트폰을 절대 쓰지 않는 사람이나, LINE을 하지 않는 사람도 있는데, 그것과 마찬가지일지도 모른다.

아무리 편리하다는 것을 알더라도, 감각적으로 거북하니 채용할 수 없는 게 있는 것이다.

한 번 경험해버리면, 감각 또한 단숨에 변하는데도 말이다.

『하지만 네놈의 마스터는 수십 년에 걸친 옷을 벗고, 완전히 새로운 세계로 이어지는 문을 여는 길을 선택한 것이다. 따뜻하고 편한 옷을 벗어던진 거지. 강해지기 위해 과거의 자신을 부정하다니…… 그 고결한 의지에는! 진심으로 경의를 표한다!!』

아유무는 화면 너머에서 멋들어진 포즈를 취했다.

타인이 이런 짓을 한다면 바보 취급을 당하는 느낌이 들겠지만, 이 녀석은 지극히 진지하기에 화도 나지 않았다.

『그리고 나타기리 8단은 젊은 세대와의 교류를 통해 그들의 감각을 피부로 흡수해 자신의 감각이 최근 유행하는 전법에 익숙해지게 하려고 하는 거겠지. 8단 정도 되면 그게 자신의 감각을 바꿀 최선의 방법일 거다.』

"……그래."

사람마다 체격이 다르듯, 강해지는 방법 또한 사람마다 다를 것이다.

하지만 나는 아직 젊고, 유행을 만들어내는 쪽이다.

그러니 자신의 감각에 따라 행동하면 된다.

타인에게 맞출 필요는 없는 것이다.

그것이 젊은이의――강자의 특권인 것이다.

"네가 남들이 뭐라고 하든 그 묘한 복장을 유지하는 이유가, 방금 좀 이해가 됐어. 장기에 활용하고 있는 거구나……."

『크크큭…… 그래? 그럼 내가 몰래 사둔 이 검은 망토를 걸쳐 보겠느냐?』

그건 싫거든?

『자아, 드래곤킹이여! 성(聖)과 마(魔)의 새로운 세계의 패권을 점칠 싸움을 계속 이어나가지 않겠느냐!』

"바라던 바야! 그리고 드래곤킹이라고 부르지 마!"

서로가 순위전에서 전승 승급을 하기 위해, 우리는 또 서로의 감각을 겨뤘다.

키요타키 도장의 결성으로 인해 변한 사람은 사부님만이 아니었다.

칸사이 장려회에도 변화가 일어난 것이다.

"요즘 들어 카가미즈 군이 갑자기 일을 거부하지 뭐야……."

내가 면허장에 서명하려고 사무국에 가보니, 연맹직원인 미네 씨가 투덜거렸다. 우리가 몰래 《교장 선생님》이라고 부르는 칸사이 본부의 만물박사다.

"다른 장려회 회원이 대신해 주고 있지만, 카가미즈 군만큼 인상이 좋고 능숙하게 일을 처리하는 애가 없어. 그에게 너무 기댄 우리도 잘못하기는 했지만……."

가장 많이 변한 사람은 바로 카가미즈 씨였다.

예전에는 부탁만 하면 바로 일을 맡아주던 카가미즈 씨가 요즘에는 딱 잘라 거절하면서 필요최소한의 기록 담당 이외의 일은 하지 않는 것이다. 게다가 기록 담당 일을 할 때도 카가미즈 씨는 '새로운 수' 를 뒀다.

방석을 깔지 않는 것이다.

아무래도 우리 사부님이 장려회 시절에 같은 행동을 했으니 완전히 새로운 수라고 할 수는 없겠지만…… 고행승을 연상케

하는 그 행위는 찬반양론을 모았다.

"카가미즈 군, 방석을 까는 게 어떻노?"

보다 못한 프로가 대국 도중에 그렇게 말했지만…….

"아뇨, 괜찮습니다."

"다다미가 상한대이."

"그럼 다다미를 뗄까요?"

단호한 어조로 그렇게 말한 카가미즈 씨는 그 후에도 NO 방석을 관철했다.

나중에 이유를 물어보니, 카가미즈 씨는 이렇게 말했다.

"호의로 그런 말을 해 준 거라는 걸 알아. 하지만 그런 말에 휘둘린 끝에 지금의 내가 생겨난 거라고 생각해. 마지막 3단 리그에서는 나 자신을 철저하게 관철하고 싶어."

카가미즈 씨는 이번 3단 리그에서도 탈퇴를 당하지는 않았지만, 승단 레이스에는 참가하지 못했다.

게다가 사저, 그리고 어린 소타도 3단 리그에 참가하게 된 것이다. 그런 위기감이 카가미즈 씨를 변화시킨 것이리라.

그 후, 칸사이에서는 기록 담당이 방석에 앉지 않는 것이 일종의 트렌드가 됐다.

변화는 장려회만이 아니라, 연수회와 연맹도장에서도 생겼다.

"오늘은 여초연 멤버만이 아니라 아스카 씨와 아키라 씨도 함께 연구회를 했어요! 사람들이 점점 늘어나서 즐거워요!!"

히나츠루 아이는 늦은 저녁을 먹으면서 오늘 있었던 일을 즐겁게 보고했다.

키요타키 도장이 결성된 후, 여초연은 우리 집이 아니라 사부님의 집에서 개최됐다.

뭐, 순위전도 중요한 시기에 접어들었거든? 초등학생을 돌볼 때가 아니니 나로서는 잘된 일이기는 하거든?

그, 그러니까! 쓸쓸하거나 부럽지 않다고!

"흐음. 즐거웠겠네."

"예! 할아버지 선생님은 공식전 준비가 있어서 바쁠 텐데도, 저희 같은 어린애들한테도 자상하게 장기를 가르쳐 주셨어요. 9단이나 되시는 선생님이라 처음에는 다들 어려워했지만, 지금은 엄청 좋아해요!"

"흐…… 흐음…………."

부럽지 않아……. 부럽지 않다고………….

"LINE 아이디도 교환했어요! 그리고 그룹을 만들어서 집에 돌아간 후에도 그날 둔 장기에 관한 거나 학교에서 있었던 일을 이야기해요! 할아버지 선생님도 『초등학생과 LINE을 하니 젊어지는 것 같다』고 하셨어요. 말투나 자주 쓰는 스탬프가 독특해서 재미있어서, 진짜로 인기가 좋다니까요!"

"아…… 아하…………? 그룹 LINE……."

부…… 부럽지………… 않아……!!

"특히 샤를 양은 할아버지 선생님의 수염이 마음에 들었는지, 항상 『할부지~♡』 하고 부르며 수염을 만지거나 장기를 두자고 조른다니까요! 진짜 귀여워요♡"

"윽!! 뭐……라고……?"

그, 그 망할 사부…… 은근슬쩍 내 마누라도 건드린 거냐?!

"앗! 다음 주말에는 케이카 씨와 함께 여자들끼리 모일 거예요! 여자들만 모여서 1박 2일로 모임을 가질 건데…… 가도 될까요?"

"허락 못해!! 그, 그렇게 부러…… 아, 아니, 놀아재끼기만 하는 연구회에는 앞으로 얼씬도 하지 마! 쿠즈류 일문은 키요타키 일문에서 독립하겠어! 그딴 일문, 때려치우겠다고!"

"예에엣?!"

그런 일이 있기는 했지만, 키요타키 사부님에게 가르침을 받은 여초연 멤버들의 장기의 질은 바뀌었다. 촌스럽고 끈질긴 느낌으로 말이다.

"연수회가 도통 끝나지를 않아서 난처하다니깐."

간사인 쿠루노 요시츠네 7단은 쓴웃음을 지었다.

"게다가 '아이들 옷의 한쪽 무릎 부분만 구겨져 있다.' 며 어머님들한테 항의를 받아……. 간사로서 초과 근무 수당을 연맹에 청구하고 싶은걸."

그러는 쿠루노 선생님 또한 순위전에서 끈질긴 승부를 펼쳐서 역전 승리를 거뒀다.

이렇게 칸사이가 키요타키 도장을 중심으로 변하기 시작했을 즈음…….

칸토에서는 장기계의 변혁을 상징하는 대국이 치러지려 하고 있었다.

☖마이나비 준결승

2월 중순. 도쿄 센다가야에 있는 장기회관의 특별 대국실에서는 오래간만에 여류기전이 치러지고 있었다.

여류 최고위 기전인 마이나비 여자 오픈 결승 토너먼트의 준결승이 치러지는 것이다.

대국자는 작년 도전자인 츠키요미자카 료 여류옥장.

그리고 다른 한 사람은…… 야샤진 아이 여류 1급.

현역 여류 타이틀 보유자에게, 초등학교 4학년인 사상 최연소 여류 기사가 도전한다—— 그 뉴스는 일본 전국으로 퍼져나가면서 엄청난 반향을 불렀다.

이 대국을 카메라에 담기 위해, 프로 타이틀전 때보다 더 많은 보도진이 몰려들 정도였다.

"게다가 그 초등학생이 사상 최연소 용왕의 제자이니 화제가 될 수밖에 없나……. 조용한 환경에서 대국을 치르게 해 주고 싶었는데 말이야."

나는 방 밖에서 대국 개시 전의 상황을 지켜보면서 혼잣말을 중얼거렸다. 보도진을 전부 수용할 수가 없기에 장지문은 활짝 열려 있었다. 또한 4수 때까지는 촬영이 허가된다.

원래라면 스승이 동행하지 않지만, 아키라 씨가 이 엄청난 주목도 때문에 주눅이 든 나머지 '나, 나는 무리다! 나 대신 선생이 같이 가!!' 라면서 애걸복걸하는 바람에 내가 도쿄까지 동행하게 됐다. 야샤진 아이는 아직 초등학생이기 때문에, 내가 동행하는 것을 연맹 또한 호의적으로 받아들였다.

"츠키요미자카 선생님의 보로 선수를 정하겠습니다."

기록 담당은 로쿠로바 타마요 여류 2단이 맡았다. 이런 고위의 여류 기사가 기록을 담당하는 일은 드물지만, 본인이 자원했다고 한다.

"……앞면이 다섯 개입니다."

보(步)를 던진 결과, 아이는 후수가 됐다.

그 순간, 한숨 아닌 한숨이 대국실을 가득 채웠다.

아이가 선수라면 재미있는 승부가 펼쳐질 거라고 생각했지만, 후수라면 아이에게 승산은 없다…… 그런 의미의 한숨이었다. 두 대국자는 조용히 시간을 보내고 있었다.

이윽고 로쿠로바 씨가 선언했다.

"시간이 됐으니, 츠키요미자카 여류옥장의 선수로 대국을 시작하겠습니다."

"잘 부탁드립니다."

아이는 정중히 고개를 숙인 후, 맑은 목소리로 그렇게 말했다.

한편, 츠키요미자카 씨는 시종일관 침묵을 지켰다. 초등학생이 상대라 투지가 타오르지 않는 건지, 반상몰아(盤上沒我)의 태세를 취하고 있었다. 이 사람답지 않게, 차분한 손길로 각(角)의 길을 열었다. 그리고 부채질을 하기 시작했다.

아이는 곧 첫 수를 뒀다.

식탁에 있는 식빵을 향해 손을 뻗듯, 매우 자연스럽게.

그 수를 본 츠키요미자카 씨는 처음으로 입을 열었다.

"아앙?"

대국실에 있던 장기 관계자들은 한순간, 자신들의 눈을 의심했다.

그다음에는 아이가 수를 잘못 둔 거라고 여겼으며…… 그리고 마지막으로 그 수가 지닌 의미를 이해하더니, 무심코 고함을 질렀다.

"""후——."""

아이는—— 각(角)의 진로를 트는 게 아니라 그 옆에 있는, 각(角) 앞에 있는 보(步)를 전진시켰다! 사고를 쳤네……!!

"""후수 각두보?!"""

"이 망할 꼬맹이가……!!"

우득!!!

팔의 뼈가 부러지는 듯한 둔탁한 소리가 대국실 안에 울려 퍼졌다.

츠키요미자카 씨가 손에 쥔 부

채를 두 동강 낸 것이다. 그것은 눈앞에 있는 무례한 꼬마를 자근자근 짓밟아주겠다는 선언이기도 했다.

이렇게 중요한 대국에서 타이틀 보유자를 상대로 기습 전법을 채용한 여자 초등학생은 미소를 머금은 채, 자신을 향해 뿜어지고 있는 압도적인 투지를 받아냈다.

"자아…… 같이 춤추자."

어마어마한 난전이 시작됐다.

대국이 시작되고 여덟 시간이 흐른 후—— 투료는 침묵 속에서 이뤄졌다.

"……………………."

분노 때문에 입술이 새파랗게 변한 채 떨고 있는 사람은…… 상석에 앉아 있는 타이틀 보유자였다.

특별대국실에 쏟아져 들어온 각종 신문방송사의 보도진이 타이틀 보유자의 뒤편으로 이동하더니, 이 엄청난 난전에서 승리한 열 살 소녀를 향해 카메라를 들었다.

이윽고, 승자가 천천히 입을 열었다.

"당신이 뒀던 장기를 전부 검토했어."

야샤진 아이는 고개를 숙이고 있는 패배자를 위로하듯 말을 이었다.

"속전속결의 공격 장기. 특히 공중전이 특기. 남성 기사가 상대일 때도 과감하게 공격을 펼치며, 감각적으로는 우위를 점하고 있는 것처럼 보였어."

"……."

"하지만 그걸 뒷받침하고 있는 건 바로 정밀한 연구야. 당신은 빠르게 상대방의 수를 파악하지만, 결코 감각에 의존해 수를 두지는 않아. 이미 그 범위까지 연구를 마쳤기 때문에 수읽기를 생략했을 뿐이지."

"윽……!"

츠키요미자카 씨는 고개를 번쩍 들면서 아이를 쳐다보았다.

"그리고 오늘, 당신은 그걸 버렸어."

여류 장기계에 홀연히 나타난 신데렐라는 여류옥장의 두 눈을 쳐다보며 담담히, 그리고 냉혹하게 자신이 승리한 이유를 이야기했다.

"날개는 두 장이기에 비로소 의미를 지녀. 감각과 연구를 둘 다 갖췄기에, 당신은 자유롭게 날 수 있었던 거야."

하지만…… 하고, 말한 아이는 입술 가장자리를 올렸다. 작고

얄미운 악마처럼 요염하게, 또한 대담하게 말이다.
"한쪽 날개를 잃은 천사는, 더 이상 천사가 아냐."
추락한《공세의 대천사》에게, 소녀는 선고했다.
"평범한 인간에 불과해."
츠키요미자카 씨는 그 말을 듣고 고개를 푹 숙였다.
승패는 지금 이 순간이 아니라, 여덟 시간 전에 이미 갈렸던 것이다.
아이가 각 앞의 보(步)를 전진시키고…… 츠키요미자카 씨가 사전연구를 내팽개치며 그 수를 둔 소녀를 꾸짖으려 한 순간에 말이다.

"이야, 대단한걸."
나는 신오사카로 향하는 신칸센(고속철도) 안에서 스마트폰으로 차례차례 표시되는 뉴스 기사를 열심히 읽었다.
『사상 최연소 소녀 여류 기사, 최연소 마이나비 여자 오픈 도전자 결정전 진출!』
『장려회 회원에 이어 여류 타이틀 보유자도 격파!』
『《나니와의 백설공주》에게 도전할 것인가?! 칸사이 뉴 히로인《코베의 신데렐라》등장!』
전부 아이에 관한 기사다.
장기 관련 사이트만이 아니다. 일반 매스컴에서도 이 기사를 다루고 있었다. 그야말로 현대의 신데렐라 스토리다.
"다음번에도 이겨서 도전자가 되면 바로 여류 2단이 되는 거구나. 그 정도면 신데렐라이긴 하네."

"……신데렐라라고 부르지 마."

당사자는 내 옆자리에서 조용히 쉬고 있었다.

장기회관에서는 얄미울 정도로 의연한 태도를 취했지만, 아이는 지칠 대로 지쳐 있었다. 온 힘을 다해 이번 일전을 준비했을 테니 당연하리라.

저 조그마한 몸이 닳아서 사라져버릴 것만 같을 정도로 지쳐 있었으며, 나에게 숨기고 있지만 그 손은 쉴 새 없이 떨리고 있었다.

여덟 시간…… 아니, 최근 몇 주 동안 계속 긴장을 유지했던 신경과 근육이 비명을 지르고 있었다.

——……뜨거워.

아마 온몸에서 열이 나고 있으리라.

옆자리인 나는 아이의 몸에서 흘러나오는 열기를 느끼고 있었다. ……뜨거워.

다른 손님이 이 모습을 봐서 문제라도 발생하면 곤란하기에, 나는 만신창이인 제자를 창가 자리에 앉히고 역 매점에서 사온 마스크를 씌웠다. 이미 어엿한 유명인인걸.

아이는 여류 기사가 된지 석 달도 채 되지 않았다.

그런데 이미 웬만한 여류 기사보다 고위에 올라섰다.

이 아이의 재능이라면 그것도 당연하겠지만…… 그래도 왠지 꿈만 같다.

"도전자 결정전 상대는 쿠구이 씨야. 산성앵화 타이틀을 연달아 4기나 보유했고, 《유린의 마치》라는 별명마저 지닌 엄청난 강호지."

"항상 싱글벙글 웃으면서 선생님을 스토킹하는 이상한 여자 말이지?"

"스토킹은 무슨……. 관전기자로서 할 일을 하는 것뿐이야."

확실히 내 기사를 자주 쓰기는 하지만, 그것은 쿠구이 씨가 얼마 안 되는 칸사이 거주 기자이며 내가 타이틀을 가지고 있기 때문에 지나지 않는다.

"대책은 세웠어?"

"당연하잖아."

"그렇지. 너라면 물론 세워 뒀겠지."

"……하지만 쿠구이 마치의 장기는 파고들 구멍이 없는 게 특징이야. 쿠구이 마치, 개인에 대한 대책을 세우는 것보다는 동굴곰의 공략 방법을 갈고닦는 편이 나을 것 같은데……."

"뭐, 그럴 거야."

쿠구이 씨는 가능한 경우에는 항상 동굴곰을 만든다.

그걸 알기에 대책을 세울 수 있을 것 같지만…… 그래도 동굴곰을 상대가 만든다면 성가시니까 말이야…….

"현대 장기에서는 동굴곰을 완성하면 절반은 먹고 들어가는 거나 다름없거든."

"쿠구이 마치는 재능이 없지만, 본인은 누구보다 그 점을 잘 알고 있어. 그러니 저렇게 철저하게 옥을 싸는 거야."

"쿠구이 씨의 동굴곰은 튼튼하지. 완성되면 성가시니, 그 전에 깨부술 방법을 찾는 것도 하나의 방법일 거야."

그것도 현대 장기가 내놓은 하나의 해답이다.

"아니면 각두보처럼 빈틈을 보여서 공격을 유도해 볼까?"

"츠키요미자카 씨처럼 도발에 쉽게 걸려드는 사람이 아니라는 건 알고 있겠지만, 한 번 선보인 수가 또 통할 만큼 장기계는 무르지 않아. 네가 이제부터 살아갈 곳은 그런 세계라고."

"알아……. 그냥 한번 말해 봤을 뿐이야."

아이는 입술을 삐죽 내밀면서 창밖을 쳐다보았다. 삐친 것처럼 말이다.

나는 불안을 느낀 나머지 말을 이었다.

"우세를 점하더라도 조바심을 내지 않으며 우위를 확대하듯 두며, 열세에 처하더라도 결코 포기하지 않으며 끝까지 끈질기게 싸워. 사저조차도 쿠구이 씨와 싸울 때는 '붙기 전부터 진절머리가 나.' 라고 말할 정도야. 아무튼 견실해. 발상 자체가 튼튼하기 그지없어."

"마음의 강함이라면, 나는 그 누구에게도 지지 않아."

아이는 내 얼굴을 똑바로 쳐다보며 단호한 어조로 그렇게 말하더니, 다시 창밖을 향해 고개를 돌렸다.

"…………그걸 가장 신경 써서 가르쳐 줬으니까……."

"응? 미안한데 스마트폰을 보느라 못 들었어. 다시 말해 줄래?"

"바보 같은 스승 덕분에 인내력 하나만은 자신 있다고 말했어."

"너무해!!"

초등학교 4학년한테 무시당했어! ……뭐, 자주 있는 일이지만 말이다. 하지만 방금 같은 상황에서는 좀 귀엽게 굴어줘도 될 텐데 말이다…….

“뭐, 대책은 세웠어. 그리고 가능하면 동굴곰이 특기인 실력자와 좀 두고 싶긴 해.”

“사부님이 얼마 전부터 시작한 연구회에 가볼래? 장려회 회원도 많이 오는 것 같더라고.”

“원래는 일문연을 한다는 이야기 아니었어?”

아이는 어이없다는 투로 그렇게 말했다.

아키라 씨에게서 이야기를 들은 것이리라.

“하지만 분위기는 나쁘지 않은 것 같아. 아이와 여초연 애들도 다닌대.”

“마치 잡탕찌개 같은 연구회네. 진지하게 연구를 하긴 하는 거야?”

아이는 약간 불쾌하다는 듯한 말투로 그렇게 말했다.

뭐, 그런 식으로 생각할 수도 있을 것이다. 대부분의 프로 기사들도 사부님이 영문 모를 자원봉사 같은 것을 시작했다고 여겼다.

——제자로서 사부님이 그런 평가를 받는 게 분하지만…….

하지만 마음 한편으로는 그것을 부정할 수 없었다. 나 또한 참가하지 않을 정도니까 말이다.

내가 복잡한 표정을 짓자, 아이는 자기 말이 지나쳤다고 생각하는 것 같았다.

“게다가 쿠구이 마치는 칸사이의 장려회 회원과도 사이가 좋지? 그러니 좀 입맛이 써…….”

아이는 아까 자신이 한 말에 덧붙이듯 그렇게 말했다.

『입맛이 쓰다』는 장기 은어이며, ‘느낌이 나쁘다’ ‘불편하다’ 같은 의미다.

“무슨 말이 하고 싶은 건지는 알겠지만…… 최정상에서 싸우다보면 같은 상대와 계속 싸우게 돼. 그런 걸 신경 쓰다간 한도 끝도 없어.”

“이해는 했어. 하지만 감정적으로는 받아들일 수가 없어.”

“그래? 뭐, 처음에는 그럴 거야.”

이 결벽증적인 면은 솔직히 싫지 않고, 이 애의 재능을 생각하면 이대로 성장해도 충분히 대성할지도 모른다. 게다가 요즘에는 기사들끼리 연구회를 가질 필요성 또한 줄어들고 있다.

나는 기지개를 켜면서 좌석에 깊숙이 몸을 묻었다.

“오늘 밤은 네 뉴스로 시끌벅적할 거야. 취재진이 집에 찾아갈지도 모르니까, 지금 코멘트를 생각해 두는 게 어때?”

“……귀찮네.”

“그것도 기사가 해야 할 일이야.”

하지만 아이의 뉴스는 텔레비전 방송에서 다뤄지지 않았다. 그 이상의 충격적인 뉴스가 칸사이에서 발표됐기 때문이다.

그것은 바로 『자오 타츠오 9단 은퇴 표명』 뉴스다.

☗은퇴 회견

『《나니와의 제왕》이라 불리며 오랫동안 칸사이 장기계를 이끌어왔던 위대한 기사가 갑작스레 은퇴를 발표했습니다.』

방송에 나온 여성 아나운서가 담담히 말을 이었다.

신코베 역에 도착한 나와 아이는 아키라 씨가 마중을 나올 때까지 역 안에 있는 카페에서 그 뉴스를 보고 있었다.

『금일 오후, 장기기사인 자오 타츠오 9단(80)이 장기연맹이 정한 은퇴 규정보다 일찍 자신의 의지로 은퇴하겠다고 발표했습니다. 자오 9단은 타이틀을 합계 4기 획득하는 등 장기계에서 활약하는 한편, 가수로서도 인기를 얻었습니다. 그럼 칸사이 장기회관에 카메라 연결하겠습니다.』

내가 잘 아는 장소가 화면에 나왔다.

칸사이 장기회관의 다목적룸에서 기자들과 마주한 자오 타츠오 9단은 마이크를 손에 쥔 채 환한 표정으로 말했다.

"은퇴 이유 말입니까? 가장 큰 이유는 무릎이 아파서 정좌를 할 수 없다는 점입니다. 머리만 맑으면 장기를 둘 수 있다고 생각했지만, 정좌를 못하는 건 문제니까요.』

자오 선생님은 수많은 플래시를 받으면서 담담히 대답했다.

『그리고 컴퓨터를 이용한 장기를 도저히 이해할 수 없다는 것도 이유 중 하나입니다. 정말 이해가 안 되더군요. 영어와 일본어로 동시에 만담을 하고 있는 듯한 느낌이라, 이런 걸 손님에게 보여주고 돈을 받을 수는 없다는 생각마저 듭니다. 사상 최연소 타이틀 보유자와 사상 최연소 3단, 사상 첫 여성 3단 등, 사상 최초가 잔뜩 나온 덕분에 칸사이 장기계도 활기가 생겼습니다. 이제 저 같은 노병이 나설 자리가 아니라는 생각이 들어서, 이렇게 은퇴를 결심한 겁니다.』

선생님은 그렇게 말한 후, 약간 말투를 누그러뜨리며 다시 입을 열었다.

『애초에 저는 승부에 적합한 인간이 아니지요. 장기에서 이기는 건 타인을 밀쳐낸다는 걸 뜻합니다만, 저는 그게 항상 힘들었습니다. 지는 건 더 싫으니까 최선을 다했을 뿐입니다. 장기꾼은 지면 살아갈 수 없으니까 말이죠. 돈이 안 들어오니까요. 하지만 승패에 연연하지 않고 장기를 즐기고 싶다고 항상 생각했습니다. 애초에 대국보다 장기 뇨수풀이를 더 좋아하기도 했고요……. 뭐, 그런 이유로 은퇴하려는 겁니다.』

그 후, 질의응답이 이뤄졌다.

『선데이 신문입니다. 자오 9단께서는 장기 묘수풀이의 대가이시며, 저희 신문에서도 50년간 매일 장기 묘수풀이를 출제해 주셨습니다만, 그쪽은 계속해 주실 예정입니까?』

『그건 제 쪽에서 계속하게 해 달라고 부탁드리고 싶을 정도군요.』

『한신 스포츠입니다. 자오 선생님은 가수로서도 히트곡을 내셨으며, 칸사이에서는 프로레슬링 해설자로서도 유명하시죠. 앞으로는 그쪽 활동에 중점을 두실 겁니까……?』

『노래는 이제 됐습니다. 프로레슬링도 요즘 기술은 잘 몰라서 해설은 무리죠. 장기 해설도 힘들 지경이니까요.』

웃음이 터져 나왔다.

그 웃음이 잦아든 후, 귀에 익은 목소리가 들려왔다.

『관전기자인 쿠구이입니다. 방금 컴퓨터 장기에 관해 언급하셨습니다만, 자오 선생님은 장기 소프트를 기사가 이용하는 것에 대해 어떻게 생각하시죠?』

『시대의 흐름이라는 건 알고 있습니다.』

고령의 기사는 아까와 마찬가지로 느긋한 어조로 대답했다.

『하지만 장기계가 그 흐름을 탈 필요가 있는지는 고개를 갸웃하게 됩니다. 기사가 자신의 두뇌로 생각을 하기 때문에 존경을 받는 것이며, 컴퓨터를 잘하는 것과 장기를 잘 두는 건 다르지요. 그런 방향으로 지나치게 나아가는 것은 장기계를 멸망시킬 거라고 생각합니다. 아무리 수준이 높더라도, 저는 지금의 장기가 재미있다는 생각이 들지 않아요.』

『그러시군요……. 감사합니다.』

『참, 은퇴를 결의하면서 또 하나 새롭게 깨달은 게 있습니다.』

자오 선생님은 문뜩 생각이 난 듯한 투로 덧붙여 말했다.

『승부를 도외시하며 장기를 즐길 생각으로 대국을 했더니, 놀랍게도 하나도 재미가 없더군요. 이길 생각도 없이 두는 장기란, 마권을 사지 않고 집에서 보는 경마 중계 같은 겁니다. 이건 세기의 대발견이더군요. 그러니 마지막 대국만큼은 마음껏 즐길까 합니다.』

『그 말씀은 이길 생각으로 두겠다는 뜻인가요?』

『뭐, 그렇다고 할 수 있겠지요.』

인터뷰는 그렇게 끝났다.

그 후, 『은퇴 후에도 자오 선생님께서는 칸사이 본부 총재로서 칸사이 장기계 발전을 위해 힘써 주실 거라 생각합니다』라는 츠키미츠 회장님의 코멘트도 발표됐다.

나는 자오 선생님의 말을 듣고…… 마음이 복잡해졌다.

은퇴 발표가 충격적일 뿐만 아니라, 소프트에 관한 언급은 간접적으로 나를 비판하는 것처럼 느껴졌기 때문이다.

하지만 나는 그런 심정을 제자에게 들키지 않도록 주의하면서, 이렇게 말했다.

"……몸이 많이 편찮으신 것 같네."

"그러고 보니 정월의 첫수 의식 때도 정좌를 하는 게 힘들다고 말씀하셨어."

아이는 웬일인지 상냥한 어조로 그렇게 말했다.

"할아버지…… 할아버님도, 몸의 뼈 마디마디가 아프다고 자주 말씀하셔. 특히 날씨가 추워지면 더 심하대."

뉴스는 이런 발언으로 끝맺음이 됐다.

『한편, 자오 9단의 현역 마지막 대국은 C급 2조 순위전의 최종국이 될 예정입니다. 상대는 자오 9단과 마찬가지로 칸사이 소속인 쿠즈류 야이치 용왕이죠. 작년 말에 명인의 영세 7관과 타이틀 통산 100기를 저지해 화제가 된 상대인 만큼, 크게 주목받는 일전이 될 듯합니다.』

☖B급 2조 9회전

"그럼 갔다 오꾸마."

대국 전날에도 『키요타키 도장』에서 평소와 마찬가지로 젊은 이들과 함께 연구에 몰두했던 키요타키 코스케는 현관까지 배웅을 나온 딸 케이카를 향해 가볍게 인사를 건넸다.

이 날은 B급 2조 9회전이 칸토, 칸사이에서 일제히 열리게 됐다.

순위전 최종국의 바로 전 대국은 『라스 전』이라고 불리다.

라스트 바로 전이라는 의미다.

B급 2조의 순위전은 10회전으로 치러진다. 즉, 이 9회전이 라스 전이다. 승급 및 강등이 결정되기 시작하며, 대국장은 말 그대로 목숨이 걸린 기묘한 분위기에 휩싸인다.

키요타키도 물러설 곳이 없는 상황이다. 지면 바로 강등당하는 것이다.

하지만 그런 대국을 치르는 날인데도 불구하고, 키요타키는 평소보다 마음이 편안했다.

지금은 그저, 장기가—— 공식전을 치르고 싶어 온몸이 근질거렸다.

"아…… 맞대이."

현관에서 구두를 신은 키요타키가 케이카를 돌아보면서 물었다.

"오늘 상대는 칸토의 무로가 씨대이. 니도 알재?"

"무로가 9단? 물론이야. 《세 장이 필요한 남자》지?"

딱히 화장실 휴지 같은 것을 많이 쓴다는 의미는 아니다.

"한 장에 80수까지 기입할 수 있는 기록용지가 항상 세 장 넘게 필요할 만큼 장기전을 두니까, 그런 별명이 붙은 거잖아?"

"그렇대이. 내가 지금까지 열 번 붙어서 5승 5패…… 딱 호각인 상대인 기다."

무로가는 칸토 소속이며, 키요타키는 칸사이 소속이다.

예선에서 싸우지 않는 점을 고려하면, 꽤 자주 싸우는 상대였다.

나이가 비슷하고 기풍도 비슷하기에 맞붙을 때마다 격전을 펼쳤다. 사적으로 교류한 적은 한 번도 없다. 그렇게 서로를 라이벌시하는 상대다.

"그런 무로가 씨가 상대니까, 오늘은 늦게까지 싸워야 할끼다. 끝나고 나면 적당한 아를 잡아서 술 마시러 갈지도 모르니까, 내를 기다리지 말고 먼저 자그라."

"…………하지만……."

"그런 표정 짓지 말그라. 이제 가출 같은 건 안 할 거대이."

아버지가 농담 투로 그렇게 말하자, 딸은 "잘 다녀와."라고 짤막한 말만 입에 담으며 배웅했다. 다른 말을 했다간 울음을 터뜨릴 것 같았기 때문이다.

칸토, 칸사이로 나뉘어 일제히 벌어진 열셋이나 되는 대국 중에서 특히 주목을 모은 것은 키요타키 코스케 9단과 무로가 히로시 9단의 일전이었다.

후수인 무로가 9단은 칸토 소속의 베테랑이다.

동굴곰이 특기이며, 끈질긴 것으로 정평이 나 있다.

『전장에서 칼이 부러지고 화살이 떨어지면 맨손으로 적과 싸우고, 힘이 다해 적에게 잡히면 안광으로 적을 꿰뚫으며, 맹인이 된다면 혀로 적을 찌르리라!』

그런 말을 좌우명으로 삼을 정도다. 휘호는 항상 『부도(不到)』이다.

——서로가 이번 기 순위전에서 1승 7패를 거뒀대이. 게다가 강등점 또한 하나씩 가지고 있재…….

선수인 키요타키는 칸사이에 원정을 온 무로가를 어상단의 방상석에서 기다리면서, 피를 흘릴 각오를 다졌다.

B급 2조에서는 2명이 승급되고, 다섯 명에게 강등점이 주어진다.

이 대국에서 진 사람은 그대로 C급 1조로 강등되며, 이긴 사람은 다른 대국의 결과에 따라 살아남을 가능성이 있는 그야말로 벼랑 끝 대결이다.

"……둘 다 사이좋게 강등당할 가능성도 있긴 하대이."

키요타키가 입술 가장자리를 추켜올렸을 때, 코트를 걸친 무로가가 대국실에 들어왔다.

무로가는 코트를 벗은 후, 키요타키와 인사를 나눴다. 그리고 장기판 위에 장기말을 놓기 시작했다.

"시간이 됐습니다. 대국을 시작해 주십시오."

대국실 한편에 앉아있던 카가미즈 히우마 3단은 방석을 깔지 않고 이 대국의 기록을 맡았다. 물론 잠시도 정좌를 풀지 않았다.

대국자, 그리고 기록 담당조차 엄청난 기백을 뿜고 있는 이 장기판의 주위에는 마치 결계가 쳐진 것처럼 아무도 다가가지 않았다.

대국이 시작되자, 무로가는 장기인 동굴곰에 모든 것을 맡겼다.

한편 키요타키는 튼튼한 싸기가 아니라, 제자인 쿠즈류 야이치를 방불케 하는 균형 잡힌 최신 전법으로 주도권을 움켜쥐었다.

——젊게……!!

키요타키의 머릿속에는 그런 생각이 있었다.

순위전의 제한시간은 여섯 시간씩 주어진다. 1일제 타이틀전보다 긴 것이다.

하지만 그 시간은 순식간에 사라진다.

어느새 밖은 어두워졌고, 뇌에 쌓인 젖산이 온몸에 퍼져나가는 듯한 착각이 들었다.

다리의 감각이 사라지더니, 자신이 정좌를 하고 있는지 책상다리를 하고 있는지 알 수가 없었다.

평형감각이 사라진 키요타키는 두 팔로 바닥을 짚어 몸을 지탱하면서 생각에 잠겼다.

귀중한 제한시간은 어느새 바닥을 보이기 시작했으며, 피로 또한 정점에 달하려 했다.

"……조금 꼴사나운 것 같대이."

자신이 선택한 복장(전법)을 돌이켜본 키요타키는 자조 섞인 웃음을 흘렸다. 익숙하지 않은 옷을 입으려면 패션 코디도 시간이 걸린다.

"하지만…… 입어 보지 않으면 옷이 좋은지 아닌지 알 수 없다 아이가!!"

"키요타키 선생님. 이제부터 1분 장기를 부탁드립니다."

"알았대이!!"

종반전. 형세는 미약하게나마 키요타키 쪽으로 기울고 있었다.

하지만 무로가의 동굴곰은 튼튼했으며, 제한시간 또한 한 시간 이상 남아 있었다.

동굴곰의 승리 패턴에 접어든 것이다. 이제 제한시간이 바닥난 상대가 실수를 할 때까지 싸움을 끌기만 하면 된다.

하지만, 키요타키는 이때부터 강세를 보였다.

젊은이들과 절차탁마하면서 갈고닦은 반사 신경과 승부감이 1분 장기에 예전과는 비교도 안 되는 정확성을 가져다준 것이다.

게다가 키요타키는 이때, 이 순간, 눈앞의 장기 이외의 모든 것을 잊었다.

익숙하지 않은 전법(복장)으로 1분 장기를 두는 것에만 완전히 몰입했다.

키요타키는 공포를 잊었다. 이 대국에 무엇이 걸려있는지도, 이 대국에서 무엇을 잃고, 무엇을 얻는지도 잊었다. 그저 장기만을 생각했다. 그것이 바로 젊음이었다.

한편…….

"둘 중 하나………… 둘 중 하나……."

무로가는 무슨 말을 중얼거리고 있었다. 그가 깊이 수읽기를 할 때의 버릇이다.

공격할 것인가, 방어할 것인가.

이 판단만 정확하게 한다면 동굴곰은 지지 않는다. 그것이 무로가의 대국관이다.

하지만…….

"둘 다………… 없어?!"

어느새, 무로가에게서 선택지가 사라졌다.

방어에 치중한 사이, 상대의 실수를 기다리는 사이, 역전의 기회와 제한시간이 사라져버린 것이다.

이제야 무로가는 자신이 떨고 있다는 사실을 눈치챘다.

그리고 그 떨림이, 무로가에게서 동굴곰을 둘 때 가장 필요한 『거리감』을 빼앗아 갔다. 공격해야 할 타이밍에, 공격할 수 없었던 것이다.

바로 그때, 무자비하게도 초읽기의 목소리가 들려왔다.

"50초—— 하나, 둘, 셋, 넷……."

무로가의 초조함이 정점에 도달했다. 초조함이 사고능력을 흐트러뜨리자, 공격과 방어를 위한 수가 머릿속에 떠오르지 않았다. 평소 같았으면 금세 생각이 났을 텐데 말이다.

"일곱, 여덟, 아홉——."

카가미즈가 『59초』를 센 순간이었다.

무로가는 허둥지둥 수를 두기 위해 손을 뻗었지만, 장기말에 손이 닿지 않으리라는 것을 깨닫더니 곧 그 손을 멈추면서 말했다.

"졌습니다."

오전 0시 14분. 209수로 키요타키 승리.

"…………죄송합니다."

"아……."

투료 후, 무로가는 사과했다.

그것이 시간에 쫓겨 착수를 못한 것에 대한 사과인지, 응원해준 사람들에게 건네는 사과인지, 장기의 신에게 건네는 사과인지…… 키요타키는 알 수 없었다.

딱 하나, 알 수 있는 건…….

——…………이겼대이…….

그것뿐이었다.

다른 대국은 전부 끝났는지, 기자와의 인터뷰를 비롯한 감상전은 그대로 대국실에서 30분 동안 행해졌다.

그리고 감상전이 끝나고 장기말을 정리한 후에도, 무로가는 코트를 걸치고 팔짱을 낀 채, 장기말이 놓여 있지 않은 장기판 앞에 계속 앉아 있었다.

그날 승리 덕분에, 키요타키는 최종일에 승리를 거두면 B급 2조에 잔류할 가능성이 생겼다. 다른 이들의 경기 결과에 좌우되기는 하지만 말이다.

또한, 두 승급자도 최종일에 결정되게 됐다.

☗나니와의 손맛

"오늘의 승리를 기념해……."

"건배! ……오이시 군, 고맙대이."

따뜻하게 데운 술이 담긴 사기 술잔을 맞댄 후, 키요타키는 그 뜨거운 일본주를 단숨에 들이켰다.

——홧술이 아닌 술을 마시는 것은 대체 얼마만이고?

순위전을 마친 후, 검토를 하러 온 오이시와 함께 호젠지에 있는 「쇼벤탄바테이」를 찾은 키요타키는 오래간만에 승리의 미주를 즐겼다.

"주인장도 한 잔 안 하긋나?"

"감사합니다. 그럼 저도 한 잔……."

카운터 맞은편에 서 있던 히나츠루 타카시도 키요타키의 제안을 거절하지 않았다. 그는 술을 받더니, 단숨에 들이켰다.

그 모습을 즐거운 눈길로 쳐다보던 키요타키가 입을 열었다.

"그나저나…… 오이시 군과 호젠지에 온 게 대체 얼마만이고?"

"같이 온 건 한 10년 됐을 겁니다. 그래도 저는 이 근처에 자주 오는 편입니다."

오이시는 자기 잔에 직접 술을 따라 마시며 그렇게 말했다.

"잘 알려져 있진 않지만, 이 근처는 재즈의 성지죠. 여름에 호젠지의 경내에서 재즈 페스타가 열릴 정도입니다."

"호오."

"메이지 시절, 칸토 대지진에 휘말렸던 음악가들이 오사카의 이 인근으로 흘러들어 와서 재즈를 유행시켰죠. 지금은 관뒀지만, 저도 장려회 시절에는 이 근처 재즈바에서 피아노를 치며 용돈을 벌기도 했습니다."

"아내와도 거기서 만났재? 소중히 여기그라."

"훗……."

"옛날의 위대한 기사도 타이틀전에 임할 때의 비결이 뭐냐는 질문을 받고 '가정에서 문제를 일으키지 않는 것' 이라고 대답했재. 오이시 군의 실력에 비춰 볼 때, 지금 승률은 이상하다 아이가."

오이시는 옥장위의 타이틀 방어전에서 칸토의 오키토 요우 제위를 상대로 연패를 했다.

A급 순위전까지 포함하면 오키토 상대로 3연패를 한 것이다. 확실히 흐름은 좋지 않았다.

"딱히 가정이 신경 쓰이는 것도, 오키토 자식이 부담스러운 것도 아닙니다……. 그저, 장기 소프트라는 것에 영 익숙해지지가 않네요."

"소프트 말이가."

오키토는 처음으로 장기 소프트에게 진 프로 기사지만, 그것을 계기로 현재 소프트 연구에 몰두해 있다고 한다. 그가 소프트를 통해 알아낸 수를 채용하는 것을, 키요타키를 비롯한 고위의 기사들은 최초에 부정적으로 여겼다.

하지만 그것이 점점 결과로 이어지면서, 상황은 바뀌어갔다.

"요즘 소프트는 인간의 기보를 이용하지 않고, 자체 대국으로 생성한 기보를 교사 데이터로 삼으며 강해지고 있대이. 그런 의미에서 본다면 인간을 초월했다고 볼 수 있고, 감각도 다르다 아이가. 실제로 검토를 해 보면 인간은 상상도 못할 재미있는 전법을 쓰기도 한대이."

"잘 아시는 군요."

"요즘 젊은 녀석들과 연구를 하고 있다 아이가. 요즘 몰이비차 대책으로 관심을 받고 있는 건 은관(銀冠) 동굴곰이라는 전법인데——."

키요타키는 몸을 쑥 내밀면서 즐거운 목소리로 그렇게 말했다.

오이시는 자신이 지금 골머리를 썩이게 하는 전법에 대한 상세한 설명을 키요타키에게서 듣더니, 쓴웃음을 지으면서 술을 마셨다.

"하하. 케이카한테 부탁을 받고 나온 건데…… 오히려 제가 위로를 받고 있는 것 같군요."

"케이카한테 부탁을 받은 기가?"

"케이카만이 아닙니다. 긴코와 야이치도 걱정하더군요."

"그릇나……. 내는 못난 스승이대이."

"아뇨. 솔직히 부럽습니다. 저는 남들과 잘 얽히지 못하는 편이지만, 키요타키 씨가 기른 아이들은 다르죠. 스승을 닮아서 솔직담백하기 때문이려나요?"

오이시는 입에 발린 말을 잘 하지 않는다. 그러니 이것은 본심에서 우러난 말이리라.

키요타키는 눈가의 눈물을 감추려는 듯이 술을 들이켠 후, 질문을 던졌다.

"오이시 군의 딸…… 아스카라고 했지? 걔도 참 좋은 애다 아이가. 얼마 전에 내 연구회에도 왔었대이."

"그 아이는 말수가 적어서요. 누구를 닮은 건지 원……."

승부사인 오이시는 한순간 아버지다운 표정을 지으면서 말을 이었다.

"하지만 제 딸도 요즘 들어 장기를 이해하기 시작했죠. 그래서 제가 아무리 괜찮은 척하더라도, 기보를 통해 제 상태를 눈치채게 됐어요. ……정말 골치가 아픕니다."

"……내도 그런 시기가 있었다 아이가."

장기꾼이자, 장기꾼인 아버지인 두 사람은 젊은 시절과는 다른 공감대를 형성하고 있었다.

"어묵탕입니다."

히나츠루가 적당한 타이밍을 봐서 요리를 내놨다.

키요타키는 그것을 맛보더니 약간 놀란 듯한 표정을 지으며 물었다.

"주인장. 오늘 요리는 지난번에 왔을 때보다 맛이 진한 것 같은디…….”

“……눈치채셨군요.”

“혹시…… 대국에서 이겼을 때와 졌을 때의 간이 다른 기가?”

“『교토는 본연의 맛, 나니와는 손맛』이라는 말이 있습니다만――.”

카운터 너머에 있는 히나츠루가 이야기를 시작했다.

“교토 요리는 궁중요리에서 발상됐습니다. 요리도 의식의 일환으로 여기기 때문에, 많은 양을 균일하게, 그리고 화려하게 조리해야만 하죠. 즉, 이어져 내려온 『틀』을 지키는 것이 중요하며, 소재 『본연의 맛』을 살리는 조리법을 높게 쳤습니다.”

“그래서 『교토는 본연의 맛』이라고 하는 기가…….”

“예. 한편, 나니와―― 이곳, 오사카의 요리에는 정해진 틀이 없습니다. 아니, 들에 맞춰 만들어선 통용되지 않죠.”

“틀대로 해선…… 통용되지 않는다?”

“오사카는 상인의 마을입니다. 음식점도 접대에 자주 이용됐고, 요리 또한 사업 상대를 즐겁게 해 주는 것에 무게를 두고 있죠. 미각은 사람에 따라 다르며, 또한 같은 사람일지라도 컨디션에 따라 추구하는 맛이 미묘하게 다르죠.”

“…….”

“그래서, 요리사의 실력이 중요한 겁니다. 손님의 혀에 맞는 요리를 만들 기술이 필요한 것은 기본이며, 손님이 어떤 맛을 원하는가를 알아내서 재빨리 간과 메뉴를 바꿀 실력이 말이죠.”

"정석이 안 통하는 힘겨루기인가. 칸사이 장기와 똑같은걸."

오이시는 씨익 웃었다.

키요타키는 진지한 눈길로 재촉했다.

"손님이 어떤 맛을 추구하는가. 그것을 감지할 유일한 방법은 '상대의 입장이 되어 생각하는 것' 뿐입니다. 즉, 깊이 있는 인생경험이 필요한 거라고 생각합니다. 오늘 키요타키 선생님은 지난번보다 늦은 시간까지 대국을 치르셨으니 간을 좀 진하게 해 봤습니다."

"교토는 본연의 맛, 나니와는 손맛……."

키요타키는 그 말을 몇 번이나 중얼거렸다.

최종전 상대는 칸토 굴지의 루키다. 최신 연구로는 아마 이길 수 없으리라. 이것은 교토 요리의 세계라 할 수 있다.

하지만 승부라는 것은 그것만으로 결판이 나지 않는다.

――내한테는 경험이 있대이. 장려회를 거쳐 순위전을 기어 올라가, A급에서 정상에 선 경험이 말이다.

당시에는 자신의 강함도, 약함도 이해했다고 생각했다.

당시의 내 약함…… 그것이 내가 다음에 대국을 할 상대의 약점이기도 하다.

젊은이의 순간적인 대응력은 당해낼 수 없지만, 자신이 지금까지 쌓아온 것…… 본연의 맛이라 부를 만한 것을 발휘할 수 있지 않을까? 제한시간이 긴 순위전에서라면 말이다.

생각에 잠긴 키요타키는 문뜩 신기한 기분이 들었다.

――대국 직후에 장기에 대해 이렇게 생각해 본 게 대체 얼마

만이고?
게다가 고통이 아니라…… 즐거움으로 느껴지는 것이.
"키요타키 씨."
오이시가 침묵에 잠긴 키요타키에게 말을 걸었다.
"도톤보리에 단골 재즈바가 있는데, 거기서 한 잔 더 하지 않겠습니까?"
"미안한데, 오늘은 이만 돌아가 보꾸마."
키요타키는 주저 없이 그렇게 말하더니, 서둘러 코트를 걸쳤다. 그리고 호주머니에서 지갑을 꺼내서 오이시의 몫까지 술값을 계산했다.
키요타키의 머릿속은 장기에 대한 생각으로 가득 차 있었다. 무슨 말이건 전부 장기말을 두는 소리로 들릴 것이다.
"……실컷 휘저어진 후에 차였군. 휘젓기는 내 전매특허인데 말이야."
고맙다고 말하며 가게를 나서는 키요타키의 등을 쳐다보던 오이시는 왠지 개운한 표정으로 그런 농담을 입에 담더니, 남은 일본주를 들이켜려 했다.
하지만 잔을 든 손을 멈추더니, 더는 알코올을 섭취하지 않았다.
지금 그에게 필요한 것은 알코올도, 음악도 아니다.
"잘 먹었어."
오이시는 그렇게 말하면서 가게를 나서려다, 히나츠루를 향해 고개를 돌리며 말했다.

“주인장. 당신, 한동안은 여기에 있을 거야?”

“예. 한 보름 정도는 더 머물 겁니다.”

“그럼 다음에 우리 목욕탕에 와봐. 『히나츠루』처럼 시설이 좋지는 않지만…… 피부가 얼얼해질 만큼 뜨거운 물을 즐길 수 있어.”

“감사합니다. 꼭 가보겠습니다.”

히나츠루는 고개를 숙이면서 만족감을 느꼈다.

전사에게 있어 휴식이란 다시 전장에 서기 위한 수단에 지나지 않는다. 히나츠루는 자신의 요리가 키요타키와 오이시의 마음을 활활 타오르게 하는 계기가 된 것이 기뻤다.

오사카에서 주역은 요리가 아니다. 어디까지나 그것을 먹는 『사람』이 주역이다.

“……아이는 쿠즈류 선생님에게 어떤 요리를 해드리고 있으려나?”

히나츠루는 오이시가 시야에서 사라질 때까지 배웅한 후, 혼잣말을 중얼거리면서 오사카에 살고 있는 딸을 떠올렸다.

제4보

9단

자오 타츠오
Tatsuo Zao

기사번호	68
생년월일	1937년 11월 15일
출신지	오사카부(府)
스승	고(故) 지조 긴고 8단

◯마지막 아침

"사부님! 아침 식사 하세요!"

"응."

C급 2조 순위전 제10회전── 최종전.

그날 아침 식탁에는 히나츠루 아이가 솜씨를 발휘해서 만든 요리가 잔뜩 놓여 있었다. 하나같이 내가 좋아하는 것들이었다.

나는 식탁 위에 놓인 닭튀김을 보고, 무심코 제자에게 주의를 줬다.

"아이……. 튀김은 위험하니까 만들면 안 된다고 말했지?"

"괜찮아요! 이건 냄비에 기름을 넣고 튀긴 게 아니라 오븐 레인지로 만든 거예요!"

아이의 말에 따르면, 닭고기의 기름이 튀김옷에 배어들면서 평범한 닭튀김처럼 만들어진다고 한다. 요즘 레인지에는 그런 기능도 있다고 한다.

이 애의 요리 스킬은 초등학생 수준을 넘어섰다니깐…….

"그렇구나. 그러고 보니 평범한 닭튀김보다 덜 기름진 것 같네. 아침에 먹기에는 이 정도가 딱 좋아."

"그래도 실은 '바싹 익어서 위로 올라오게' 라는 의미를 담아, 기름으로 튀기고 싶긴 했어요."

"……고마워. 순위전은 장기전이니까 아침을 든든하게 먹어

둬서 체력을 확보해야 하거든. 정말 든든할 것 같아."

제자의 말을 듣고 다소 부담감을 느끼기는 했지만, 나는 천천히 시간을 들여가며 배를 채웠다.

지금까지 순위전에서 9전 전승을 했다.

하지만 현재 C급 2조는 전승을 한 사람이 나를 포함해 네 명이나 된다. 그중 두 명은 나보다 순위가 높으며, 1패를 한 사람 중에도 나보다 순위가 높은 이가 있으니 이번에 지면 승급은 거의 불가능하다고 해도 과언이 아닌 상황이다.

——괜찮아. 이기면 돼. 대국 상대를 고려하면, 내가 승급할 확률이 가장 높아…….

나는 제자가 직접 만든 요리를 먹으면서 마음을 가다듬었다.

참고로 C급 2조는 소속 인원이 많기에 보통은 이틀간에 걸쳐 대국을 치르지만, 라스 전과 최종전에는 일제 대국으로 진행되는 것이 관례다.

이것은 경쟁상대의 상황이 장기에 영향을 끼치는 것을 막기 위한 배려이며, 다른 클래스도 최종전은 일제대국으로 진행된다. 다양한 운명이 복잡하게 교차되는 동서의 장기회관은 콜로세움처럼 살벌한 분위기에 휩싸인다.

그런 상황에서 《나니와의 제왕》의 은퇴 대국이 치러지는 것이다.

——평정심을 유지하는 건 무리겠지…….

손이 땀에 젖었다는 사실을 눈치챈 나는 자신이 얼마나 긴장했는지 깨달았다.

나는 제자가 눈치채지 못하게 셔츠에 손바닥의 땀을 닦은 후, 장기에 대한 생각을 머릿속에서 털어내기 위해 요리에 집중했다.

"닭튀김도 맛있지만, 나물도 끝내주네. 이건 시금치와 쑥갓…… 파드득 나물이 들어간 거지?"

세 종류의 푸른 채소로 만든 나물은 시금치의 진한 맛과 파드득 나물의 아삭한 식감, 그리고 쑥갓의 향을 한꺼번에 즐길 수 있었다.

그 상냥한 맛이 긴장된 마음을 누그러뜨렸다.

"기름진 것만 먹으면 속이 좋지 않을 것 같아서 만들어 봤어요. ……그리고 오늘 밤에는 축하 파티를 해야 하니까, 기름진 건 그때 잔뜩 먹어요!"

아이는 오늘 밤이 벌써부터 기다려진다는 듯이 환한 목소리로 이야기했다.

"학교가 끝나면 여초연 애들과 함께 파티 준비를 할 거예요! 오늘은 여기서 순위전을 검토하면서 좋은 소식을 기다릴게요!!"

요즘 들어 여초연은 키요타키 도장에 자주 참가했지만, 내가 얼마 전에 질투해서 그런지 다 같이 승전 파티를 해 준다고 한다.

코피가 다 날 정도로 기쁘지만――.

"승부의 세계에 필승이라는 말은 없어."

나는 뛸 듯이 기쁜 마음을 억누르면서, 차분한 어조로 그렇게 말했다.

"프로는 항상 종이 한 장 차이로 승리를 거두지. 상대가 투료하는 순간까지 긴장을 풀 수 없어."

"죄, 죄송해요……."

아이는 금세 풀이 죽었다.

"사부님이 이렇게 마음을 다잡고 있는데, 제자인 저만 들떠서……. 그래요. 대국을 치르기 전부터 파티 준비를 한다는 건 말도 안 되죠……."

"응. 승부에 절대라는 말은 없어. 그저 최대한 준비를 해서, 대국 때 최선을 다할 뿐이야. 오늘까지 내가 해왔던 것처럼 말이야."

나는 여전히 굳은 표정을 지은 채 제자에게 이렇게 말했다.

"……그러니까 파티 준비를 잘 부탁해."

"읏……!! 예!! 사부님!!"

눈가에 눈물이 맺혀 있던 아이가 환한 표정을 지었다.

나는 그런 제자의 머리를 상냥하게 쓰다듬어준 후, 오늘 자신이 승리해야만 하는 이유를 머릿속으로 떠올려봤다. ……파티 준비를 헛되이 하지 않기 위해서 말이다.

자오 선생님의 은퇴 이유는 '몸이 안 좋아 바닥에 앉기가 힘들기 때문' 이다.

장기전인 순위전에서는 그 고통 또한 어마어마할 것이다. 장기를 두는 것조차도 힘들 게 틀림없다.

또한 장기 실력 또한 예전에 비해 현저하게 떨어졌다.

레이팅으로는 나와 500점 이상 차이가 났다.

——계산상으로는 접장기로도 이길 수 있는 상대야…….

무서운 것은 실수뿐이다. 자멸 말고 패인은 존재하지 않는다.
그렇기에…… 방심만큼은 결코 해서는 안 된다.

☗비책

『장기계에서 가장 긴 하루』.

A급 순위전 최종국은 그렇게 불린다.

온갖 기전 중에서 가장 제한시간이 긴 순위전에서, 최강의 기사들이 목숨을 걸고 싸우기에 결판이 그만큼 늦게 나기 때문이다.

"……그럼 오늘은 『장기계에서 가장 잔혹한 날』일까……."

나는 칸사이 장기회관의 기사실에서 시간을 보내면서 그렇게 중얼거렸다.

언 클래스나 순위전 최종국을 치를 때는 독특한 분위기에 휩싸인다.

"A급은 아침부터 연맹 앞에 방송국 카메라가 배치되어서 기사들이 건물에 들어가는 것부터 촬영하고…… 대기실은 사람들이 들어갈 수 없을 만큼 붐비는 데다가, 해설회에도 손님들로 가득하지……."

그야말로 축제다.

하지만 C급 2조는…… 그 화려한 하루와는 명백하게 다르다.

승급할 수 있는 것은 50명 중에서 겨우 3명뿐이다. 비정상적일 정도로 문이 좁은 것이다.

과거에 몇 명이나 되는 『장래의 명인 후보』가 이 C급 2조를 통과하지 못한 바람에 중요한 시기에 몇 년이나 공허하게 허비했고, 결국 명인 후보로 사라졌다.

게다가 지면 『은퇴』—— 기사로서 죽음을 맞이할 수 있는 것이다.

나는 이런 분위기를 겨우 두 번째 맛보는 것이지만, 불가사의한 데자뷔가 느껴졌다. 이 분위기…… 전에 느껴본 적이 있는 것 같은데…….

"……그래. 할아버지의 장례식 때도 이런 분위기였어……."

아직 난방이 켜지지 않은 기사실에서, 나는 새하얀 숨을 내쉬었다.

평소보다 많은 관계자들이 모여 있는데도, 건물 안은 비정상적일 정도로 정적이 흐르고 있었다.

게다가 승급과 강등의 가능성이 있는 기사는 신경이 곤두서 있었으며…… 그런 이들이 기사실 안에 있으면 들어가려 하지 않았다.

중학생 때 돌아가신 할아버지의 장례식도 이런 분위기였다.

할아버지는 장기를 좋아했고, 나를 손주들 중에서 가장 귀여워해 주셨다. 그런 할아버지가 누워 계신 관 옆을 떠나지 않는 나를, 다들 멀찍이서 묵묵히 쳐다보았다.

그런 와중에 처음으로 나에게 말을 걸어 준 사람이——.

"어? 아직 대국실에 안 간 거야?"

평소처럼 세일러 교복 차림으로 기사실에 온 사저였다.

현재 시각은 오전 9시 52분. 8분 후면 대국이 시작된다.

"사저야말로, 학교에 안 간 거예요?"
"3학년은 자유등교기간이야. 곧 졸업하거든."
"아…… 그랬죠."
나는 내 중학교 3학년 시절을 떠올리며 고개를 끄덕였다.
나는 프로 기사가 되기로 진로를 결정했기 때문에, 학교에도 거의 안 갔…… 어라?
"응? 어라? 학교 수업은 없나요?"
"진로는 이미 정했으니까 마음대로 해도 돼."
"결국 땡땡이를 친 거잖아요……."
나는 그냥 넘어가려다, 방금 사저가 한 말 중에 그냥 흘려들어선 안 되는 말이 있다는 사실을 눈치챘다.
"어?! 진로를 결정했다고요?! 그 말은 처음 듣는데요?!"
"야이치야말로 왜 이러고 있는 거야? 대국을 보이콧하려고?"
"그딴 짓을 왜 해요! 그것보다 진로는 어느 쪽으로 결정했는데요? 진학? 아니면——."
"장래의 꿈은 아내가 되는 거야."
젠장. 진로에 대해서는 대답하지 않을 속셈이구나.
"……평소 같으면 일찌감치 들어가서 상석에 앉겠지만 말이에요……."
진로에 대한 이야기를 듣는 것을 포기한 나는 대국실의 장기판이 비친 모니터를 쳐다보며 말했다.
규정상, 장기계 최상위인 용왕은 항상 상석에 앉도록 되어 있지만…….

"오늘은 자오 선생님의 은퇴 대국이잖아요? 《나니와의 제왕》을 하석에서 은퇴시키는 건 좀 그래서요……."

모니터에는 오늘 내가 쓸 예정인 장기판이 비치고 있었다.

하지만 자오 선생님이 어느 쪽에 앉아있는지는 알 수 없었다. 시계와 부채를 장기판 가까이에 둔다면 알 수 있을 텐데…….

"그래서? 어떻게 할 건데?"

"그냥 상대방에서 선택권을 넘기려고요."

"흐음…… 그게 편하기는 할 거야."

사저도 나와 같은 고민을 한 적이 있는지 공감한다는 듯이 고개를 끄덕였다.

여류 기사로서는 최고위 타이틀을 두 개나 독점하고 있지만, 아직 수행 중인 신분인 장려회 회원은 기본적으로 하석에 앉는다.

상황에 따라 유연하게 정하는 것 같지만…… 대국 전에 이런 고민을 하게 되면 발바닥에 가시가 박힌 것처럼 집중에 방해가 될 것이다.

"7분 남았네……. 이만 가 볼게요."

"응."

"아, 맞다. 사저."

"왜?"

"오늘은 언제까지 연맹에 있을 거예요?"

"승급자가 결정될 때까지는 있을 생각이야."

"그럼 내 대국이 끝나면 같이 돌아가지 않을래요?"

"승급자 인터뷰를 해야 하지 않아?"

"오늘 주역은 자오 선생님이시니까요. 만약 내가 이겨서 승급을 하더라도, 코멘트 요청 정도만 받을 거예요."

"왜 같이 돌아가자는 건데?"

"제자와 여초연 애들이 우리 집에서 파티를 하자고 했거든요. 괜찮다면 사저도 오지 않겠어요?"

"괜찮겠어? 참가자의 평균연령이 상승하잖아."

"저, 저저저, 전혀 문제 되지 않거든요?! 전부터 말했지만, 나는 딱히 어린애를 좋아하는 게 아니라——."

"동요하지 마, 바보~."

사저는 혀를 살짝 내밀면서 귀엽게 나를 놀리더니, 대국에 지장이 있을 정도로 내 가슴이 뛰게 만드는 미소를 지으며 이렇게 말했다.

"좋아……. 기다려 줄게."

대국 4분 전에 대국실에 들어가 보니, 예상보다 더 많은 보도진의 어상단의 방에서 중앙을 하석 쪽에서 촬영하고 있었다.

보도진 너머에 앉아있던 노인이 말라비틀어진 나뭇가지 같은 손으로 쥔 찻잔을 들어 보이면서 나에게 인사를 건넸다.

"미안하대이. 비어 있어서 멋대로 앉아뻿다."

"괜찮습니다."

대국 상대에게 미소를 짓는 것은 좀 그렇다고 생각하지만, 자오 선생님이 너무나도 환한 미소를 짓고 있었기에 나 또한 덩달아 미소를 지었다.

"실례하겠습니다."

나는 보도진을 등지면서 하석에 앉았다.

솔직히 말해…… 자오 선생님이 상석에 앉아 주신 덕분에, 마음에 꽂혀 있던 가시가 깨끗하게 빠졌다.

이제 대국에 집중할 수 있다.

――아무리 용왕이라고 해도, 나처럼 어린 녀석이 자오 선생님을 상대로 상석에 앉았다간 또 마구 씹힐 테니까 말이야…….

규정상으로 본다면, 용왕이 상석에 앉아야 한다. 그것이 장기계의 상식이다.

하지만 그런 규정을 모르는 사람도 많다.

칸사이 쪽 신문에는 이 대국의 사진도 실릴 테고, 텔레비전 방송도 되고 있다. 그런데 내가 상석에 떡하니 앉아 있다간, 또 세간으로부터 총공격을 당할 것이다.

자오 선생님도 그 점을 배려해 줬기 때문에 상석에 앉으신 것이리라. '떠난 자리도 아름답다' 같은 걸까. 은퇴를 결심한 위대한 기사의 떳떳함이 느껴졌다.

고통 없이 보내드리고 싶지만…….

――안 돼! 기보 꾸미기 같은 건 신경 쓰지 말고, 승리에만 집중해……!

"""시간이 됐으니, 대국을 시작해 주십시오."""

말을 배치한 후, 이때를 기다렸다는 듯이 실내의 기록담당이 일제히 대국 개시를 선언했다.

"잘 부탁드립니다."

"음. 잘 부탁한대이."

자오 선생님은 가벼운 태도로 내 인사를 받아줬다. 카메라의 플래시가 터졌고, 타이틀전처럼 우리는 한동안 고개를 숙이고 있었다.

순위전에서는 미리 선후수가 정해져 있다.

나는 이 대국에서 후수지만———— 비책이 있었다.

"자아……."

첫수.

자오 선생님은 차를 한 모금 마신 후, 느긋한 동작으로 각의 길을 열었다.

보도진이 열심히 카메라의 셔터를 누르는 가운데…….

"미안하지만 편하게 앉겠대이. 요즘은 정좌를 하는 것도 힘들다 아이가……."

자오 선생님은 고통을 느끼는지 인상을 쓰면서 다리를 폈다.

정말 괴로워 보였다. 이제부터 열 시간 이상 이어질 진검승부를 견딜 수 있을 것 같지 않을 만큼 말이다.

"하지만 요즘은 재활 삼아 산을 타고 있지. 덕분에 좀 나아졌대이. 하지만 은퇴는 번복하지 않을 테니 안심하그라."

칸사이의 장로다운 농담을 들은 보도진들이 낮은 목소리로 웃음을 흘렸다.

그 웃음소리와 셔터 소리가 들리지 않을 즈음…….

"…………."

나 또한 차분히 각(角)의 길을 열었다. 그리고 후수인 내가 각교환을 시도했다.

특기인 한 수 버리기 각교환을 쓴 것이다.

"……용왕이 비장의 무기를 뽑아들었어!"

"스러져 가는 노장이 상대라도 절대로 봐주지 않겠다는 건가……."

보도진은 그렇게 중얼거리면서 퇴실했다. 자오 선생님도 등을 꼿꼿이 펴더니, 신중하게 수읽기를 하면서 대처했다.

하지만…….

대국이 진행될수록 자오 선생님은 빠르게 수를 뒀다. 그리고 의외의 국면이 출현했다. ——나는 이미 예상했던 국면이지만 말이다.

"…………천일수인 기가."

자오 선생님은 감정이 묻어나지 않는 어조로 그렇게 중얼거렸다.

현대 장기에서는 후수가 천일수를 노리는 것도 어엿한 전술이다.

게다가 후수가 사전 연구에 따라 빠르게 수를 두며 대국을 진행하면, 선수의 제한시간도 소모시킬 수 있다.

설령 미세하게라도 승률을 높이기 위해서라면 『장기의 암』이라 불리는 천일수도 이용한다. 그것이 현대 장기인 것이다.

동일국면이 네 번 발생한 순간, 기록 담당이 사무적인 어조로 말했다.

"30분 후에 재대국을 하겠습니다."

나는 몸을 일으킨 후, 대국실을 나섰다. 계단 보도진이 허둥지둥 뛰어다니는 소리가 들렸다. 다른 대국은 아직 클라이맥스에 이르지도 않았다.

30분 후.

"시간이 됐으니, 쿠즈류 선생님의 선수로 대국을 시작해 주십시오."

재대국에는 아까보다 많은 보도진이 몰렸다.

첫수. 나는 즉시 7칠보로 각(角)의 길을 열었다. 카메라의 플래시가 터져 나왔다. 나는 타이틀 전 때처럼 수를 둔 상태를 유지한 채 취재에 응했다.

내 손가락이 장기말에서 떨어지자, 보도진은 그대로 《나니와의 제왕》을 향해 카메라를 들었다.

자오 선생님의 첫수는—— 비차(飛車) 앞의 보(步)를 옮기는 8사보였다.

"…………이대이."

"어?"

자오 선생님이 수를 둔 후에 무슨 말을 중얼거린 것 같은 느낌이 들었다. '마지막이니까 말이대이.' 라고 말한 것 같은데.

첫수, 8사보——.

"……『제왕의 수』인가……."

이 수는 본격적인 앉은비차파가 선호하는 수이며, '자신의 방침을 정하고, 상대가 어떻게 나오는지 본다.' 라는 의미를 지녔다. 가능한 한 자신의 수를 드러내지 않는 것을 상책으로 치는 현대 장기에서는 채용비율이 떨어지는 수다.

——위대한 기사로서 여유를 보이려는 걸까? 대범한걸…….

현대 장기에서, 이 대범함은 바로 치명상이다.

내가 천일수로 유도하면서까지 선수를 취하려 한 방침과는 정 반대다. 이 수로 내 책략을 비판하고 있는 걸까?

"그렇다면……!"

나는 보도진이 대국실 밖으로 나가기도 전에 다음 수를 뒀다. 사전에 짜둔 작전대로 6팔 은을 둔 것이다.

이 수를 본 기자 중 한 명이 무심코 이렇게 중얼거렸다.

"망루야……."

경악의 감정이 대국실 안에 퍼져 나갔다. 마치 파문처럼.

"용왕이 망루를 택한 거야?"

"어? 각교환이 아니잖아?"

"'망루는 끝났다.'고 자기 입으로 말하지 않았어……?"

어하단의 방에서 대국 중이던 기사와 기록 담당 장려회 회원이 놀란 눈길로 나를 쳐다보았다. ……등 너머에서 시선이 느껴졌다.

자오 선생님도 시간을 들이지 않으며 각(角)의 길을 열었고, 나는 방금 옮긴 은(銀)으로 각(角)이 잡히는 것을 저지했다.

서로의 합의에 따라—— 전법은 망루로 결정됐다.

연승의 원동력이 된 『각교환 계마 단기 돌격』이 아니라, 자기 입으로 끝났다고 말한 망루를 선택한 데에는 이유가 있었다.

――현대 장기의 정석.

계마 단기 돌격은 어디까지나 변화구다. 아직 남들의 눈에 익숙하지 않았으니까 통했을 뿐, 내 연구에 따르면 아슬아슬하게 성립되지 않는 전법인 것이다.

대국 도중에 상대가 적응할 수도 있는 장시간 기전에서 쓰기에는 문제가 있는 것이다.

게다가 최신 전법으로는 후수가 주도권을 쥘 때가 많기는 해도, 전체적으로 본다면 선수의 승률이 약간 높은 것도 사실이다.

소프트를 활용하는 젊은 프로가 상대라면 선수 망루는 위험하겠지만…… 순위전 같은 장시간의 대국, 그것도 오늘처럼 절대로 져선 안 되는 일전에서는 망루가 믿음직했다.

――정석이 완전히 정비되어 있는 망루의 신뢰성에 모든 걸 걸겠어……!

그것이 내 비책의 2단계다.

그런 내 의도대로, 전형은 서로 망루가 됐다.

하지만 자오 선생님은 이 타이밍에 불가사의한 수를 뒀다. 내가 전혀 예상하지 못한 전법을 사용한 것이다.

――급전 망루? 이 형태는…….

새로운 수가 아니다.

하지만 눈에 익지 않은 형태였다.

그것은 어릴 적에 들은 적이 있는 유행가 같은, 그런 전법이다.

왜 뒀는지도, 왜 사라졌는지도 모르는…… 장기 세계에 무수히 존재하는 물거품 같은 전법 중 하나다.

『사라진 전법』.

그렇게 불리는 것이다.

아마 최근 10년 동안은 쓰인 적이 없는 전법일 것이다. 대책은 그 당시에 확립됐으며, 현재의 정석에도 포함되어 있다.

――정석대로만 두면 위험하지 않을 텐데……?

왠지 마음이 술렁거렸다.

비논리적인 무언가가 나에게 경고하고 있었다.

――어떻게 하지……? 내 감각에 따를까, 아니면 정석에 따를까…….

나는 손을 멈춘 채 생각에 잠겼다.

수순을 확인하거나, 수읽기를 하기 위해 생각을 하는 게 아니다. 상대방의 심리를 파악하기 위해 생각에 잠긴 것이다.

――생각해! 자오 선생님은 뭘 노리는 거지……?!

하지만 8사 보를 둬서 전형의 선택권을 넘긴 것을 보면, 자오 선생님은 사전에 특별한 연구를 준비했다고 생각하기는 어렵다. 아무리 생각해도 정석을 선택하지 않을 이유가 머릿속에 떠오르지 않았다.

"……그러고 보니……."

자오 선생님은 지난 번 순위전에서 정석을 몰라 불리한 변화에 자기 발로 뛰어든 바람에 패배했다.

그렇다면 이번에도 단순히 정석을 모를 가능성이 크다.

"…………좋아."

방침은 결정됐다. 정석대로 두기로 한 것이다.

나는 옥(玉)을 옮겨 싸기를 변화시킬 준비를 했다.
자오 선생님은 프로 기사로서 60년 넘게 활동해 왔다. 프로가 된지 겨우 2년밖에 안 된 나와는 비교도 안 될 정도로 막대한 경험치를 쌓아왔을 것이다.
하지만 나는 그것을 웃도는 경험치…… 프로 기사의 집합 지능으로서의, 넓은 의미에서의 『정석』을 구사해서 자오 선생님을 압도할 수 있다.
현대 장기의 정석.
즉——— 상대보다 튼튼한 싸기를 만든 후, 일방적으로 두들겨 패는 것이다!

☖사라진 전법

대국은 빠르게 진행됐다.
"…………휴우……."
자오 선생님은 때때로 깊은 한숨을 내쉬면서, 책상다리를 한 채로 딱히 시간을 들이지 않으며 수를 뒀다.
그 수는 담백하게 느껴졌다.
——제한시간이 얼마 안 되니 어쩔 수 없겠지만 말이야.
나도 마찬가지로 페이스를 올렸다. 정석수순에 따르고 있기 때문이다. 종반에 제한시간을 많이 남겨둔다면, 그만큼 역전패를 할 확률이 준다.
자오 선생님의 진형은 20세기 느낌이 물씬 나는 고전적인 형태였다. 지금까지 30수 가량 진행됐지만, 전례가 있는지도 알 수가 없었다.

나는 현대 장기의 정석인 『상대보다 튼튼하게 감싼다』를 의식하며, 굳건한 망루 아래로 자신의 옥(玉)을 이동시켰지만…….

――7칠에 있는 은(銀)이 성가시네…….

하지만 이 형태는 나쁘지 않을 것이다. 최신 정석수순이니까 말이다.

자오 선생님의 싸기는 튼튼하지 않으며, 각(角)과 비차(飛車)의 길도 열려 있지 않기 때문에 전력이 부족한 상태였다.

하지만…… 수비를 포기하며 전선에 진출한 금(金)의 압력은 경이적이었다.

――일단 다시 짜볼까…….

나는 유일한 불안재료인 7칠의 은(銀)을 5칠 지점으로 이동시켰다.

『물결 망루』라 불리는 형태다.

내 싸기를 본 자오 선생님은 말받침에 놓여 있던 보(步)를 쥐면서 입을 열었다.

"참, 아까 내가 산을 탄다는 이야기를 했재?"

"……예?"

"새로운 산길을 개척하다 보면, 옛날 옛적에 멸종된 줄 알았던 식물이 그 길옆에서 자라고 있는 걸 발견하기도 한대이."

――……무슨 소리지?

“빛이 닿거나 사람이 걸어 다니면서 환경이 변했기 때문일 기다……. 즉, 씨앗은 쭉 그곳에 심어져 있었던 기재.”

자오 선생님은 보(步)를 중앙에 뒀다. 마치 씨앗을 심듯이.

곧 전투가 시작될 것이다.

나는 오른쪽 계마(桂馬)를 옮겨서 힘을 비축했다.

“……슬슬 때가 된 기가.”

자오 선생님은 내가 옮긴 계마(桂馬)를 노리며 보(步)를 전진시키더니——.

은, 은, 금. 이렇게 셋이 최전방 편대를 짜면서 노도 같은 기세로 공격을 펼쳤다! 시작된 건가……!!

“하지만! 막아낼 수 있을 거야……!”

장기판의 중앙에서 서로의 장기말이 차례차례 소모됐다.

이제부터 펼쳐지는 것은 누가 먼저 쓰러져도 이상하지 않은 종반전이다.

나는 잔뜩 남아있는 제한시간을 투입하면서, 만에 하나라도 자오 선생님의 공격을 막아내지 못하는 일이 없도록, 신중하게, 정성들여, 수를 읽었다. 다른 대국의 결과에 좌우되지 않으며 전승으로 C급 1조에 올라가기 위해서 말이다.

하지만 바로 그때, 뜻밖의 사태가 발생했다.

수를 읽으면 읽을수록…… 자오 선생님의 공격이 성공하는 것처럼 보이기 시작한 것이다. 내 싸기는 생각만큼 튼튼하지 않은 건가?!

“각과 금이 방해가 되어서……!”

© shirabii

틈튼한 것은 고사하고, 싸기의 절반이 옥(玉)의 도주로를 차단하고 있었다!

"뭐야?! 대체 뭐가 원인이지……?!"

나는 승리를 쟁취하기 위해 남겨뒀던 제한시간을 투입해, 정석에 따랐는데도 불구하고 이렇게까지 상황이 나빠진 이유를 검증했다.

그리고 몇 번을 검증해도, 대답은 서반에 둔 한 수로 귀결됐다.

7칠은.

"……말도 안 돼! 그건 다섯 번째 수였다고! 설마…… 서, 설마…………?"

——다섯 수 때부터 나빠지는 정석 같은 게 이 세상에 존재할 리가 없다!

검증한 결과, 믿기지 않는 결론이 나왔다.

"큭……!!"

나는 장기판을 향해 손을 뻗어서 힘을 비축해 둔 계마(桂馬)를 옮겼다. 방금 나온 결론을 뒤집기 위해서 말이다.

하지만…… 아무리 용을 써도 형세는 좋아지지 않았다.

그리고 그 이유 또한 어렴풋이 짐작할 수 있었다.

——자오 선생님이 방금 말씀하셨던, 산 이야기…….

그 말에 따라 생각해 본다면…… 정석이 변화하는 과정에서, 예전에는 대응할 수 있었던 전법에 대한 효력을 잃었다는…….

"눈치챈 기가?"

자오 선생님은 나를 쳐다보면서 말했다.

"내 전성기 때, 7칠은은 『악수』라는 낙인이 찍혔대이. 중앙이 허술해지면서 후수의 급전 망루와 망루 중비차를 받아낼 수가 없었기 때문인 기다."

"윽……!"

그래서인가.

그래서 이 급전 망루는 『사라진 전법』이 된 것인가……. 선수가 7칠은이라는 위험한 길을 피해, 새롭고 안전한 길을 선택하려 했기 때문에……!

"하지만 그 후…… 내 전성기가 지났을 즈음, 정석은 다시 7칠은을 지나게 됐재."

자오 선생님이 또 장기판을 향해 손을 뻗었다.

그리고 선생님의 은(銀)이 내 계마(桂馬)를 먹어치웠다.

"크으윽……!!"

나는 오른손을 물어뜯긴 듯한 고통을 느끼면서도 자오 선생님의 은(銀)을 취했다. 은계 교환으로 이득을 보기는 했지만――.

"씨앗은 쭉 거기에 있었던 기다. 그리고 오늘, 그게 싹을 틔운 거재."

우세를 점한 자오 선생님은 흔들림 없이 맹공을 펼쳤다.

담담히…… 마치, 이미 결말이 정해졌다는 듯이.

"시……!!"

――싫어!!

나는 마음속으로 그렇게 외치면서 저항했다.

상대의 옥(玉)을 공격해 봤자 싸기만 단단하게 만들어 줄 뿐이기에, 조금이라도 공격을 늦추려고 내 진에 장기말을 투입했다.
그야말로 떼를 쓰는 짓이다.
어린애가 장난감을 집어던지며 저항하는 듯한…… 버티기라고도 부를 수 없는, 단순한 시간 끌기다.
하지만, 어쩔 수 없잖아! 나한테 다른 선택지는 없어! 이대로 승급을 포기하라는 거야?! 헛소리하지 마! 나는 최강의 용왕이라고!
"헛수고대이. 절대 안 놔줄 기다."
자오 선생님은 지금까지와 마찬가지로 담담히 나를 궁지에 몰았다. 그제야 나는 이 노인이 장기 묘수풀이의 대가이기도 하다는 사실을 떠올렸다.
그리고—— 86수.
자오 선생님은 엉엉 우는 갓난아기를 달래는 듯한 손길로 내 옥(玉) 앞에 보(步)를 뒀다.
"…………아……아…………아……."
자오 선생님이 상냥하게 둔 그 조그마한 장기말은, 온갖 악행을 저지른 폭군에게 건네진 자결용 단검 같았다——.

그로부터 14분 후, 나는 그제야 패배를 인정했다.

☗3분, 7분, 14분

"…………………졌습니다."

14분이나 걸려 겨우 마음을 정리한 나는 겨우 그 말을 입에 담았다.

기보에는 유감봉이 그어졌다. 14분이라고 하는, 내가 패배를 인정하지 못한 시간과 함께 말이다.

"…………."

이 무참하고 한심한 기보가 영원히 남을 거라고 생각하니, 지금 이 자리에서 울부짖고 싶어졌다.

하지만 그것보다 더 나를 괴롭히는 건…… 이것으로 승급이 절망적이라는 사실이다.

그 사실이 나를 완전히 무너뜨렸다. 감상전조차 불가능할 정도로 말이다.

내가 정신적으로 무너져버렸기 때문일까, 기록 담당은 기보를 가지고 먼저 자리에서 일어났다.

장기판 앞에 단둘만이 남자, 자오 선생님은 뜻밖의 말을 입에 담았다.

"금방 투료를 했다간 장래성이 없다고 생각했을 기다."

"윽……?!"

"내도 타이틀을 딴 직후에는 아무한테도 질 것 같지 않았대이. 타인의 장기를 봐도 '왜 이렇게 약해빠진 장기를 두는 길까?' 같은 생각만 들었다 아이가. 나이 많은 선배 기사들의 장기를 보면 더 그런 생각이 강하게 들었재. 그런데 절대 안 질 거라고 생각했던 베테랑에게 허무하게 지뻤지. ……내만이 아니라 세이이치도 그런 적이 있재."

"츠키미츠 회장님도요……?"

나는 그제야 떠올렸다.

자오 타츠오라는 기사가 어떤 존재인가를 말이다.

현재 명인과 마찬가지로 온갖 타이틀을 독점하던 위대한 명인을 상대로, 칸사이 유일의 타이틀 보유자로서 고독한 싸움을 펼쳤다.

그리고…… 츠키미츠 회장의 재능을 눈치채고, 그가 어렸을 시절부터 후견인으로서 지켜봐 온 사람인 것이다.

"장기는 시시각각 변하재. 전법도 쑥쑥 발전하고 있대이. 내가 젊었던 시절에 비하면 지금 애들은 대마 하나 이상 강할 기다."

"……."

"하지만 변하지 않는 것도 있는 기다. 장기는 인간과 인간의 싸움이라는 거재. 컴퓨터가 인간보다 강해지더라도, 컴퓨터로 장기를 분석하더라도, 장기를 두는 건 어디까지나 인간이대이. 그 점은 변함이 없재. 그리고 같은 길을 걷는 사람은, 다들 같은 벽에 부딪치거나 같은 돌에 걸리는 기다. 오늘 장기처럼 말이대이."

눈앞에 앉아 있는 사람은…… 미래의 나다.

60년 이상의 시간이 흐르고, 이천 번 이상의 공식전을 치른, 정신이 아득해질 만큼 먼 미래에서 온 나 자신인 것이다.

"내는 3분 버티다 투료했다. 세이이치는 7분 걸렸지. 쿠즈류야이치는 14분 걸린 기가……. 그릇이 큰 건지, 아니면 고집쟁이일 뿐인 건지 모르겠대이."

자오 선생님은 껄껄 웃으면서 말을 이었다.

"니는 앞으로도 많은 벽에 부딪힐 끼다. 장기에서도, 장기 이외에서도 말이대이. 마음이 무너질 것만 갔을 때도 있겠재. 그때는 오늘 기보를 다시 보그라. 마지막 순간까지 괴로워하는 것을 포기하지 않았던 이 14분이, 니 재능을 증명해 주는 기라."

나는 아무 말도 하지 않으며, 그리고 고개 또한 끄덕이지 않으며, 그저 그 말에 귀를 기울이고 있었다.

너무 많은 감정이 가슴속에서 소용돌이치면서…… 패배의 분함과 승급을 못한다는 절망감이 너무 커서…… 자오 선생님의 말을 이해할 수 없었던 것이다.

이윽고, 보도진들이 대국실 안으로 몰려들었다.

그리고 그대로 은퇴 인터뷰가 시작됐다.

기전 주최사가 대표로 입을 열었다. "은퇴 대국을 마치신 지금 심정은 어떠십니까?" 라는 질문에, 자오 타츠오 9단은 환한 표정을 지으며 이렇게 대답했다.

"프로 기사로서 65년을 활동했지. 이것으로 해야 할 일은 전부 다했대이. 후회는 읍다."

☖공동환상

수많은 사람들로 붐비던 기사실은 찬물이라도 뒤집어쓴 것처럼 정적에 지배당하고 있었다.

기사와 장려회 회원, 관전기자들이 지켜보고 있는 것은 대국실을 비춘 모니터다.

그리고 또 하나.

사상 첫 여성 장려회 3단과 사상 최연소 장려회 3단 사이에 있는 장기판—— 즉, 나와 쿠누기 소타가 검토하고 있는, 야이치와 자오 선생님의 장기다.

"끝났군요. 이제 뒤집는 건 무리예요."

소프트와 거의 동시에 결판이 났다는 것을 선고한 소타의 말에, 마른침을 삼키며 지켜보고 있던 기자들이 허둥지둥 준비를 시작했다.

자오 선생님이 다음 수를 뒀다.

그리고 기나긴 시간이 흐른 끝에———— 야이치가 말받침에 손을 올려뒀다.

"용왕이 졌어!!"

모니터를 응시하던 기자들이 일제히 벌떡 일어섰다.

"자오 선생님이 은퇴 대국에서 용왕의 연승을 저지했어!" "여든 살에 열일곱 살의 타이틀 보유자에게 승리하다니, 요괴 아냐?!" "용왕이 방심한 걸까?" "아냐. 이건 명국상을 받아도 이상하지 않을 명승부였다고……." "이걸로 용왕의 승급도 절망적이겠는걸."

기자들은 카메라를 들고 기사실을 나섰다.

그중 한 명이 나에게 코멘트를 요청하려 했다.

"저기…… 소라 여류 2관. 이 대국의 승리 요인에 대해——."

"어이!"

"아………… 죄송합니다."

하지만 다른 기자가 말을 걸자 허둥지둥 고개를 숙이며 입을 다물었다. 야이치와 내 관계를 떠올리고 저런 반응을 보이는 것이리라.

――그냥 물어봐도 되는데…….

위층에 있는 다목적룸에서 대기하고 있던 지방 방송국 보도진들이 허둥지둥 움직이는 소리가 여기까지 들려왔다. 난리법석이 난 것 같았다.

그리고 기사실에는 두 장려회 회원만이 남겨졌다.

나, 그리고 쿠누기 소타.

"안 갈 거야?"

"곧 전철이 끊길 시간이거든요."

소타는 나라에 있는 자택에서 장기회관에 다니고 있다. 전철도 지금쯤 끊길 것이다. 아슬아슬한 시간까지 계속 이곳에 남아 있었던 것이다.

나는 통학용 가방에 짐을 싸기 시작한 초등학생에게 물었다.

"저기 말이야."

"예?"

"너…… 왜 그렇게 야이치에게 집착하는 건데? 그 녀석보다 승률이 좋은 사람이나, 소프트를 더 능숙하게 활용하며 연구를 하는 사람도 있잖아?"

그 질문에 대한 대답은 뜻밖이었다.

소타는 친근한 미소를 지으며 대답했다.

"그야 현대 장기가 재미없기 때문이죠!"

"재미…… 없어?"

현대 장기의 기린아라 해도 다름이 아닌 소타가 이런 말을 했다는 것이 믿기지 않았다.

내가 뜻밖이라는 표정을 짓자, 천재는 말을 이었다.

"『현대 장기』라는 과장스러운 이름으로 체계화하려고 하지만, 하는 짓이라고는 결국 『수읽기의 생략』이에요. 자기 옥을 안전한 형태로 싸서 방어에 쏟아부을 수읽기의 리소스를 줄인 다음, 그걸 공격에 집중시키죠. 세밀한 공세를 이어 붙이듯이 말이에요."

"…………."

"무거운 갑옷으로 몸을 지키며, 창 한 자루로 일대일 대결을 펼치는 거예요. 중세 때나 별반 다를 게 없죠. 현대 장기라고 부르지만, 발상은 중세의 전쟁에 가까워요."

"하, 하지만! 지기 힘들고 이기기 쉬운 상황을 만드는 게 프로의 기술 중 하나잖아? 프로는 승리를 통해서만 존재의의를 증명할 수 있으니까――."

"예. 그 결과, 비슷비슷한 장기가 양산되게 됐죠. 망루 같은 건 최근까지 4육은, 3칠계 전법만 연구됐어요. 별반 중요하지 않은 곁가지 같은 변화를 정석으로 만들 뿐이면서, 장기의 진리를 탐구하고 있는 것처럼 우쭐대기만 했을 뿐이에요."

"그건…… 그럴지도 모르지만……."

"루키와 최정상 프로가 함께 연구회를 하니까, 다들 하나같이 똑같은 장기를 두죠. 가치관을 공유하며 장기를 두니 혁명적인 새로운 발상은 탄생하지 않고, 결과적으로 오래된 세대가 정상에 계속 서는 구조가 만들어졌어요. 봉건사회가 완성된 거죠. 명인이 그 대표예요. 그 사람은 뭐든 다 둘 수 있죠. 하지만, 독자적인 전법을 창조하지는 않아요."

소타의 말은 장려회 회원인 나에게 있어 금기에 가까운 발언이었다.

하지만 천재에게는 금기가 존재하지 않는다. 이 세계에서는 언제나 재능이 있는 자가 올바르니까 말이다.

"결국 다들 그런 상태가 편한 거예요."

쿠누기 소타는 말을 이었다.

자신이 천재이기에, 자신의 말이 옳다는 확신을 가지면서 말이다.

"불멸의 명인이 계속 정상에 서 있기 때문에, 장기계의 사회적 지위는 비약적으로 향상됐어요. 장기 그 자체의 근본적인 발전은 뒷전이고요……. 공동 연구를 통해 공동환상을 보면서, 자신들이 장기를 발전시키고 있다는 생각에 빠져드는 거예요. 다들 같은 꿈을 꾸고 있는 거죠. 그래서야 잠을 자는 거나 마찬가지예요. 정말 재미없어요."

"장기계를 그 잠에서 깨운 것이 소프트라는 거야?"

"'인간이 두는 장기와 소프트가 두는 장기는 별개' '소프트의 장기는 그로테스크' 같은 말로 소프트를 부정하는 건 간단해요. 하지만 사실 프로를 뛰어넘는 장기 실력을 지닌 소프트가 나타난 덕분에, 장기계는 혁명기에 접어들었죠."

"…………."

"그래요. 최정상 프로는 하나같이 공동환상을 보고 있었어요. 허울 좋은 꿈속에 있었던 거죠――."

소타는 꿈을 꾸는 듯한 눈길로 말을 이어나갔다.

"하지만 야이치 씨는 달라요."

……다르다고? 야이치?

"어떻게…… 다른데?"

"야이치 씨는 장기를 단순화시키지 않아요. 정석을 정리하지도 않죠. 오히려 장기판 위의 국면을 복잡하게 만든 후, 그 혼돈의 중심에서 서핑을 하듯 장기를 둬요……. 소프트가 가르쳐준 본래 의미에서의 장기를 누구보다 먼저 선보인 사람이 바로 야이치 씨예요."

소타의 목소리에 열기가 어렸다.

"대단하죠? 인류가 지혜를 결집해서 인공지능을 만들고, 그 계산 결과로서 탄생한 완전히 새로운 장기관을, 야이치 씨는 태어날 때부터 지니고 있었던 거예요."

"윽……."

나는 몇 번이나 입을 열려 했지만, 결국 그때마다 말을 삼켰다. 온몸에 소름이 돋는 것을 막을 수가 없었다.

――확실히…… 닮기는 했다.

옥(玉)을 철저하게 싸지 않은 채 균형을 유지하며 싸우는 야이치의 장기는 확실히 소프트와 비슷했다. 그리고 그 경향은 내제자를 하던 어린 시절에 더 현저했다.

예를 들어, 야이치가 어린 시절에 『우옥(右玉)』이라는 전법을 특기로 삼았다.

예전만 해도 변태 전법이라며 빈축을 샀지만, 소프트가 그것을 자주 쓰면서 현재는 그 유용성이 높이 평가되고 있다.

그것은 마치…… 야이치가 지니고 태어난 감각이 옳다는 것을, 소프트가 증명하는…… 과정처럼…….

"키요타키 선생님에게서 야이치 씨가 어릴 적에 둔 장기의 특징에 대해 들었는데…… 정말 대단하다니까요! 그런 천재는 이 세상에 딱 한 명뿐일 거예요! 재능만 본다면 명인보다도 뛰어나지 않을까요? 적어도 저한테 있어서 사상 최강의 기사는 쿠즈류 야이치예요."

소타는 커다란 눈을 반짝이며 말했다.

"현대 장기는 야이치 씨를 약하게 만들었어요. 그 사람은 정석을 배우지 않는 편이 나아요. 오늘은 실수를 했지만, 그건 야이치 씨가 『과다 학습』 상태였기 때문이라고 생각해요."

과다 학습…… 그것은 컴퓨터 장기 세계에서 쓰이는 말이다.

특정 상태에 너무 적응해서 미지의 상태에 대응하지 못할 때를 가리키는 말이다.

최신 연구와 소프트의 기보에 지나치게 몰입한 야이치의 상태를 그렇게 표현한 것이겠지만…… 나는 그 말을 듣고 짜증이 치솟았다.

"과다 학습에 의한 자멸이라는 거야?"

"자오 선생님은 현대 장기 이전의 장기관을 가진 분이세요.

공동환상의 밖에 존재하는 사람이죠. 그래서 오늘, 현대 장기라는 꿈 안에 있던 야이치 씨에게 이렇게 말한 거예요. '네가 보고 있는 것은 그저 꿈이다.' 라고요."

그리고 소타는 확신이 담긴 목소리로 덧붙이듯 말했다.

"만약 야이치 씨가 현대 장기의 감각을 버리고 원래 힘으로 싸웠다면, 지지 않았을 거라고 생각해요."

"…………네가 야이치에 대해 얼마나 잘 아는데?"

나는 화가 났다. 나 스스로도 납득이 안 될 만큼 극도로 말이다.

나는 일어서서 고함을 질렀다.

상대가 아직 열한 살밖에 안 된 초등학생이라는 사실을 망각하면서 말이다.

"야이치는…… 야이치는 장기 소프트가 아니야. 살아있는 인간이란 말이야. 셀 수도 없을 만큼 졌고, 울었고, 누구보다 노력했어. 재능만으로 강해진 게 아냐. 뜨거운 피가 흐르는, 감정을 지닌, 흙냄새 나는 인간이란 말이야. 너 따위가 야이치에 대해 뭘 얼마나 안다는 건데?!"

"잘 알아요."

쿠누기 소타는 그렇게 말했다.

하지만 나는 그 뒤에 이어질 말이 들렸다.

——적어도, 당신보다는 말이죠.

"아아! 빨리 야이치 씨와 공식전에서 장기를 두고 싶어!"

그렇게 말하며 가방을 맨 소타는 "그럼 저는 전철이 끊길 시간이 다 됐으니 먼저 가 볼게요. 안녕히 계세요."라고 말하며 고개를 숙이더니, 기사실을 나갔다. 문을 정중히 닫으면서 말이다.

"…………."

홀로 기사실에 남겨진 나는…… 무너지듯 의자에 주저앉았다.

감정에 휩싸여 고함을 지르며 상대의 말을 부정했지만, 기사로서의 냉정한 『수읽기』가 소타의 주장이 올바르다는 것을 검증하고 있었다.

야이치의 재능을 누구보다도 평가하고 있는 사람은 바로 나다.

——누구도 이길 수 없는 장기별의 왕자님…… 그게 쿠즈류 야이치. 내 사제…….

나는 아무도 없는 기사실에서 의자에 앉은 채 멍하니 그런 생각을 하고 있었다.

바로 그때, 기사실의 문이 열렸다.

"소타? 두고 간 거라도 있어?"

야이치였다.

얼굴은 새파랗게 질렸으며, 시선 또한 흔들리고 있었다.

상태가 이상했다. 패배의 충격에 완전히 삼켜진 것 같았다. 금방이라도 쓰러질 것만 같았다.

"야이——."

"……최고의 기회를 놓쳐 버렸어!!"

"윽……?!"

나는 말문이 막혔다.

야이치가 울면서 나에게 안겨든 것이다.

"우아아아아아아아아아아아아아아아아아아아아아아아아!! 우, 아아…… 아아아아아, 아아아, 아아아아아아아아아아아아아아아아아아아아아아아아앗!!"

야이치는 주위의 눈을 개의치 않으며 오열했다.

의자에 앉아있는 내 무릎에 얼굴을 묻고, 바닥에 무릎을 댄 채…….

"나, 나…… 나는 용왕인데! 용왕이 C급 2조에 있으면 안 되는데! 은퇴하는 기사한테 진다는 건 용납되지 않는데! 이렇게 약해선 안 되는데!! 아아아아아아아아아아아아아아아아아아아아아아아아아아!! 아아아아아아아아아아아아아앗, 아아아, 우아아아아아아아아아아아아아아아아아!!"

"……진정해."

나는 울고 있는 야이치의 머리를 무릎과 손으로 상냥히 감싸 안았다.

그리고 그 머리를 상냥히 쓰다듬어 주며, 귓속말을 속삭였다.

"괜찮아. 져도 돼. 좀 제자리걸음을 해도…… 야이치라면 금방 올라갈 수 있어. 반드시 A급 기사가…… 명인이 될 거야……."

나는 그제야 깨달았다.

——나는…… 기뻤던 거야.

그렇다. 나는 기뻤다. 야이치가 C급 2조에 남게 된 것을, 나에게서 더 먼 곳으로 가지 않은 것을, 겨우 3단 리그에 들어간 나를 두고 가지 않았다는 것을…….

그것을 인정하고 싶지 않아서, 아까 소타의 말을 듣고 짜증이

치솟았던 것이다.

야이치가 자신과 다르다는 사실을 깨닫고 말이다. 모처럼 그가 자신을 기다려주고 있는데…….

하지만…….

──한두 해로는 부족해…….

아니, 천 년이 걸려도 도달할 수 없는 장소에, 야이치는 있었다.

──……내 품에 있는데도, 너무 멀어.

나를 『긴코』라 부르며 어릴 적처럼 울고 있는 야이치를, 가슴이 으스러질 만큼 안타까운 소망을 담아 안아줬다.

소타가 말한 것처럼, 현대 장기는 공동환상일지도 모른다.

그렇다면 나도 같은 꿈을 꾸고 싶다.

설령 그것이…… 하찮은 환상에 지나지 않을지라도…….

☗순위

"야이치………… 야이치."

엉엉 울고 있는 내 머리를 상냥하게 쓰다듬어주던 사저가 나에게 귓속말을 했다.

"저기, 야이치…… 야이치, 내 말 들어."

"어……?"

"칸토의 결과를 확인해 볼래?"

"…………그딴 건 안 봐도 알아요."

"하지만 반전이 일어났을지도 모르잖아? 저기…… 야이치와 자오 선생님의 대국 같은 일이 일어났을 수도 있어."

"그래도 무서워. 긴코가 대신 봐 줘."

"그럴 수는 없어. 알잖아?"

사저는 난처하다는 듯이 고개를 저은 후, 눈물과 콧물로 범벅이 된 내 얼굴을 손수건으로 상냥히 닦아줬다.

나는 그 말을 듣고 투덜거리면서 몸을 일으켰지만…… 그래도 결과는 보고 싶지 않아…….

"사부님~!!"

바로 그때, 히나츠루 아이가 첫눈이 내릴 때의 강아지처럼 힘차게 기사실로 뛰어 들어왔다.

아이만이 아니었다.

미오 양, 아야노 양, 샤를 양, 여초연의 멤버들이 이렇게 늦은 시간에 연맹을 찾아온 것이다. 다들 오늘은 내 집에서 기다리고 있기로 했는데 말이다.

대체 무슨 일일지 생각하고 있을 때——.

"""승급, 축하드립니다!!"""

아이들은 나를 향해 한목소리로 그렇게 말했다.

"…………뭐?"

승……급?

누가 말이야?

"정말…… 정말 다행이에요! 저, 사부님의 대국이 끝난 후…… 승급은 무리라고 생각하며 울고 있었는데…… 역시 최후의 순간까지 포기하면 안 된다니까요!"

아이는 망연자실한 나를 올려다보면서 눈물 자국이 남아있는 얼굴로 환한 미소를 짓더니, 흥분한 어조로 말을 이었다.

"사부님의 역전 승급이 결정되자…… 다들 가만히 있을 수가 없어서 방을 뛰쳐나왔어요! 밤늦은 시간에 이런 곳에 찾아와서 죄송해요! 하지만 방에서 가만히 있을 수가 없어서……!"

미오 양, 아야노 양, 샤를 양, 이 세 사람도 손을 맞잡은 채 내 주위를 빙글빙글 돌면서 기쁨을 표현했다.

"쿠주누 선생님이 지는 걸 보고 내일 위로 파티를 하게 될 줄 알았는데, 설마 칸토의 대국에서 이보가 발생할 줄은 몰랐어요!"

"뜻밖의 일이나 깜짝 놀랐어요! 그리고 한 수만 더 두면 이길 수 있는 장기였는데, 설마 그 타이밍에 이보를 두다니…… '이겼다고 생각한 순간이 가장 위험하다' 는 말은 진짜네요!"

"샤우도 말이지? 전에 말이지? 이뽀 둬써~."

"그건 자기가 하면 안 되는 거야~!"

"이뽀이뽀~♪"

여초연 멤버들은 웃고 있었지만…… 나는 모든 감정이 다 빠져나간 것만 같은 허탈감에 휩싸여 있었다.

기사실의 로커에서 핸드폰을 꺼낸 후, 오늘 대국 결과를 확인했다.

"…………진짜네……."

중계 블로그에는 최후의 순간에 이보를 둔 바람에 통한의 표정을 지은 하토마치 5단의 사진이 실려 있었다. 그는 나보다 순위가 낮은 전승자다…….

그리고 다른 한 사람, 1패로 나를 쫓아오던 이우치 6단도 패배했다.

경쟁 상대가 골인 직전에 넘어지고 만 것이다. 그것도 두 명이 모두…….

그리고 『이 결과, C급 2조 최후의 승급자는 칸사이의 쿠즈류로 결정됐다』라는 문자가 눈에 들어왔다.

——그럼…… 내가 진짜로, C급 1조가 된 거야……?

순식간에 천국에서 지옥으로 떨어졌다, 다시 천국으로 끌려간 느낌이었다. ……내가 이게 현실이라는 걸 믿지 못하고 있자, 미오가 내 옷을 잡아당기며 말했다.

"저희 말 맞죠? 승급됐죠?!"

"싸뿌, 빨리, 추카 빠띠 하자~."

"그래요, 사부님! 빨리 안 하면 요리가 식어버릴…… 아, 이제부터 인터뷰를 해야 하죠?"

아이가 방 밖에서 우리를 쳐다보며 메모를 하거나 카메라로 촬영을 하고 있는 기자들을 쳐다보면서 고개를 갸웃거렸다. 하지만——.

"……너희가 지금 무슨 짓을 했는지 알아?"

사저, 그리고 방 밖에서 대기하고 있던 기자들은 흥분한 여자 초등학생들과 다르게 표정이 딱딱했다.

사저가 그 이유를 설명했다.

"장기계에는 말이야. 순위전의 승급 및 강등에 관해서는 당사자만이 언급할 수 있어. 야이치가 자기 입으로 묻지 않는 한, 절대 발설해서는 안 되는 거야."

이것은 장기계에 전해져 내려오는 불문율이다.

순위전의 승급 및 강등이 이번의 나처럼 자력이 아니라 『타력(他力)』에 의해 결정될 경우—— 즉, 다른 대국의 결과 여하에 따라서는 자신의 대국이 끝나기 전에 결정될 수 있다.

그것을 대국 중에 알게 되면, 장기가 영향을 받는 것이다.

그 장기의 결과가 다른 장기에 영향을 끼치고, 더 나아가 역사 자체를 뒤바꿔놓을 가능성마저 있다.

그거는 지나치게 과장된 표현일지도 모른다.

하지만 누군가의 기사 인생에 크나큰 영향을 끼칠 수도 있는 것이다.

그래서 순위전의 결과는 당사자의 귀에 들어가지 않도록, 세심한 주의를 기울이는 것이다.

"어……?"

아이는 깜짝 놀란 표정으로 주위를 둘러보았다.

"마, 말하면…… 안 되는…… 건…………가요……?"

사저는 굳은 표정으로 아이를 노려보았다.

방 밖에서 이쪽을 쳐다보고 있던 쿠구이 기자조차 그 말을 부정하지 않자, 아이는 얼굴이 새파랗게 질렸다.

"힉, 훌쩍………… 죄, 죄송…… 죄송해, 요, 사부님……! 저, 저…… 너, 너무, 기뻐서………… 그래서…… 그래서……!"

"…………아냐. 괜찮아. 언젠가 알게 될 일이고………… 최근 장기계에서는 승급에 관한 것은 빨리 알려주기도 하니까……."

제자는 눈물을 필사적으로 참으며 용서를 빌었다.

나는 그런 제자의 조그마한 머리를 쓰다듬어주면서 억지로 미소를 지었다.

"게다가 인생 첫 순위전 승급이라면, 귀여운 제자를 통해 아는 게 가장 좋을 테니까 말이야!"

"사, 사부님………… 정말 죄송해요!!"

아이는 울먹거리면서 내 허리를 꼭 끌어안더니, "죄송해요!"와 "축하해요!"를 7 대 3 비율로 외쳐댔다.

그런 아이의 뒤를 이어 미오 양과 아야노 양도 "죄송해요!" "죄송해요!" 하고 울먹이는 목소리로 말하며 나에게 안겨들었다. 그리고 사태를 파악하지 못한 샤를 양 또한 "오~?"라고 말하며 나를 꼭 끌어안았다.

내가 그런 아이들을 상냥히 안아 주거나, 등과 머리를 쓰다듬어주고 있을 때…….

"……정말 물러 터졌다니깐."

사저가 입술을 살짝 내밀면서 불만을 표시했다.

"아니, 물렀다기보다…… 스승인 내가 제대로 가르쳐 주지 않은 탓이기도 하니까——."

"시끄러워, 로리콤. 이제부터 집에 가서 그 애들로 축하를 할 거지? 빨리 돌아가서 로리콤 축제든 뭐든 빨리 개최해. 그 꼬맹이들을 번갈아 즐기며 밤새도록 놀아재낄 거잖아?"

"로리콤 축제가 뭔데요?! 그것보다 '그 애들로' 가 아니라 '그 애들과' 거든요?! 기자들 앞에서 오해 사기 딱 좋은 소리 좀 하지 말라고요!"

"……어린애들과 하룻밤을 같이 보낸다는 것만으로도 충분히 오해를 살 것 같습니다만……."

쿠구이 기자는 딱딱한 미소를 지은 채, 녹음기를 꺼내 나에게 내밀었다. 다른 기자들도 그 뒤를 따랐다.

"쿠즈류 선생님. 승급 감상을 말씀해 주시겠습니까?"

"그게…… 솔직히 말해, 너무 많은 일이 연달아 일어난 바람에 아직 실감이 나지 않는다고나 할까요……."

나는 아이와 사저를 향해 먼저 가 있으라는 의미의 눈짓을 보냈다.

그리고 다른 사람들이 퇴실하자, 여초연 아이들을 안심시키기 위해 억지로 짓고 있던 미소를 지우며 인터뷰에 답했다.

"기쁜지 분한지 묻는다면, 이겨서 올라가는 게 아니라 지금은 분한 마음이 더 강하게 들어요. 오늘 제 장기는 그만큼 엉망이었고요."

"프로가 되고 2기 만에 C급 2조를 돌파한 것은 대단한 실적이라고 생각합니다만……."

"확실히 제 실력에 비춰 보자면 기적 같은 일일지도 몰라요."

나는 자조 섞인 어조로 그렇게 말하며 고개를 끄덕였다.

"하지만 타이틀 보유자로서―― 용왕으로서 보자면, 전승으로 승급해야 한다고 생각합니다. 적어도 자력이 아니라 타력으로 승급하게 되어 정말 한심해요."

"그 목표는 다음 기에도 계속 유지되나요?"

"타이틀을 가지고 있는 한, 자력 승급은 의무라고 생각합니다. 이러면 대답이 될까요?"

나는 그렇게 말한 후, 코트를 걸쳤다.

"아, 쿠즈류 선생님!"

내가 기사실을 나서려 하자, 쿠구이 기자가 가방 안에서 원고용지를 꺼내서 내밀었다.

"장기 잡지로부터 『승급자 기쁨의 목소리』이라는 원고를 요청하라는 의뢰를 받았습니다. 다음에라도 괜찮으니 작성 부탁드려도 될까요?"

"……저 자신이 꼴사나워서 작성을 못할 것 같아요. 그냥 백지로 내 주세요."

나는 그렇게 말한 후, 제자들이 기다리고 있는 장소로 향했다.

☖보고

밤늦은 시간, 그 연락을 받았다.

"아빠도 내일 순위전을 치러야 하니까, 이제 그만 자는 게 어때?"

"알았대이……."

나와 아빠는 부엌의 테이블에서 마주 앉은 채, 같은 대화만 반복하고 있었다. 부엌에 왔을 때 준비한 컵 안의 뜨거운 물도 어느새 완전히 식어버려서 맹물이 되어버렸다.

C급 2조 최종일.

야이치 군은 자오 선생님과의 대국에서 패배했다.

순위가 낮은 야이치 군이 자력으로 승급할 방법은 사라졌으며, 승급 여부는 칸토 측의 결과에 달려 있다. 그리고 그 대국은 아직도 계속되고 있으리라.

확언하지 못하는 이유는 단순했다. 나도, 아버지도, 그 대국 중계를 보고 있지 않았다.

스마트폰을 조작하면 바로 볼 수 있지만…… 복잡한 감정 때문에 우리 둘 다 보지 않았다.

그렇게 아무것도 하지 않으며, 부엌에서 언제 올지 모를 연락만을 기다리고 있었다.

하지만 그것도 이제 그만 끝내야만 한다.

"그렇게 신경 쓰이면 내가 연락을 기다릴 테니까――."

내가 그렇게 말한 순간, 아빠의 스마트폰이 울렸다.

"윽! 내대이."

바로 통화 버튼을 누른 아빠에게서는 긴장한 기색이 역력했다.

"그랬나. 개의치 말그라."

아빠는 그 긴장을 들키지 않으려는 것처럼, 일부러 천천히 말했다.

"응………… 응. 그랬나. 축하한대이!"

통화는 금방 끝났다.

시간으로는 2분 정도였다. 몇 시간이나 걸렸는데도 이렇게 통화가 짤막한 것은 서로를 배려했기 때문이며, 아직 응어리 같은 것이 남아있는 것이리라.

"야이치 군이야?"

"응."

승급한 거지? 하고 묻지 않았다. 전화가 걸려온 시점에 용건은 짐작을 했던 것이다. 그리고 그 전화를 받은 순간, 나는 자신이 그 연락을 받고 싶어 하지 않았다는 것을 눈치챘다.

야이치 군이 오늘 대국에서 졌을 때, 유감이라 생각하면서도 마음 한편으로 안도했다.

왜냐하면 야이치 군은 너무나도 많은 것을 가졌다.

나는 야이치 군을 좋아하고, 진짜 동생처럼 여기며, 행복해지기를 바란다.

하지만 질투 또한 하는 것이다.

인간으로서 잘못된 행동일지도 모르지만, 현역 승부사로서는 잘못됐다고 생각하지 않는다. 이 거무튀튀한 불꽃을 길들이지 않는 한, 위로 올라가지 못할 것이다.

나조차도 이런 판국이니, 아빠의 심정은 나보다 복잡하리라.

게다가 내일, 아빠는…… 강등이 걸린 순위전을 치른다.

만약 마음이 바뀌지 않았다면, 은퇴마저 걸린 장기를 두는 게 된다.

——게다가 상대는, 야이치 군의…………

나는 아빠가 방금 연락에 영향을 받지나 않았을지 불안했다.

"케이카."

"응?"

"기모노를 준비해 주겠나?"

"읏! …………알았어."

나는 약간 안심했다.

아버지의 마음에 불이 붙은 것이다.

그것이 밝은 불꽃인지, 거무튀튀한 불꽃인지는 알 수 없지만 말이다.

제 5 보
©shirabii
6단
칸나베 아유무
Ayumu Kannabe
기사번호 329
생년월일 1998년 6월 6일
출신지 도쿄도(都)
스승 샤칸도 리나 여류명적

☗B급 2조 최종국

"그럼, 갔다 오꾸마."

준비를 마친 키요타키는 현관에서 딸에게 인사를 건넸다. 평소와 마찬가지로 말이다.

하지만 짐은 평소보다 무거웠다. 기모노가 든 꾸러미 때문이다.

"갑자기 기모노를 준비해달라고 해서 미안하대이."

"괜찮아. 아빠가 요즘 들어 벌인 일에 비하면 별것도 아닌걸."

"그릇나."

부녀는 서로를 쳐다보며 웃음을 흘렸다.

"……결과가 어떻게 되든 간에, 대국이 끝나면 오늘은 그대로 집으로 돌아오꾸마. 늦을지도 모르니 먼저 자그라."

"……괜찮아. 안 자고 기다릴게."

어차피 결과가 신경 쓰여서 잘 수 없을 테니까……라는 말을 케이카는 입에 담지 않았다.

물어보고 싶은 거라면 산더미처럼 있었다.

——강등당하면 진짜로 은퇴할 거야? 장기를 버리고 살 수 있겠어?

——겨우 다 같이 진짜 가족이 됐는데, 왜 관두려는 거야?

——나…… 아빠의 버팀목 역할을 제대로 하긴 했어?

하지만 케이카는 그 모든 질문 또한 입에 담지 않았다.

그 대신 이렇게 외쳤다. 전장으로 걸어가는 남자의 등을 쳐다보면서 말이다.

"힘내!! 힘내, 아빠!!!!"

아버지는 딸에게 등을 보인 채, 오른손을 힘차게 치켜들었다.

연맹에 도착한 키요타키는 기모노로 갈아입은 후, 대국 개시 30분 전에 어상단의 방에 들어갔다.

그곳에서는 장려회 회원이 대국 준비를 하고 있었다.

"좋은 아침. 내가 대신해도 되긋나?"

"예?"

기모노 차림인 키요타키를 보고 놀란 장려회 회원은 그의 말을 듣고 화들짝 놀랐다.

대국에서 쓰일 장기판을 닦고 있었기 때문이다.

"……아, 예……."

"고맙대이."

키요타키는 장려회 회원에게서 천을 넘겨받더니…….

"휴우………… 좋아!"

키요타키는 정좌 자세로 숨을 고른 후, 성심성의를 다해 장기판을 닦기 시작했다.

기모노는 묵직하고, 두껍다.

키요타키의 이마에는 땀방울이 배였지만, 그는 장기판을 닦는 손에 더욱 힘을 줬다.

최근 몇 년 동안은 입회인으로서 입은 적은 있어도, 대국을 위해 기모노를 입은 적은 없었다. 이 차림으로 싸우는 감각을 몸에서 일깨우기 위해서라도, 키요타키는 장기판을 닦았다. 있는 힘을 다해서 말이다.

——……지면 그 시점에서 바로 강등인가……. 혹독한 승부가 될 것 같대이…….

키요타키는 천천히 마음을 날카롭게 벼렸다.

장기판을 닦으면서, 자신의 마음에 드리워진 먹구름을 걷어내고 싶었다.

——내 경우는 자력이 아니라 타력……. 아무리 발버둥을 쳐 본들 떨어질 때는 떨어질 수밖에 없는 기다…….

손을 움직일 때마다, 키요타키는 그런 생각도 닦았다.

그가 원하는 것은 순수하게 승부만을 생각하는 마음이다.

"음…… 이 정도면 될 거대이."

얼굴이 비칠 정도로 깨끗해진 장기판을 보자, 키요타키의 마음도 맑아졌다.

이윽고 대국자가 차례차례 입실했다.

오늘 칸토에서는 여덟 대국, 칸사이에서는 다섯 대국이 치러진다.

칸사이에서 키요타키의 대국이 가장 주목받으리라. 강등이 걸린 데다…… 대국 상대가 주목을 모으고 있기 때문이다.

B급 2조 순위전 최종국.

이 대국에서 키요타키가 싸운 상대는 이번 기 순위전이 시작된 순간…… 아홉 달 전에 정해져 있다.

이번 기의 대전표를 본 순간, 키요타키는 말로 형용할 수 없는 감회에 사로잡혔다.

최종전의 상대에 대해서는 옛날부터 잘 알고 있다.

하지만 무로가처럼 같은 세대인 것은 아니다.

아랫세대…… 자신의 자식보다도 아랫세대다. 접장기로 장기를 가르쳐 준 적도 있는 상대다.

"그 아이를 상대로 투지가 샘솟을까? 아니면——."

바로 그때, 대국실 안의 분위기가 달라졌다.

희미하게 들려오던 말소리가 순식간에 사라지더니, 대국실이 정전기로 가득 찬 것처럼 피부마저 따끔거릴 듯한 긴장감이 흘렀다.

누구나 다 강자로 인정하는 자—— 장기계의 말로 『신용』이 있는 자만이 두를 수 있는 독특한 분위기다.

"…………온기가."

오늘 상대.

그 모습을 본 키요타키는…… 가슴 속에 깃든 불꽃이 더욱 거세게 타오르는 것을 느꼈다.

《차세대 명인》———칸나베 아유무 6단.

"실례하겠습니다."

그 젊은이는 트레이드마크인 순백의 망토를 휘날리며 하석에 앉았다.

기모노를 입은 키요타키를 보고도 표정에는 변화가 없었다.

——……역시 침착하대이.

칸사이 사람들도 이제 익숙해지기는 했지만, 복장만 본다면 아유무가 키요타키보다 훨씬 특이했다.

그에 비하면 순위전 최종국에서 기모노를 입는 것 정도는 당연하게 여겨지리라. 키요타키는 왠지 진 듯한 느낌이 들었다.

——그건 그렇고…… 그렇게 얌전하던 애가 이만큼이나 완성된 기가…….

제자인 야이치의 친구이기도 한 아유무는 어릴 적에 몇 번이나 키요타키의 집에 장기를 두러 왔었다.

당시의 아유무는 얌전하고 과묵했다. 부끄러움을 많이 타는 듯한 인상이었다.

——하지만 장기는 탄탄했다. 공수양면에서 빈틈이 없었고, 장기의 정도에서 벗어나지 않았다.

그야말로 제왕의 기풍이었다.

아유무의 재능은 키요타키의 제자인 야이치와 비교해도 손색이 없었다. 그리고 근성은 야이치를 웃도는 것처럼 느껴졌다.

강해질 거라고 생각했다.

언젠가 싸우게 될 거라고도 여겼다.

하지만 이렇게 빨리, 그리고 이렇게 중요한 국면에서 대국을 하게 될 줄이야……. 키요타키는 장기말을 배치하면서, 장기의 신께서 변덕을 부렸다고 생각했다.

"시간이 됐습니다. 칸나베 선생님의 선수로 대국을 시작해 주십시오."

© shirabii

기록 담당은 『키요타키 도장』에 참가하는 젊은이였다.
예전에 키요타키가 기사실에서 자리를 양보하라고 말했던, 바로 그 소년이다.
지금은 함께 절차탁마하는 동지다.
카가미즈와 마찬가지로 방석을 깔지 않고 정좌로 앉은 채, 이 장기전에 어울려 주려는 것 같았다. 키요타키는 그에게서 용기를 받은 듯한 느낌이 들었다.
그 용기를 양식 삼아, 아유무가 타진한 서로 망루를 받아줬다.
망루는 두 사람의 특기다.
아유무의 망루는 현대 장기의 궁극인 '단단하다, 몰아붙인다, 무너지지 않는다'라는 세 요소를 겸비한, 견고한 기풍이다.
한편, 키요타키는 중후하면서도 응수에서 강세를 보이는 망루다.
품격이 느껴지는 그 수는 『장기의 순문학』이라는 말이 어울릴 것이다.
싸움은 서로의 기풍에 따르듯, 아유무의 공격과 키요타키의 응수라는 형태로 대등하게 진행됐다. ――하지만…….
"지금이대이……!!"
66수.
키요타키는 계마(桂馬)를 옮겼다. 대국실에 필승을 선언하는 듯한 장기말 두는 소리가 울려 퍼졌다.
장기판의 중앙으로 가볍게 뛰쳐나간 계마(桂馬)의 감각은 쿠누기 소타를 비롯한 젊은 장려회 회원과의 연습 장기를 통해 익힌 것이다.

"윽?!"

아유무도 이 타이밍에 계마(桂馬)가 돌격할 거라고는 생각도 못한 것 같았다.

빠른 페이스도 수를 두던 아유무는 손을 멈추더니, 생각에 잠겼다.

"……음? …………으윽!!"

이윽고 아유무는 키요타키의 계마(桂馬) 때문에 자신의 형세가 불리해졌다는 사실을 인정했다.

"쳇……!"

자신의 허벅지를 주먹으로 내려치며 분한 심정을 발산한 아유무는 계마(桂馬)의 표적이 된 자신의 은(銀)을 물러서게 하며 방어 태세를 취했다.

——젊음을 해방하라!!

키요타키는 생동감 넘치는 장기로 유리한 고지를 선점했다. 예전의 자신이 장점으로 삼았던 중후함과는 정반대되는, 경쾌한 장기였다.

질색을 했던 소프트의 감각조차 익히면서 연구를 거듭한 이 수순은 선수인 아유무를 방어에 전념하게 만들었다.

키요타키의 각(角)이 멋지게 약동했고, 토금(と金)은 아유무의 비차(飛車)를 제압하며 그의 공격진을 유린했다.

키요타키는 남에게 빌린 옷을, 자신만의 감각으로 멋지게 소화하고 있었다.

"좋아………… 좋아. 이득을 봤대이……."

키요타키는 입을 열며 자신이 유리하다는 점을 확인했다.

장기계에는 '장기말로 본 이득은 배신하지 않는다.' 는 말이 있다. 그만큼 장기말의 손득이라는 것은 장기관이 아무리 변해도 달라지지 않는 지침이다. 부적 같은 것이다.

——특히 나 같은 아저씨 세대에게는 든든하지!

국면은 명백하게 후수인 키요타키에게 유리하게 흘러가고 있었다.

칸토 굴지의 루키를 상대로 서반에, 그것도 후수에서 이 만큼이나 싸운 것은 엄청난 건투다.

"큭…… 바라던 바다!!"

아유무는 마음을 다잡으면서 키요타키의 진영에 은(銀)을 투입했다.

무리를 해서라도 공격을 하지 않았다간 이대로 계속 밀리다 지고 만다는 생각 때문에 펼친 반격이다. 논리가 아니라 기합을 중시한 승부술…… 키요타키는 그렇게 봤다.

——은(銀)과 금(金)을 교환? 뭐, 그 정도라면…….

방벽인 금(金)을 빼앗기는 것은 뼈아프지만, 이만큼 우위를 점했으니 이제 적의 공세를 철저하게 막기만 해도 이길 수 있다.

키요타키는 그렇게 생각하며 교환에 임했다.

하지만 그것은 실수였다.

아유무는 빼앗긴 금(金)을 바로 사용했다. 키요타키의 각(角)

앞에 금(金)을 올려둔 것이다.
"앗?!"
그 순간, 키요타키는 말 그대로 펄쩍 뛰었다.

각(角)이 잡히고 만 것이다.

"우, 우짜다…… 이런 실수를……."
키요타키는 믿기지 않았다.
"계마에 정신이 팔려서…… 각을 잊다니……!"
——쇠퇴했다.
진심으로, 그렇게 생각했다.
그리고 아유무는 공짜로 얻은 것이나 다름없는 각(角)을 말받침에 올려놓았다. 흰색 장갑에 낀 손으로.
마치 키요타키의 목숨을 거둬가듯이…….

☖실착(失着)

그야말로 주지육림이었다.
순위전 승급 결정 후에 내 방에서 보낸 어린 소녀들과의 하룻밤을 말로 표현하자면 이 사자성어가 딱 어울릴 것이다.
전원이 미성년일 뿐만 아니라 초등학생도 있기 때문에 술은 마시지 않았지만, 우리는 술 같은 것은 필요 없었다. 그것 말고도 우리를 취하게 하는 것이 있었던 것이다.

그렇다. 『승급』이라는 이름의 끝내주는 술이다.

"""축하드려요♡ 쿠즈류 선생님~♡♡♡"""

나는 초등학생들에게 축복을 받고, 제자가 만든 맛있는 요리를 마음껏 즐겼다.

사방에서 "아앙~♡" 하는 목소리가 들려오더니, 다들 수저를 내밀었다. 너무 많아서 한입에 다 들어가지 않는다고.

"샤우 말이지~? 추카 선물로~ 싸뿌와 결혼할래~!"

"앗, 약았어, 샤를! 미오도 구즈류 선생님과 결혼하고 싶어!"

"저, 저도 쿠즈류 선생님의 아내가 되고 싶어요!!"

"안 돼~!! 사부님과 결혼할 사람은 수제자인 아이야! 아이가 1등이란 말이야!!"

"걱정하지 마. C급 1조로 승급하면 아내를 여러 명 둘 수 있거든."

"""와아~!!"""

당연했다. 나는 이제 C급 2조라는 밑바닥을 기어 다니는 기사가 아니다. C급 1조인 것이다.

C급 1조가 되면 급료도 늘고, 열일곱 살이라도 결혼할 수 있고, 일부다처제도 허용된다.

"야이치! 초등학생들과 결혼해?! 무슨 바보 같은 소리를 하는 거야?! 너, 이번에야말로 진짜로 잡혀갈 거야!"

"응? 사저도 C급 1조 기사인 내 아내가 되고 싶은 거예요?"

"뭐? 누가? 잘난 척은 A급에 올라간 후에 해 줄래?"

"……A급은 무슨. A는 네 가슴 사이즈잖아……."

"확 담가버린다."

"말조심하도록. 자네 앞에 있는 사람은 C급 1조 기사니까 말일세."

"윽?!"

내가 손을 내밀며 그렇게 말하자, 사저는 얼굴을 새빨갛게 붉히면서 몸을 배배 꼬았다.

"훗훗훗……. 입으로는 건방진 소리를 하지만, 몸은 정직한가 보군요? 긴코 양……."

"큭……! 주, 죽일 테면 죽여……!!"(울찔움찔)

소라 긴코조차도 C급 1조 기사에게는 굴복할 수밖에 없다. 만세~. 승급하기를 정말 잘했어~.

……라는 꿈을 꿨다.

실은 파티 같은 건 하지 않았고, 내 방에서 가볍게 축하만 한 다음 바로 해산했다. 아야노 양의 부모님이 교토에서 차로 마중을 나와서 샤를 양과 아야노 양은 그 차를 타고 돌아갔으며, 미오 양은 근처에 살기에 택시를 잡아서 집으로 돌려보냈다. 다음 날에도 학교에 가야 하니까 말이다.

결국 남은 사람은 사저와 아이뿐이다.

나는 자력으로 승급하지 못한 데다가 대국에서 진 탓에, 분위기는 상당히 미묘했다.

우리는 차갑게 식은 요리를 묵묵히 먹고, 차례차례 목욕을 한 후, 바로 잠이 들었다.

아침이 되자 아이는 초등학교에 갔으며, 사저는 아마 연맹에 간 것 같았다.

나는 피로 때문에 저녁때까지 잔 후, 방금 일어났는데…….

"……………………죽고 싶어…………."

자신이 도피처로 삼듯 꾼 꿈의 로리로리함과 패배의 고통이 생각난 나는 신음에 가까운 목소리로 그렇게 중얼거렸다. C급 1조 기사가 되면 일부다처제가 허락된다는 건 또 무슨 소리야……. 완전 정신 나갔잖아…….

말로 형용할 수 없을 정도의 죄책감을 느끼며 스마트폰을 확인해 보니, 야샤진 아이한테서 축하 메시지가 와있었다.

『꼴사나운 승급이네. 뭐, 선생님에게는 딱 어울리긴 해. 아무튼 축하해.』

"…………죽고 싶어……."

제자에게서 날선 축하를 받으니 마음이 꺾였다.

하지만 장기계에 속한 모든 이들이 다 같은 생각을 품고 있을 것이다.

지금까지의 연승으로 쌓아온 내『신용』은 어제 패배로 인해 다시 밑바닥까지 떨어졌다.

"…… '망루는 끝났다.' 같은 소리를 해놓고, 그 망루에 박살이 났으니까 말이야……."

신용만이 아니다.

내 안에 존재하던 자신감이 산산조각 났다.

"그렇게 기고만장해서 으스댔으면서, 은퇴를 결정한 여든 노인에게 완패……."

물론 이해는 하고 있다.

자오 선생님에 대한 오만이 패배로 연결됐다는 것을…….

선현들이 쌓아온 장기에 대한 경의가 부족했다는 사실이 패인이라는 것을…….

하지만 머리로는 알고 있더라도…… 패배의 고통은 그런 모든 이성적인 생각을 시꺼먼 색으로 물들여 버린다. 그 고통은 승급을 했는데도 사라지지 않았으며, 샤를 양이 결혼해 주더라도 아물지 않을 것이다.

"그렇게 필사적으로 연구했는데도 무리라면…… 대체 어떤 장기를 두면 되는데……?"

너무 분해서 장기판도 보고 싶지 않았다.

부끄러워서 연맹에 가고 싶지도 않았다.

하지만――.

"결국 오고 말았네……."

칸사이 장기회관에 도착한 나는 들어갈지 말지 잠시 망설였다.

오늘은 사부님이 대국을 치른다.

B급 2조 순위전 최종국…… 만약 강등을 당한다면 사부님은 은퇴할지도 모른다.

그렇게 된다면, 오늘이 바로 사부님의 마지막 공식전이다.

그런 대국을, 이렇게 마음이 엉망진창인 상태에서 보는 것은 솔직히 싫었다.

하지만…….

"…………그렇다고 안 볼 수도 없잖아."

나는 땅이 꺼져라 한숨을 내쉬면서, 수치심 때문에 몸을 웅크린 채 건물 안으로 들어갔다.

그리고 기사실에 들어간 순간, 안의 분위기가 무겁다는 사실에 놀랐다.

사저, 카가미즈 씨, 소타, 세 사람이 한 장기판에 둘러앉아 초상이라도 난 것처럼 고개를 푹 숙이고 있었다. 그들이 검토하고 있는 건 사부님과 아유무의 대국이 틀림없으리라.

"사저? 사부님의 대국에서 무슨 일 생겼나요?"

"각을 그냥 내줬어."

"레알로요?"

너무 놀란 나머지 은어를 쓰고 말았다.

"프로 대국에서 대마를 그냥 내주는 일이…… 전에도 벌어진 적이 있어?"

기사실 구석에서 기보 중계를 담당하고 있는 쿠구이 기자가 키보드를 두드리면서 가르쳐 줬다.

"올해는 딱 한 번 있었어요. 프리 클래스에 속한 베테랑 기사가 그랬죠."

"그리고 어떻게 됐나요?"

"대마를 내주자마자 투료했습니다."

뭐, 그러는 것도 당연해…….

"야이치 씨, 야이치 씨, 야이치 씨!"

스마트폰을 들고 있던 소타가 내 얼굴을 쳐다보며 뛰어오더니…….

"키요타키 선생님의 자택 2층에 설치해둔 몬스터 머신의 소프트로 이 대국을 검토하고 있어요. 리모트 디스플레이라고 해서, 스마트폰으로 조작을 할 수 있는데――."

소타가 스마트폰을 조작하면서 알려줬다.

"소프트의 평가치는 마이너스 1500. 선수의 완벽한 우세예요."

일반적으로 평가치의 차이가 1000을 넘으면 역전이 힘든 것으로 여겨진다.

그런데 500 이상 더 차이가 벌어졌다는 건…… 승패가 갈린 것이나 다름없는 것이다.

게다가 상대는 아유무인 것이다. 그야말로 절망적이다.

"키요타키 선생님…… 역시 각을 그냥 내준 건 뼈아픈 실책인가……."

카가미즈 씨는 인상을 찡그리며 장기판을 응시했다.

나도 옆에서 그 장기판을 응시했다.

"…………."

나는 잠시 동안 생각에 잠긴 후, 다른 의견을 내놓았다. 꼴사나운 변명이나 다름없는 의견을 말이다.

"생각하기에 따라서는, 아유무가 가지고 있던 금을 바로 쓰게 했다고 볼 수도 있어요. 형세는…… 우리 생각만큼 나쁘지 않을지도 몰라요."

"……아직 승산이 있는 거야?"
사저는 애절한 목소리로 그렇게 말했다.
하지만 누구도 그 말에 답하지 못했다.

히나츠루 아이는 가방을 멘 채 키요타키 코스케의 집에 뛰어 들어갔다.
"케이카 씨! 케이카 씨이이이잇!!"
평소에는 신발을 가지런히 두던 아이가 오늘은 현관에 신발은 내던져둔 채 안으로 뛰어 들어왔다. 그녀는 양손으로 태블릿을 꼭 쥐고 있었다.
아이는 오늘, 학교에서 공부에 전혀 집중하지 못했다.
수업 중에도, 쉬는 시간에도, 점심 식사 시간에도, 쭉 책상 밑에 숨겨둔 태블릿으로 기보 중계를 봤다.
그리고 학교가 끝나자마자 이곳으로 뛰어온 것이다.
"케이카 씨, 어디 있어요?! 할아버지 선생님의 대국에서 큰일이 났어요! ……케이카 씨?! 케이카 씨, 어디 있어요~?!"
케이카는 부엌에 있었다.
부친이 중요한 대국을 두고 있는데도, 관전을 하지 않으며 설거지를 하고 있었다.
"케이카 씨! 이거 좀 봐요! 할아버지 선생님의 대국이——."
"그만해!!"
케이카는 아이에게 등을 보인 채 절규를 터뜨렸다.
그 말에 놀란 아이는 동요했지만, 그래도 억지로 말을 이었다.

"하, 하지만…… 할아버지 선생님은 최선을 다했잖아요? 그렇게 노력했는데…… 지켜봐 주지 않을 거예요?"

"알아……. 아빠가 노력했다는 건, 누구보다도 내가 잘 안단 말이야……."

케이카는 쥐어짜는 듯한 목소리로 말했다.

"아빠가 왜 대국을 마치고 술을 마시는지 알아? 너무 이를 악물어서 턱과 어금니가 아프니까 딱딱한 걸 씹을 수가 없기 때문이야……. 게다가 이를 세게 악문 바람에 어금니가 닳아서…… 이가 없으니까, 노후에 틀니도 쓸 수 없대……."

"읏……! 맙소사……."

아이는 말문이 막혔다.

"위로 올라가기 위해 싸운다면 그래도 행복할 거야……. 하지만 아빠와 나는 밑바닥만 쳐다보며 싸워야만 해…………. 꿈도, 희망도 없이…… 그저, 목숨을 부지하기 위해서만……."

"…………."

"그게 얼마나 힘든 건지 아니? 그런 비참한 상태에서 장기를 두는 게 얼마나 괴롭고 비참한지…… 아이 양이나 야이치 군처럼 '이기는 게 당연한' 사람들은 알 리가 없어……."

케이카는 원망 섞인 어조로 그렇게 말하더니, 양손으로 귀를 막으며 외쳤다.

"제발 부탁이야! 아무 말도 하지 마! 그 태블릿도 치워!!"

"케이카…… 씨……."

태블릿을 든 아이는 귀를 틀어막고 있는 케이카에게 무슨 말을 건네야 할지 몰랐기에, 그저 부엌 입구에서 멍하니 서 있었다.

개안(開眼)! 아저씨류

각(角)을 내준 순간, 투료할까 생각했다.

"…………아아……."

자신이 단련시켰던, 관심을 가졌던 젊은이들에게 추월당한다.

자신의 가르침에 충실히 따른 젊은이들일수록, 인정사정없이 자신을 쓰러뜨린다. 대국 중에 문뜩 눈에 들어온 상대의 움직임에서 자신의 가르침을 발견하고, 후회할 뻔했다.

그래서 칸나베 군이, 손으로 바지의 무릎 부분을 꼭 움켜쥐고 있는 모습을 보고…… 10년도 전에 자신이 가르쳐 줬던 것을 지금도 잊지 않았다는 사실을 알고, 마음이 꺾일 뻔했다.

――그런 젊은이가 방심하거나, 빈틈을 보일 리 없대이…….

하지만 나는 투료하지 않았다.

내가 버틸 수 있었던 것은 방석도 깔지 않고 앉아서 이 대국을 지켜보고 있는 장려회 회원 덕분이었다.

그 필사적인 모습이, 키요타키 도장에서 함께 장기를 두던 젊은이들을 떠올리게 했다.

오늘 대국을 위해 나와 함께 연구해 준 그들을 위해서라도, 그리고 항상 내 버팀목이 되어준 존재를 위해서라도, 포기할 수는 없다고 생각했다.

그리고 이유는 하나 더 있다.

투료하기 전에 시험해 보고 싶은 게 하나 있었다.

라스 전 대국을 마친 후, 호젠지요코초에서 들은 이야기……

"……교토는 본연의 맛, 나니와는 손맛. 이런 말을 아나?"

"?"

칸나베 군은 눈동자만을 움직여서 내 얼굴을 한순간 쳐다보더니, 다시 장기판을 향해 고개를 돌렸다. 아저씨 특유의 혼잣말이라고 생각한 것이리라.

그렇다. 나는 아저씨다.

소프트를 쓰거나, 젊은이와 어울리거나, 힙합스러운 옷을 입거나, 젊음을 해방해 본들, 결국 아저씨는 아저씨에 지나지 않는다.

억지로 젊은이들의 은어를 쓰며 LINE 같은 것도 해 봤지만, 놀 줄 아는 여자들한테 『아저씨 LINE 놀음』 같은 소리를 들으며 바보 취급을 당했다.

젊은이들과 함께하면서, 딱 하나 깨달은 것이 있다.

아저씨는 젊은이로 돌아갈 수 없다. 아무리 노력하더라도.

——자신이 쇠퇴하고 있다는 걸 자각한 기사가 선택할 수 있는 길은 두 가지……

하나는, 젊은이들과 교류하면서 최신연구를 배운다.

다른 하나는, 쇠퇴하고 있다는 것을 숨기며 옛날부터 써온 특기전법에 의존한다.

하지만 연구량으로 젊은이들에게 이길 수도 없고, 아무리 숨겨 본들 쇠퇴하고 있다는 사실은 들키고 만다.

어느 길을 선택한들, 아저씨는 언젠가 무너지고 말 운명인 것이다.

그러니 나는 그 두 길 사이의 틈으로 나아가볼까 한다.

자신이 특기로 삼는 무기에 그저 의존하는 게 아니라, 더욱 갈고 닦으며 싸우는 것이다!

"그것이 바로———— 아저씨류!!"

——하나, 아저씨는 자잘한 손익 같은 것을 개의치 않는다.

"어차피 실력 차를 보면 각 하나 정도 접고 둬도 된대이! 하나 더 주꾸마!!"

나는 그렇게 말하면서 방석을 대국실 구석으로 던져버린 후, 다다미 위에 정좌를 하면서 전투태세를 취했다.

'장기말로 본 이득은 배신하지 않는다.' 는 말과 모순되는 것 같지만, 아저씨가 하는 말에 모순 같은 건 있는 게 당연했다. 상사의 말이 툭하면 변하듯, 아저씨가 두는 수 또한 자유자재로 변한다. 우수한 젊은이를 괴롭히는 것이야말로 아저씨의 특권인 것이다.

"흣흣흣흣. 보가 네 개나 있는 기가……."

나는 우선 말받침 위에 놓인 전력을 파악했다.

그리고 자신의 보(歩)를 아낌없이 투입해 상대의 옥(玉)을 공격하고 또 공격했다!

"타아아아아아아아아아아아아아아아아앗!!"

"윽……?!"

내 보(步) 연타를 맞은 칸나베 군은 당황한 것 같았다.

아저씨는 어릴 적부터 푼돈만 가지고 다녔기에 소마를 다루는 데는 자신이 있었다. 동네 구멍가게에 100엔짜리 동전 하나만 쥐고 가서 이것저것 사면서 단련한 금전 감각은 편의점 세대인 젊은이들이 기를 수 없는 아저씨 세대의 보물이다.

"어떻노? 이렇게 촌스럽게 달려들면 꽤나 성가시재? 안 그릇나?"

나는 상대방을 올려다보며 그렇게 말했다.

물론 무시당했지만, 아저씨는 젊은이들에게 무시당하는데 익숙했다. 전혀 대미지를 입지 않았다.

젊은 시절에 내가 당하면서 질색했던 짓들을, 나이를 먹은 내가 젊은이들에게 해 준다.

"이게 바로 아저씨의 (유일한) 즐거움!"

——둘, 아저씨는 젊은이들을 잘 괴롭힌다.

그리고 그 틈에 내 옥 주변을 정비하는 것도 잊지 않았다.

아저씨는 무신경해 보이지만 실은 쉽게 상처받는 섬세한 생물이다. 호스티스나 딸에게 메일을 보낼 때도 엄청 긴장하는 법이지…….

나는 수를 좌우로 분산시켰다.

상대방의 의식을 한곳으로 집중시키지 않기 위한 승부술이다. 이렇게 하면 젊은이의 무기인 깊은 수읽기를 발휘할 수 없게 된다. 인생 경험이 풍부한 아저씨는 실패 경험도 풍부하다. 젊은 적에는 이런 짓을 당해서 몇 번이나 실수했었지…….

"윽……!!"

장기판 너머에 있는 칸나베 군의 시선이 장기판의 오른편으로 향했다.

그래. 그쪽을 봐.

귀를 기울이며 잘 들으라고.

"……………………."

칸나베 군은 온몸의 감각기관을 총동원해서, 내 진짜 노림수가 무엇인지 유추하려 하고 있다.

내가 신청한 곡이 나오고 있거든.

[*7]입옥(入玉) 행진곡——의 전주가 말이지.

"자아~ 자아~ 자아~. 들어가버릴 기대이."

나는 잡은 말인 보로 토금을 차례차례 제조했다.

아저씨는 금색을 띤 것을 좋아한다. 그리고 그런 이유로 토금을 만드는 게 아니라, 합리적인 이유도 있기는 한다.

『서로 입옥』과 『지장기(持將棋)』—— 즉, 무승부를 노리고 있는 것이다.

지장기가 성립되면 선후수를 바꿔서 다시 둔다.

현시점에서 압도적인 우위를 점한 칸나베 군으로서는 그걸 반

---

*7) 입옥 : 옥상이 적진(상대측의 세로 열 3단 이내, 자신의 장기말이 승격되는 영역)에 들어가는 것. 이 상황에서는 옥장을 잡는 것이 매우 어렵다.

드시 피하고 싶으리라. 그러기 위해서는 내가 찍어내듯 잔뜩 만들어낸 토금을 처리해야만 한다.

"큭! ……이 벼락 폰 놈들이……!!"

벼락 폰? 토금(と金)을 말하는 건가?

아저씨는 요즘 젊은이들의 말을 잘 모르지만…… 칸나베 군이 열 받은 것을 알 수 있었다.

"좋아, 좋아……."

젊은이들을 괴롭혀서 짜증 나게 하는 것은 아저씨의 특기다. 내 촌스럽고 잡다한 장기가 칸토 굴지의 루키가 지닌 세련된 장기 두뇌를 혼란시켰다.

——이 타이밍이대이…….

이런 수는 컴퓨터 선생도 파악하지 못할 것이다.

소프트의 평가치는 엄청난 기세로 나빠지고 있겠지만…… 소프트가 칸나베 군의 심리 상태까지 파악할 수 있을 리가 없다.

"하앗!!"

나는 보(步)로 적진을 마구 흐트러뜨린 후, 옥(玉)을 지키는 금(金)의 바로 밑에 보(步)를 뒀다.

"저(底) 폰……?!"

칸나베 군의 입에서 경악에 찬 목소리가 터져 나왔다.

그것도 당연했다.

입옥과 지장기를 노리는 듯한 낌새를 마구 풍겨놓고, 이제 와서 발을 멈추며 정면대결을 펼치겠다고 선언했으니까 말이다.

시선을 흐트러뜨려, 마음 자체도 흐트러뜨린다.

칸나베 군의 혼란은 지금, 정점에 달했다.
그리고 그는 드디어 그 수를 뒀다.

161수—— 6육금. 상대에게 전혀 타격을 입힐 수 없는 물러터진 수다.

“한심하기 그지없군!!”
칸나베 군은 그 수를 두자마자 자신이 실수를 저질렀다는 사실을 깨달았다.
그리고 자신의 허벅지를 몇 번이나 주먹으로 때리며 분통을 터뜨렸다.
이 악수는 대국 전체에 영향을 끼칠 것이다. 유능하고 깨끗한 것에 집착하는 젊은이일수록 완벽을 추구하며, 실수를 범한 자신을 용서하지 못하는 것이다.
“그게 젊음이라는 거대이…….”
한편, 기억력이 떨어지는 아저씨는 정석도, 전례도, 자신이 둔 장기도 잊어버리지만, 감사하게도 실수 또한 잊을 수 있다. 각(角)을 내준 적 자체가 없는 것이다(어디까지나 정신적인 의미에서).
나는 다시 적이 공세에 쓰던 말을 괴롭혔다.
칸나베 군이 입옥의 교두보로 삼으려던 성향(成香)을 잡아서, 형세를 대등하게 만들었다!
“후후후…….”

나는 방금 손에 넣은 향차(香車)를 만지작거리면서 말했다.

"이렇게, 옆으로 길쭉한 진형에는…… 향차(香車)로 꼬치 꿰듯 꿰어버리는 게 잘 통한대이……."

칸나베 군은 내 말을 무시했다.

하지만 심리적으로는 내가 향(香)을 투입하는 것을 경계할 것이며, 의식 또한 자기 옥(玉)의 안전을 우선할 것이다.

――정면대결을 펼친다면 지삘 테니까 말이대이…….

그것을 피하기 위해 온갖 수단을 동원해서 연막을 펼쳤다. 반사 신경이 둔해진 아저씨는 속도 승부로 젊은이에게 이길 수 있을 리가 없다. 이 아저씨, 실은 오들오들 떨고 있어요.

하지만 말이지? 아저씨도 승리를 포기하진 않는다고.

이제는 이해가 됐다.

선배들이 불안을 떨쳐내기 위해 쓰던 잡담 또한 어엿한 전술이다.

자신의 지위를 이용해 룰에 아슬아슬하게 저촉되지 않는 약아빠진 기술을 쓰거나, 그런 것을 쓰겠다는 결단을 내릴 수 있는 것도 어엿한 실력이라는 것을 이제 깨달았다.

다들 이기기 위해 필사적으로 지혜를 쥐어짜고, 자존심을 버리며 싸우고 있었던 것이다. 기사로서 살아남기 위해…… 한 번이라도 더, 좋아하는 장기를 두기 위해서 말이다.

나는 그게 멋지다고 생각한다.

지금은 진심으로 그렇게 생각한다. 아저씨는 정말 멋져.

칸나베 군은 마음에 드는 아이다. 개인적으로는 원한이 없다.

야이치와 함께 앞으로의 장기계를 짊어질 그릇이라고 생각한다.

승급을 하는 게 당연하다.

물론 순위전 무패로 A급에 올라가 《차세대 명인》으로서 화려하게 타이틀전의 무대에 등장해 줬으면 한다.

그것이 장기계 전체의 소망이리라.

"하지만 나는 그 모든 것에 거역할 기다! 기사의 운명에 거역할 기다!"

왜냐하면—— 그것이 아저씨류의 극의!!

그 극의를 장기판 위에서 펼치기 위해, 나는 장기말을 시끌벅적하게 두면서 승부수를 펼쳤다. 대국실에 있는 이들 전원이 화들짝 놀랐지만, 나는 전혀 개의치 않았다.

왜냐하면——.

"아저씨는…… 눈치가 없대이!!"

☖저보(底步)

"""저보?!"""

모니터를 보던 이들 전원이 경악했다.

키요타키 선생님은 장기판이 파일 정도로 힘차게, 금(金) 밑에 보(步)를 투입했다——. 바위보다도 튼튼한, 금(金) 밑의 보(步)를 말이다.

사저가 망연자실한 표정을 지으며 중얼거렸다.

"이 상황에서, 왜……?"
"옥을 잡을 생각이에요."
나는 주저 없이 대답했다. 사부님과 똑같은 손놀림으로 보(歩)를 두면서 말이다.
"사부님은 저보를 둬서 아유무에게 말한 거예요. '무승부 따위는 안 노릴 거다. 네 옥을 잡고 말겠다.' 라고요."
"칸나베 선생님의 옥을…… 잡아?"
긴코는 이해가 되지 않는다는 듯한 투로 그렇게 말했다.
"프로가 되고 단 한 번도 순위전에서 진 적이 없는 칸토 최고 유망주를…… 강등될지도 모르는 칸사이의 중년 기사가 쓰러뜨리려 하는 거야?"
"예. 사부님은 상대의 옥을 잡을 생각이에요."
나는 단언했다.
소타가 스마트폰에 표시된 소프트의 평가치를 보여주면서 반론했다.
"맞대결을 펼쳐야 해요! 아무리 추격을 당했다고 해도, 아직 선수가 우세해요. 맞대결을 펼치면 이길 수 있다고요. 그런데 계속 수비에 치중하다니…… 칸나베 선생님은 대체 무슨 생각을 하고 있는 거죠?!"
"소타. 너는 아직 장기를 전혀 이해하지 못했어."
"예?"
"아유무는 수비에 치중하고 싶어서 그러고 있는 게 아니야. 사부님이 기백으로 그럴 수밖에 없게 만들고 있는 거지."

"기백……이라고요? 그런 오컬트틱한――."

"이해가 안 되는 거야? 그래서 너는 나보다 약한 거야."

"♡♡♡!!"

소타는 얼굴을 붉히면서 입을 다물었다. 분명 방금 내가 한 말을 듣고 마음속으로 분통을 터뜨리고 있을 게 틀림없다.

어제였다면 나도 소타의 의견에 동의했을 것이다.

하지만 자오 선생님한테 내 머리가 쪼개지고…… 바로 지금, 사부님의 장기를 보면서 내가 놓치고 있던 게 무엇인지 어렴풋이 짐작할 수 있었다.

어느새 기사실은 수많은 사람들로 북적이고 있었다.

키요타키 도장에 다니는 장려회 회원을 중심으로, 연수생과 장려회 출신 아마추어 강호도 있었다. 오이시 씨와 아스카 양도 있었다.

다들 사부님을 응원하고 있었다.

사부님의 장기를 중계로 보고, 가만히 앉아있을 수 없어 연맹에 온 것이리라.

"저기! 한가한 기사나 장려회 회원이 있으면 좀 도와줘! 해설회가 진행 중인 도장이 지금 손님들로 가득 차 버렸어……!"

직원인 미네 씨가 기사실에 뛰어 들어와서 SOS를 요청했다.

"마치 오사카 전체에서 사람들이 몰려온 것 같네요."

"아냐."

미네 씨는 내 말에 진지한 표정으로 대답했다.

"**일본 전국**에서 왔어. 이동 수단이 배밖에 없는 작은 섬에서

온 사람들은 만원이라는 이유로 쫓아낼 수는 없잖아?"

"좋아. 내가 돕지."

오이시 씨가 그렇게 말하면서 도장으로 내려갔다. 엄청난 서비스였다. 아스카 양은 아버지가 기사실을 나간 것도 눈치채지 못한 채 모니터를 뚫어져라 쳐다보고 있었다.

"그러고 보니……."

사저는 문뜩 이렇게 말했다.

"우리가 장려회에 갓 들어갔을 즈음, 사부님은 간사 선생님만이 아니라 다른 장려회 회원들에게도 제자를 잘 부탁한다면서 과자를 돌렸어……."

"그랬죠……."

당시에는 부끄러웠지만…… 부모님 곁을 떠나 내제자가 된 우리에게, 사부님의 그런 애정은 따뜻하기 그지없었다.

누구보다도 상냥하고…….

누구보다도 끈질기며, 누구보다도 강하고, 누구보다도 뜨겁다. 그런 사람이 키요타키 코스케. 우리의 스승이다.

칸사이 장기회관 전체가 기묘한 열기에 휩싸여 있다.

그런 열기가 전해지고 있는 것처럼 사부님의 수는 점점 열기를 머금으며 아유무를 압도했다.

"……결과론이지만, 아까 키요타키 선생님의 각을 간단히 잡았기 때문에 칸나베 6단은 공격으로 전환하지 못하는 거라고 생각해."

카가미즈 씨는 기보를 살펴보면서 분석했다.

“칸나베 6단은 ‘각을 잡았으니 자신이 우세해.’ 라는 생각을 계속하고 있어……. 자신이 우세하다고 생각하는 이상, 공세를 펼치기보다 안전한 승리를 선택하는 게 당연해. 이렇게 중요한 승부에서라면 더욱 그렇겠지.”

165수——9일용.

“평가치 400. 선수가 유리해요. 소프트가 내놓은 최선의 수는 ☗3사보예요.”

167수——5오계.

“평가치 350. 소프트는 계속해서 ☗3사보를 제시하고 있어요.”

맞대결을 펼치면 이길 수 있다는 평가다.

하지만 아유무는 결전을 피하며, 자신의 옥(玉)을 탈출시키려고 계속 발버둥을 쳤다.

그리고——.

“평가치 1!! 와, 완전히 호각이야!!”

169수. 새벽 1시에 이르러서 승부는 원점으로 되돌아왔다.

“깊이(노드)는 어떻게 돼?!”

“2억이에요……. 믿기지 않아요!”

카가미즈 씨가 수읽기의 정확도를 확인하려 하자, 소타는 믿기지 않는다는 말을 연거푸 입에 담았다. 초상집 같던 기사실 안의 분위기가 한밤중에 뜨겁게 끓어올랐다.

두 대국자는 이미 1분 장기를 두고 있었다.

“……이 장기, 대체 어떻게 되는 걸까요……?”

소타는 어지럽게 움직이는 장기판 위의 말들과 소프트의 평가치를 정신없이 비교하면서 중얼거렸다.

용왕(竜王)과 용마(竜馬) 같은 최강의 말로 만든 방벽 채로 밀려드는 아유무의 옥(玉)을, 사부님의 소마들이 필사적으로 밀어냈다.

보(步)가, 계마(桂馬)가, 향차(香車)가, 은(銀)이…… 마치 포효하듯 형세를 되돌려놓고 있었다.

하늘에서 떨어지는 운석을 촌동네 공장의 아저씨들이 모여들어 밀어내고 있는 것처럼, 촌스러우면서도 스펙터클했다. 엑스트라가 멋들어진 활약을 하고 죽어 나가는, 사나이 냄새가 풀풀 나는 할리우드 영화 같았다.

그런 영화의 결말은 단 하나뿐이다.

"기적이라는 게 일어날 거야."

내가 그렇게 말한 순간, 아유무가 손을 뻗어 185수째의 수를 뒀다.

소프트에 표시된 수치가 크게 변동했다.

평가치――――마이너스 600. 후수 유리!

"""오오오오오오오오오오오오오오오오오오오오오오오오오오오오!!"""

방 안의 공기에 환성에 의해 떨렸다.

기사실만이 아니다. 연맹 건물 전체가 뒤흔들렸다.

기적을 수치로 확인한 사저가 여전히 믿기지 않는다는 듯한 투로 중얼거렸다.

"혹시………… 사부님이, 이기는 거야……?"

지금까지의 전개만으로도 기적이라 불리기에 충분했다.

그것을 본 모든 이들의 후수의 승리를 점치기 시작했다. 기적이 현실이 되려 하고 있었다……!!

바로 그때였다.

"도쿄 쪽의 결과가 나왔습니다!"

동서 전체의 대국을 체크하며 기보 중계를 하던 쿠구이 기자가 순위표를 몇 번이나 확인하며 외쳤다.

"칸토 측의 마지막 대국이 종료됐습니다! 끈질기게 버티던 3위가 결국 투료했어요!"

그 결과————.

"칸나베 선생님은 승급!! 키요타키 선생님은 강등입니다!!!!!"

달그락…….

나는 쥐고 있던 장기말을 놓쳤다.

"말…………도…… 안…… 돼………….."

어마어마한 상실감이 실내의 열기를 전부 빼앗아 갔다.

곧 일어날 듯한 기적은 한순간에 의미를 상실했다.

모니터 안에서는 팔을 걷어붙인 사부님이 부채로 머리를 때리며 기합을 넣고 있었다.

망토를 벗어던진 아유무 또한 이마에 땀이 맺힌 채 몸을 앞뒤로 흔들며 수읽기를 하고 있었다.

하지만 이 사투는 이제 아무런 의미도 없었다.

"……이런 게 바로 순위전이야."

카가미즈 씨는 슬픈 어조로 중얼거렸다.

3단 리그에서 몇 번이나 순위 차이로 고배를 마신 카가미즈 씨에게, 이는 잔혹하지만 명백한 현실이었다. 받아들일 수밖에 없는 잔혹한 현실 말이다.

하지만 그 잔혹함에 완전히 물들지 못한 사저는, 망연자실한 어조로 중얼거렸다.

"그럼………… 저 두 사람은 뭘 위해서 싸우고 있어……?"

그 질문에 답할 수 있는 이는 없었다. 이 자리에는 말이다.

——키요타키 코스케 9단, 강등 결정.

그 소식은 인터넷 중계를 통해 순식간에 퍼져나갔다.

아이는 기보 코멘트에 올라온 그 문장을 보더니, 무심코 태블릿을 떨어뜨리고 말았다.

등을 보이며 부엌에 서 있던 케이카는 그 소리에 놀라 아이를 돌아보았다.

"아이 양? 무슨 일이니?"

"어? 아…… 아무것도——."

"……아빠의 대국이 끝난 거야?"

"아, 아뇨. 할아버지 선생님은 아직 싸우고 계세요! 아직 대국은 끝나지 않았단 말이에요!"

"……그래……. 아빠가………… 강등된 거구나…………."

케이카는 순식간에 이해했다.

아이는 그저 오들오들 떨 수밖에 없었다.

"케, 케이카…… 씨…… 죄송해요…… 저…… 저……!"

어제 야이치의 승급을 무심코 입에 담았던 것을 떠올린 아이의 눈가에 눈물이 배였다.

"괜찮아. ……아이 양은 아무 잘못도 하지 않았어. ………… 잘못한 사람은 없어……."

케이카는 그대로 부엌 바닥에 주저앉더니, 흐느낌이 섞인 목소리를 토했다.

"……이런 일도 각오하기는 했고…… 자력으로 강등을 모면할 수 없게 됐을 때, 이런 일이 벌어지더라도 이상하지 않다고 생각했어…………. 순위전은 그런 거야…………."

하지만 케이카는 이 제도를 만든 잔혹한 인간을 원망했다.

그녀의 아버지는 사력을 다해 지금도 싸우고 있다.

그리고 기적이 일어나 칸나베 아유무에게 이겼을 때…… 그 환희 너머에서 기다리고 있는 건 강등이라는 이름의 죽음이다.

이만큼 잔혹한 일이 또 있을까?

"……아이 양, 가르쳐 줘. 나…… 어떤 얼굴로 아빠를 맞이하면 될까?"

"…………."

"아이는 고개를 숙인 케이카에게 대답했다. 흐느낌을 떨쳐낸, 단호한 어조로 말이다.

"가요, 케이카 씨."

"…………아이, 양……?"

"안 가면 분명 후회할 거예요. 그러니까 장기회관에 가요."

"하, 하지만…… 간다고, 뭐가 달라지는 것도 아니잖아? 이미 아빠의 강등은——."

"하지만 할아버지 선생님은 최선을 다하고 있잖아요!"

아이는 고함을 질렀다.

"케이카 씨가 말했었죠? 할아버지 선생님이 장기를 두는 건 저나 사부님이 장기를 두는 것보다 훨씬 힘들다고요. 그런데 왜 노력하는 것 같아요?! 그렇게 힘든데 왜 장기를 계속 두는 것 같아요?!"

"왜……?"

"그야 뻔하잖아요! 케이카 씨가 봐 주기를 바라니까요!!"

"윽……!!"

"케이카 씨가 할아버지 선생님을 지켜본 만큼…… 아뇨! 그것보다 훨씬! 훨씬! 할아버지 선생님은 케이카 씨를 지켜봤을 거잖아요?! 케이카 씨가 노력하고 있다는 걸 누구보다 잘 아니까, 케이카 씨가 할아버지 선생님이 최선을 다해 주기를 바란다는 건 누구보다 잘 아니까…… 그래서 할아버지 선생님은 포기하지 않는 거예요!!"

케이카의 눈이, 그녀의 마음을 드러내듯 흔들리고 있었다.

아이는 그런 케이카의 눈을 똑바로 쳐다보면서 다시 한번 말했다.

"가요! 케이카 씨."

아이는 케이카의 팔을 힘껏 움켜주더니, 그녀를 끌고 갈 결의를 굳히며 걸음을 내디뎠다.

"할아버지 선생님이 이 장기를 가장 봐줬으면 하는 사람은 바로 케이카 씨일 테니까요!!"

키요타키 코스케는 1분 장기를 두며 쉴 새 없이 부채질을 했다.

"뜨거워……."

기모노는 땀에 젖어서 납처럼 무거워졌다. 키요타키는 앞섶을 벌리더니, 그 안에 대고 부채질했다.

2월 말, 심야.

바깥 기온은 0도에 가까울 것이다.

하지만 대국실은 두 사람에게서 뿜어지는 열기 때문에 땀이 다 날 지경이었다.

칸나베 아유무도 옛날 옛적에 망토를 벗어던졌다.

가지런하던 머리카락은 흐트러졌고…….

단정하던 얼굴은 일그러져 있었으며…….

거친 숨과 함께 이런 말을 토했다.

"뜨거워……!"

형세는 키요타키 쪽으로 기울었지만, 아유무 또한 입옥에 모든 것을 걸고 있었다. 그 수에서는 망설임이 느껴지지 않았다.

기록 담당 또한 볼이 홍조를 띠고 있었다. 눈에는 눈물마저 어려 있었다.

『나도 빨리 이런 장기를 두고 싶다.』

자신이 프로가 아니라는 사실이 이토록 분한 것은 오늘이 처음이었다. 타인의 장기를 보고 운 것도 이 날이 처음이었다.

키요타키와 아유무는 그 정도로 엄청난 장기를 두고 있었다.

사람의 마음을 움직이고, 인생마저 바꿔버릴 정도의 장기를 말이다.

""뜨거워!!""

그들의 운명은 이미 정해졌다.

다른 사람들은 그 운명을 이미 알고 있다.

하지만 그렇기 때문에, 이 장기는 숭고한 것이다. 승리로만 운명을 개척할 수 있다고 믿는 두 사람이 두는 장기인 것이다.

키요타키가 공격했다.

아유무가 버텼다.

과열 상태인 두뇌는 평소 수준의 성능을 발휘하지 못했다.

그런데도 두 사람이 계속 싸울 수 있는 건 기사로서의 본능 덕분이다.

강철처럼 제련된 키요타키의 장기.

날카롭게 벼린 백은색 검 같은 아유무의 장기.

팽팽하던 두 사람의 대결은 점점 한쪽으로 기울기 시작했고…… 그리고 오늘, 상대보다 강한 마음을, 용기를 품고 있었던 사람은――.

白銀

"타아아아아아아아아아아아아아아아아아아아아아아아아아아아아아아아아아앗!!"

키요타키는 용마(竜馬)와 각(角)으로 마지막 휘젓기를 선보였다.

"큭……!!"

135수째에 5단까지 올라가도 한 번도 움직이지 않았던 아유무의 옥(玉)이, 215수째에 6단으로 물러났다.

수로 치면 80수.

시간으로 치면 4시간 이상.

제한시간이 짧은 대국에 버금가는 수와 시간을 투입해, 키요타키는 칸나베의 옥(玉)을 밀어내는 데 성공한 것이다.

겨우 1단.

단지 1단.

하지만 키요타키는 되뇌듯, 장기를 갓 시작했을 때부터 지켜왔던 격언을 입에 담았다.

"옥은 하단으로 밀어내라!"

그것은 공세에 있어 기본 중의 기본이다.

이 순간, 선수의 옥(玉)은 외통수에 몰렸다.

☗순위전

장군 러시가 시작됐다.

"이미 승패는 갈렸는데……."

"투료를 못하는 거야. 당연하잖아?"

소타와 카가미즈 씨는 그런 대화를 나눴다.

나에게는 아유무가 장기말을 두는 소리가 마치 비명처럼 들렸다.

'지고 싶지 않아.' '무서워.' '싫어.' '장기를 두고 싶어.' '싫어.'

아유무가 매 수를 두며 그렇게 울부짖고 있는 게 느껴졌다.

투료하다면, 1년 동안 쌓아온 모든 것이 부질없어질지도 모르는 것이다.

결과를 알고 있는 이가 본다면, 이미 승급이 확정된 자가 저렇게 필사적인 것이 우스꽝스럽게 보일지도 모른다.

하지만 이 자리에는 저 두 사람의 싸움을 우스꽝스럽다고 생각하는 이가 단 한 명도 없었다.

"……역시 키요타키 선생님은 대단해. 좋아! 정좌하고 봐야겠어!!"

카가미즈 씨가 그렇게 말하면서 기사실 바닥에 정좌하자, 키요타키 도장에 참가하는 장려회 회원들이 일제히 그 뒤를 따랐다. 타일 바닥에 무릎을 꿇고 있는 그 광경은 기묘했지만, 누구도 그들을 비웃지 않았다.

"사부님……!"

사저가 기도하듯 두 손으로 깍지를 꼈다.

잿빛을 띤 두 눈은 꼭 감고 있었다. 상대를 외통수로 몰아넣었다는 것을 알면서도, 무서워서 차마 쳐다볼 수가 없는 것이다.

1분 장기에서는 무슨 일이 일어날지 알 수 없다. 게다가 저 두 사람은 17시간 이상 싸우고 있는 것이다…….

하지만 사부님은 강했다. 실수 또한 하지 않았다.

246수── 사부님이 둔 8육용을 본 아유무는 결국 손가락을 멈췄다.

이제 둘 곳이 없었기 때문이다.

"외통장군이야……?"

"예."

사저가 확인 삼아 묻자, 나는 고개를 끄덕였다.

"사부님이 이기셨어요."

156수 때 금(金) 밑에 보(步)를 두며 '네 옥을 잡겠다.' 고 선언한 대로, 사부님은 아유무의 옥(玉)을 잡고 말았다.

투료의 순간, 두 사람은 아무 말도 하지 않았다.

천장 카메라의 모니터에는 말받침에 손을 올려둔 아유무의 말아 쥔 손이 부들부들 떨리고 있는 광경과, 장기판을 덮으려는 듯이 숙이고 있는 뒤통수만이 비쳤다.

"간나베, 투료! 순위전 첫 패배!!"

"『키요타키 승리』예요!! 정말이에요! 진짜로 키요타키가 승리했어요!!"

기사실은 폭탄이라도 터진 것처럼 시끌벅적해졌다. 기자들이 일제히 카메라를 집어졌다.

나는── 사저와 함께 가장 먼저 뛰쳐나갔다.

"사부님……!!"

대국실에 간다고 해서 할 수 있는 일이 있는 건 아니다. 결과가 바뀌지도 않는다. 하지만, 그래도 가만히 있을 수가 없었다.

합리적인 행동이 아니다.

그저 강아지가 부모의 곁으로 뛰어가듯, 우리는 숨을 헐떡이면서 계단을 뛰어 올라갔다. 도중에 기보용지를 든 기록 담당과 마주쳤다. 그 사람의 눈은 출혈된 채 퉁퉁 부어 있었다.

나와 사저는 대국실에 들어갔다.

실내는 열기로 충만해 있어서, 장기판에 다가갈 수가 없었다. 우리는 머뭇거리며, 장기판에서 좀 떨어진 곳에서 정좌를 했다.

"…………사부님……."

우리는 하석에서 싸움을 마친 스승을 우러러 보았다. 당당히 가슴을 편 채, 정좌를 하고 있는 키요타키 코스케 9단은 기모노의 옷자락을 여미고 있었다.

"멋져."

사저는 나한테만 들릴 목소리로 중얼거렸다.

어릴 적, 기모노 차림의 사부님을 동경하며 둘이 함께 기모노 그림을 그릴 때와 같은 목소리로 말이다.

"멋져. 우리 사부님은 이 세상에서 가장 멋져."

"…………응……."

참으려 했지만…… 눈물이 볼을 타고 흘러내렸다.

터져 나오기 시작한 눈물을 참을 수가 없었다. 뜨거운 눈물이 쉴 새 없이 흘러나왔다. 옆에 있는 사저 또한 울고 있었다.

항상 표정에 변함이 없던 사저가, 오열마저 흘리고 있었던 것이다.

"긴코…… 그리고 야이치가."

사부님은 하석에서 정좌를 한 채 눈물을 흘리고 있는 우리를 향해, 조용히 말을 건넸다.

"칸나베 군이 올라가고, 내는 떨어진 기재?"

"……………………예…………."

나는 떨리는 목소리로 대답했다.

승급과 강등의 결과는 당사자만이 질문할 권리를 지닌다. 다른 사람이 함부로 당사자에게 알려줘서는 안 된다. 특히 강등 결과는 말이다.

문서화되어 있는 룰은 아니다.

하지만 그것은 장기계에서 지켜져야만 하는 규율이다.

나와 사저는 그 룰을 깨고 말았다. ……다다미 위에 쉴 새 없이 떨어지는 눈물로 말이다.

하지만 사부님은 시원시원한 미소를 지으며 아유무에게 말을 건넸다. 축하의 말을 말이다.

"축하합니대이! 다음 기에도 힘내이소."

"…………감사…………합니다……."

아유무는 쉰 목소리로, 들릴락 말락 하는 목소리로, 대답했다.

그 표정에서는, 3기 연속 승급이라는 위업을 달성한 자의 기쁨이 느껴지지 않았다.

그는 초점이 맞지 않는 눈으로 장기판을 쳐다보고 있었다. 무참하기 그지없는 투료도를 말이다.

반대로 사부님은 강등이 확정됐는데도 개운한 표정을 짓고 있었다.

——왜 저렇게 개운한 표정을 짓고 계신 거지……?

이윽고, 보도진과 검토진이 대국실 안으로 들어왔다.

카메라 플래시가 터지면서, 적은 말수로 감상전 중인 대국자들을 촬영되더니, 기전 주최사의 기자가 송구하다는 듯이 아유무에게 말을 걸었다.

"칸나베 선생님…… 저기, 별실에서 승급 인터뷰를 요청 드려도 될까요……?"

"…………."

아유무는 마치 유령이라도 된 것처럼 비틀거리면서 대국실을 나섰다. 패배자인데도 기뻐하라는 요청에 응하기 위해서 말이다……. 나는 그 심정을 구구절절하게 이해할 수 있었다.

그리고 아유무와 교대하듯, 이런 장소에 어울리지 않을 정도로 어려 보이는 소녀가 대국실에 모습을 드러냈다.

"아이? 무슨 일——."

숨을 헐떡이며 이곳에 나타난 아이는 내 말에 대답하지도 않으며 한 여성을 잡아끌며 안으로 들어왔다.

케이카 씨다.

"…………."

아이에게 끌려온 케이카 씨는 머뭇거리며 방 안에 들어오더니…… 사부님과 대면했다.

"아빠……."

"케이카냐."

사부님의 표정에 비로소 희미한 고통이 어렸다.

"미안하대이. 네가 그렇게 물심양면으로 힘써줬는데, 결국 강등당하고 말아뻿다."

"괘…………괜찮…………."

케이카 씨는 말을 하지 못했다.

그저 손수건을 입에 댄 채, 신성한 대국실에서 오열을 흘리는 것을 참고 있었다. 그 모습을 본 사부님의 눈에서도 눈물이 흘러나왔다.

어느새 대국실 안에는 키요타키 일문만이 남아 있었다. ……분명, 키요타키 코스케를 응원하는 사람들이 배려해 준 것이리라.

사부님은 이 자리에 있는 제자와 사손들 앞에서 상냥한 어조로 말했다.

"……내는 명인에 도전했다는 실적밖에 읎다. 다른 기전에서는 활약을 하지 못했재. 그러니 C급으로 강등되면 은퇴하자고 마음먹고 있었대이……."

"""윽……!!"""

다들 숨을 삼키더니, 사부님을 설득하기 위해 입을 열려 했다.

하지만 사부님은 손을 내밀면서 우리의 말을 막은 후…….

"정체되고, 추락하는 나날 속에서, 자신의 존재의의가 뭔지 계속 생각해 봤재……. 명인에게 다시 도전할 수 없을 만큼 쇠퇴했는데도, 장기를 계속 둘 의미가 있을까? C급까지 내려갔으니, 객관적으로 볼 때 다시 A급으로 돌아가는 건 어렵재. ……그렇다면 은퇴하는 게 명인 도전 경험자로서 올바른 판단이 아닐까 하고 생각했던 기다."

장기라는 것은 이기기 위해 두는 것이다.

그리고 프로 기사의 의무란 바로 승리다. 계속 이기며 올라간 자가 명인이 되니, 승리를 목표로 삼을 수 없게 된다면 프로를 관둬야 한다.

사부님의 그런 생각은 확실히 올바르다는 생각이 들었다.

"하지만———— 내 존재의의는 더 있었던 기다."

그리고 사부님은 말했다.

은퇴를 결의해도 이상하지 않을 만큼 괴롭고 불합리한 대국을 마친 후인데도, 이렇게 개운한 표정을 짓고 있는 이유를…….

"느그들이대이."

우……리?

"내를 보고 자랐다는 느그들이 있는 기다. 내가 걸어온 길이 틀리지 않았다는 것을, 느그들이 증명해 주고 있대이. 그것을 이제야 진정한 의미에서 깨달은 기다. ……너무 오래 걸린 것 같기도 하지만 말이대이."

우리는 제자들을 향해 그렇게 말하며 미소 짓는 스승을 다시 올려다보았다.

너무 세게 움켜쥐어서 구겨진 기모노의 오른쪽 무릎 부분.
채찍처럼 자신을 때리며 질타한 바람에 너덜너덜해진 부채.
조금 전까지 치러진 사투가 얼마나 격렬해졌는지 이야기해 주듯 손상된 장기말, 그리고 깨끗하게 정돈된 말받침.
이 모든 것이 사부님의 발자취이며…….
나도, 사저도, 필사적으로 그 흉내를 내며 뒤쫓아 왔다.
그리고 지금은 내 제자들이 그것을 이어받고 있었다. 이 자리에 없는 야샤진 아이 또한 같은 심정이리라.
촌스럽고 끈질기더라도, 강해지고 싶다는 이 심정만큼은 말이다.
"길은 아직 끝나지 않았대이. 이제부터는 내가 느그들을 쫓아갈 차례가 된 것 뿐이재."
사부님은 대국실에 모인 제자들을 사랑스럽다는 듯이 지켜본 후, 힘찬 목소리로 단언했다.
"그러니 앞으로도 이 길을 계속 나아갈 기다. 은퇴는 안할 거대이."
"사부님!"
"아빠……!"
나와 사저는 환희에 찬 목소리로 그렇게 외쳤고, 케이카 씨는 반대로 말문이 막혔다. 아이는 "할아버지 선생님!" 하고 외치면서 사부님의 품에 뛰어들었다.
사부님은 그런 아이의 머리를 상냥히 쓰다듬어주며 말했다.
"자오 선생님께서 말씀하셨재……. 승패를 도외시한 장기만큼 재미없는 건 없다고 말이대이."

사부님은 확신에 찬 목소리로 단언했다.

"내는 인생에서 지금이 가장 장기가 재미있대이. 이렇게 재미있는 걸 자의로 관두는 건…… 무리인 기다."

그리고 사부님은 아이를 안은 채 나를 쳐다보며 이렇게 말했다.

"야이치. 다음 기에는 C급 1조에서 니와 붙게 될 거대이."

"……사부님, B급 2조 이하의 순위전에서는 사제 대결이 편성 안 돼요."

나는 눈물과 콧물로 범벅이 된 얼굴로 웃었다.

"그릇나?"

사부님은 씨익 웃으며 말했다.

"그럼 빨리 B급 1조로 돌아가야겠대이. 아니지, 꿈은 크게 먹으라 안 카나! A급을 목표로 삼는 기다! 기왕이면 긴코까지 셋이서 명인 도전권을 건 플레이오프까지 올라가는 기다! 사제지간이 플레이오프를 하게 되면 분위기가 뜨거울 것 같재?"

"……그때야말로 보은을 하겠어요."

내가 눈물과 콧물을 닦으면서 그렇게 말하자…….

사부님은 나와 처음 만났을 때처럼, 크고 투박한 손으로 내 머리를 헝클어뜨리듯 쓰다듬으면서 환한 목소리로 이렇게 말했다.

"헛소리 말그라. 자근자근 밟아 주꾸마!"

☖에필로그

눈앞에는 종이 한 장이 놓여 있었다.

"……승급자 기쁨의 목소리, 라."

그것은 순위전 승급자가 장기잡지에 기고하는 문장이다.

기본적으로 그 내용은 무엇이든 상관없다. 순위전 내용을 돌이켜보거나, 신세를 진 사람들에게 감사 인사를 하는 경우가 많다.

평소 같으면 컴퓨터로 작성하겠지만, 이 문장은 예전부터 손으로 쓰고 싶었다.

분명 수많은 기사들도 그렇게 생각할 것이다. 기사에게 있어 특별한 문장이니까 말이다.

"하지만…… 뭐라고 쓰면 좋을까……."

옛날부터 이 지면을 쓰는 꿈을 꿔 왔다.

하지만 지금은 뭘 쓰면 좋을지 생각이 나지 않았다.

사부님의 『위로 파티』를 마치고, 지쳐서 잠든 제자를 업고 아침에야 귀가한 나는 아침 햇살이 스며들기 시작한 다다미방에서 몇 시간 째 이 원고용지를 응시하고 있었다.

옆에는 내 옷을 움켜잡은 채 곤히 잠들어 있는 제자가 있었다.

"후……후…… 사부님, 은…… 최강……이에요…………."

나는 아이의 잠꼬대를 듣고 쓴웃음을 지었다. 용왕은 확실히 서열 1위이기는 하다.

하지만 나는 이 장기계에서 가장 강하지는 않다. 만약 내가 절대적인 실력을 지녔다면, 은퇴를 결심한 자오 선생님에게 질 리가 없다.

『순위전』.

그렇게 적힌 종이를 쳐다보니, 내 앞에는 백 명이 넘는 이름이 나열되어 있었다.

다음 기, 내 이름은 83번째가 된다.

C급 1조의 마지막 자리다.

최하층인 C급 2조에서 최하위 3위로 승급했다. 그것도 자력이 아니라 남에 의해서 말이다.

"……최강이어야 하는 용왕이 정말 한심해……."

지금까지 쌓아온 신뢰와 자신감이 사라졌다.

자신이 어떤 장기를 두면 될지 짐작조차 되지 않았다.

하지만――.

"어떤 기사가 되고 싶은지는 내 눈에 선명히 새겨져 있어."

나는 붓을 들고 거칠게 글자를 적었다.

그 안에 담긴 것은 후회, 그리고 오만했던 자기 자신을 향한 반성과 질책. 아직도 피가 나오는 상처의 고통 때문에 버둥거리고 있는 자신의 모습. 기쁨은 한 글자도 적을 수 없었다. 외치는 것은 젊은이다운 호언장담, 그리고 어릴 적부터 마음속에 품어왔던 보석 같은 꿈.

그리고 스승에 대한 동경과 감사였다.

그달의 장기잡지에는 이런 기사도 게재됐다.

사상 최초! 부녀 장기기사 탄생

키요타키 코스케&케이카 인터뷰

취재·구성 : 쿠구이

지금까지 남성 프로의 아들이 프로가 된 적은 있지만, 프로 기사의 딸이 여류기사가 된 적은 없었다.

그 위대한(?) 기록을 달성한 키요타키 코스케 9단, 그리고 키요타키 케이카 여류 3급의 자택에 찾아가 인터뷰한 내용을 소개할까 한다.

내제자인 쿠즈류 야이치 용왕과 소라 긴코 여류 2관(장려회 3단)도 과거 이곳에 살았으며, 지금은 『키요타키 도장』이라 불리는 연구회가 열리고 있는 이 집에서는 장기말을 두는 소리가 끊임없이 들려왔다.

활기로 가득한 집에서, 아버지와 딸의 이야기를 들어보았다.

"이거, 몇 월호에 실리는 기고?"

5월호라고 대답하자, 키요타키는 인상을 찌푸렸다.

"입맛이 쓰대이. 『승급자 기쁨의 목소리』가 실린 잡지에 강등당한 내 인터뷰도 실리는 기가……. 구경거리라도 된 기분 아이가."

옆에서 듣고 있던 딸, 케이카가 웃음을 터뜨렸다. 방금 그것은 키요타키가 기자를 배려해 건넨 농담이었다.

그 농담 덕분에 긴장감이 풀린 가운데, 우선 키요타키에게 지금 심정을 물어봤다.

"C급은 내한테 있어 무덤이라고 생각했대이. 하지만 그런 마음 자체가 무덤인 기다. 싸우는 장소는 어디든 상관읎다. 프로로서, 순위전에서 장기를 둘 수 있다. 그것은 명인이 될 자격을 가지고 있다는 것이재. 그렇다면 노력을 하기만 하면 되는 거다 아이가."

키요타키는 아쉽게도 강등당하게 됐지만, 최종국에서는 승급이 결정된 칸나베 아유무 7단을 상대로 멋진 승리를 거뒀다.

자신이 경영하는 노다 장기 센터를 비롯해, 키요타키 도장이라 불리는 거대 연구회의 운영, 그리고 제자의 육성 등, 키요타키는 매우 바쁘다.

게다가 키요타키는 부탁을 받으면 제아무리 먼 곳에도 장기 보급을 하러 가는 것으로 잘 알려진 인물이다.

그렇게 공사다망한 점이 강등의 원인인 것은 아닐까?

키요타키는 그 말을 딱 잘라 부정했다.

"내제자를 두 명 들였을 때는 A급으로 승급됐대이. 지진과 아내가 세상을 떠난다고 하는 힘든 일이 연이어 일어났을 시기에 B급 2조와 B급 1조에서 연속 승급했었는데…… 어쩌면 힘내야 한다는 굳은 마음 덕분에 승급을 할 수 있었던 걸지도 모르는 기다. 거꾸로 컨디션이 좋다고 방심했을 때는 강등이 됐재(웃음). 바쁜 것과 승급은 관련이 없을 거라고 생각한대이."

이제까지 치른 순위전 중에서 가장 최선을 다한 건 언제입니까?

그 질문에도 키요타키는 주저 없이 답했다.

"역시 C급 2조에서 1조로…… 처음 승급됐을 때는 기합이 달랐던 것 같대이. 반드시 승급할 작정으로 임했다 아이가."

케이카는 그 말을 듣고 고개를 갸웃거렸다.

"처음 승급했을 때? 그때도 무슨 일이 있었어?"

"모르긋나?"

"응?"

"니가 태어났을 때다 아이가."

"윽!! ……정말! 울 뻔했잖아……."

케이카는 손등으로 눈가를 훔쳤다. 아버지의 기습공격 때문에 손수건을 꺼낼 여유조차 없었다.

그 『케이카(桂香)』라는 이름에 대해서도 물어보았다.

키요타키 씨가 지어 준 겁니까? ……하고 물어보자…….

"당연하다 아이가. 장기말을 보고 번뜩 떠오른 이름인데, 너무 마음에 들어서 아내와 상의도 안 해 보고 바로 관공서로 뛰어

가뻤다(웃음)"

아버지는 의기양양한 목소리로 그렇게 말했다.

하지만 딸은 뜻밖의 말을 입에 담았다.

"나, 실은 그 이름을 좋아하지 않아."

"어?! 그, 그릇나……?"

"그야 계마(桂馬)와 향차(香車)는 다른 말을 뛰어넘거나, 단숨에 얼마든지 쑥쑥 나아갈 수 있는 대단한 말이잖아? 그런 이름에 비해 내가 너무 왜소해 보여서…… 꽤 부담이 됐어."

"……."(키요타키, 풀이 죽은 듯한 표정)

"아! 따, 딱히 싫어하는 건 아냐! 다른 말들을 뛰어넘으며 나아가는 계마, 그리고 올곧게 쑥쑥 나아가는 향차…… 그 두 개를 합친 이름을 붙여줘서 정말 기뻐. 하지만──."

케이카는 기자를 쳐다보며 말을 이었다.

"제가 가장 좋아하는 말은 『보(歩)』예요. 가장 숫자가 많고 가장 약한 말일지도 모르죠. 하지만 절대로 물러서지 않으며, 한 걸음 한 걸음 우직하게 나아가서 언젠가는 어엿한 『토금(と金)』으로 승격돼요. 그 모습이…… 아버지를 닮았거든요."

"케…… 케이카……!"

이번에는 아버지가 눈물을 닦을 차례였다.

장기를 계속 두기를 잘했다고 생각하나요?

케이카는 그 질문에 "물론이죠." 하고 주저 없이 대답했다.

"오랜 꿈이자, 한때는 포기했었지만…… 역시 저는 여류 기사가 되어서 기뻐요. 노력이 보답받은 것도 기쁘지만, 사랑하는 아버지와 장기 세계에서도 영원한 사제지간이 된 게 행복하거든요. 저, 부러웠어요. 장기로 아버지와 이어져 있는 야이치 군과 긴코가요."

딸은 아버지의 손을 살며시 움켜잡으며 말을 이었다.

"하지만 부러워하기만 해선 안 돼요. 혈연은 노력 없이도 얻을 수 있지만, 장기로 가족이 되려면 노력이 필요하죠. 그건 다른 것도 마찬가지예요."

노력. 케이카는 몇 번이나 그 말을 입에 담았다.

"아마 장기와 만나지 않았다면, 저는 어리광만 부리며 인생을 살았을 거예요. 그걸 가르쳐 준 것만으로도 장기에게 고맙고…… 오랫동안 함께 살았던 야이치 군, 긴코와도 이제 진짜 가족이 됐다고 생각해요. 히나츠루 아이 양과 야샤진 아이 양과도 마찬가지고요!"

어느새 이 집에는 딸과 아들만이 아니라, 손녀까지 탄생했다. 분명 그 유대는 피보다 진하게 서로를 이어주고 있으리라.

장기는 보드게임이다.

그리고 게임으로서의 장기는 언젠가 소프트에 완전히 해명되는 날이 찾아올지도 모른다. 그날, 장기는 게임으로서 종언을 맞이하리라.

하지만 장기는 그것만으로 이루어지지 않는다.

장기가 존재하지 않았다면, 소라 긴코와 쿠즈류 야이치가 이 집에 오지도 않았을 것이다. 장기가 존재하지 않았다면, 아버지와 딸이 이렇게 끈끈한 정으로 이어지지도 못했을 것이다. 장기가 존재하지 않았다면 히나츠루 아이는 아직 호쿠리쿠에 있을 것이며, 야샤진 아이는 슬픔의 어둠 속에 있으리라.

장기에 의해 사람과 사람은 이어졌다.

승패에 의해 많은 인생이 변하고 말았다.

그 모든 것은 장기판에 둔 한 수에 의해 생겨나며—— 그리고 소프트는 그 모든 것을 평가할 수 없다.

그 사실을, 이 집이 증명하고 있는 것처럼 느껴졌다.

"제자들이 최선을 다하는 동안에는, 내도 아직 열심히 해 볼 생각이대이. 그걸 결과로서 증명할 기다. 강등을 당하면 다시 올라가면 되는 거 아이가. 다음 기에는 C급 1조에서 승급. 그 다음에는 B급 2조. 그리고 B급 1조…… A급 최연장자 승급 기록이 몇 살이고?"

60세입니다.

그렇게 대답하자, 키요타키는 진지한 표정을 지으며 고개를 끄덕였다.

"그릇나. 그라믄 그걸 깨는 것도 재미있을 거대이."

키요타키는 그 후, 다양한 꿈을 이야기해 줬다.

자신의 꿈에 대한 이야기만이 아니다. 딸, 제자, 키요타키 도장에서 함께 절차탁마하고 있는 장려회 회원과 연수생, 그리고 장기를 즐기는 팬들의 꿈에 대해 이야기하기도 했다.

딸은 그 이야기를 즐겁게 듣고 있었다. 분명 이 집에서는 앞으로도 장기로 이어지는 아이들이 수없이 탄생할 것이다.

그리고 마지막으로 아버지는, 개운한 표정으로 입을 열었다.

소년 시절부터 지금껏 쭉 품었던, 기사로서 계속 싸워가는 한 앞으로도 쭉 마음속에 품을, 최고의 꿈을.

"명인이 되고 싶다."

© shirabii

후기를 대신해――『어머니 이야기』

장기계에는 다양한 기사가 있으며, 그런 기사들이 1년을 걸고 펼치는 순위전에서는 다양한 드라마가 그려집니다. 그 드라마 중 대부분은 비극이며, 승급보다 강등과 은퇴라는 부분에 장기 팬들은 주목합니다.

그중에서도 주목을 받은 이는 바로 후카우라 코이치 9단일 겁니다.

후카우라 선생님은 장기계에서 『근성의 사나이』라 불린 분입니다. 12세, 초등학교 졸업 후에 사세보에서 홀로 상경해 장기 수행을 시작한 것을 비롯해, 장기계에서 이 분만큼 고생을 한 이는 없을 겁니다.

그것도 그럴 것이, 후카우라 선생님은 위키피디아에 『순위전에서의 불운』이라는 항목까지 있을 정도입니다. 순위 차이로 승급을 못하거나 강등을 당하고, 또한 그때마다 다시 승급을 하는 등, 그 분의 기력에서는 근성이 느껴집니다.

그런 후카우라 선생님은 필연적으로 『승급자 기쁨의 목소리』를 수도 없이 쓰셨습니다만…… 그중에서도 제 마음을 가장 흔든 것은 후카우라 코이치 7단이 쓰신 이 문장입니다.

『순위전 다음 날, 사세보에 돌아간다. 당시에는 대국이 많고, 한 주에 두 번 대국을 두고 주말에 귀성, 그리고 대국을 두러 다시 돌아오는 일을 반복했다. 병실에 누워 꼼짝도 하지 못하는 어머니. 아직 58세이시다. 암이 뭐냐. 왜 이렇게 된 것일까. 그런 자괴감이 엄습했다.

그리고 갑자기 '힘낼 거야! 힘낼 거야! 이따위 병에 지지 않을 거야!' 하고 병원 전체에 울려 퍼질 듯한 목소리로 외쳤다. 항상 조용하시던 어머니가 말이다. 눈물을 참으며 이불을 다시 덮어주는 아내, 그리고 그런 아내에게 작별의 키스를 하는 장남 린토.

어머니는 7월 31일에 숨을 거두셨다.

장례식이 끝난 후, 아버지는 사흘간 집에 계시지 않았다. 술집을 다시 열 준비를 하신 것이다. 20년 동안 함께 일한 아내에게 작별을 고하면서 말이다. 그는 프로였다. 의논해야 할 일도 있었지만, 원하시는 대로 하시게 됐다.

——남겨진 자들이 최선을 다할 수밖에 없다——.

어머니는 근성의 여성이었다. 나는 그 피를 이어받았다. 그것을 긍지로 삼으며 앞으로도 싸워 나가고 싶다.』

(장기세계 2002년 5월호 『승급자 기쁨의 목소리·어머니의 죽음』)

『용왕이 하는 일!』 5권 집필 중, 저도 어머니께서 돌아가셨습니다.

58세셨습니다.

할아버지가 돌아가시고 겨우 1년 후, 유일하게 이 세상에 남아있던 어머니께서도 돌아가셨습니다. 왜야. 왜 이렇게 된 거지. 어제까지만 해도 평범하게 하루하루를 살아가던 어머니가 잠든 채 두 번 다시 눈을 뜨지 못하셨습니다.

급성 심부전.

잠든 채 심장이 멎었으니 고통은 느끼지 않았을 것이다…… 그런 설명을 듣는다고 슬픔을 느끼지 않을 리도 없습니다.

장기 펜클럽에서 상을 받고, 『이 라이트노벨이 대단해!』에서 좋은 평가를 받는 등, 작품이 겨우 궤도에 오르려 하던 시기였습니다.

할아버지를 잃은 슬픔을 겨우 극복하려던 순간, 앞으로는 밝을 거라 생각했던 미래가 어느 날 갑자기 사라져버린 겁니다.

어머니는 호흡기 쪽이 불편하셨지만, 홀몸으로 저를 키우셨습니다.

저는 그런 어머니에게 보답하지 못했습니다.

외동아들인데 결혼도 하지 않았고, 세간에서 무시당하는 라이트노벨 같은 거나 쓰는 저에게 살아만 있어 주면 된다고 말씀해 주셨던 상냥한 어머니…….

제 모든 것을 인정하고, 용서해 주신 어머니.

외톨이가 된 저는 상주로서 장례 준비를 하면서도, 이런 생각을 했습니다.

"라이트노벨 같은 걸 써 봤자 무슨 의미가 있지? 이대로 혼자서만 살아간다고 좋은 일이 과연 있을까?"

저는 라이트노벨 작가라는 직업에 긍지를 가지고 있었습니다.

남들이 뭐라고 하든, 제가 쓰고 싶은 문장을 쓸 각오를 굳혔습니다.

하지만 어머니의 죽음이라는 현실 앞에서, 그 마음은 완전히 흔들렸습니다.

내가 쓴 책이 어머니를 행복하게 해드렸나?

회사원이 되어서, 가정을 가지고, 손주를 보여드리는 편이 어머니를 행복하게 해드리지 않았을까?

바로 그때, 생각이 난 것이 바로 『어머니의 죽음』이라는 제목으로 후카우라 선생님께서 쓰신 승급자 기쁨의 목소리였습니다.

58세라는 어머니의 향년이 같기 때문에 문뜩 그 글이 생각이 난 저는 후카우라 선생님의 당시 상황을 조사해 봤습니다.

그리고 제가 얼마나 물렀는지 깨달았습니다.

후카우라 선생님은 저와 같은 고통을 맛보면서도 B급 1조로 승격하셨습니다. 그뿐만 아니라, 어머님께서 돌아가신 직후의 순위전에서 승리하셨죠.

투병이라는 괴로운 기간을 함께 싸워온 만큼, 후카우라 선생님은 저보다 더 큰 괴로움을 느끼셨을 겁니다. 그런데 부조리한 현실에서 도망치지 않고 맞서 싸우셨고, 승리를 거두신 거죠.

당시의 리그표를 보고, 이런 말을 들은 듯한 느낌이 들었습니다.

"의미가 없는 것을 쓰고 있다고 생각한다면, 의미가 있는 것을 쓰면 돼. 살아간다고 좋은 일이 있겠냐고? 직접 쟁취하지 않는 한 당연히 없지!"

저에게 모든 것을 주시던 부모님을 잃고서야, 비로소 자신이 얼마나 물러 터졌는지 깨달았습니다.

장례식.

조문객의 발길이 끊기고 단둘만이 남은 심야.

어머니가 잠든 관 옆에서 노트북 컴퓨터를 켠 저는 집필 중이었던 『용왕이 하는 일!』 5권을 계속 썼습니다.

다음 날 아침에 제1장을 완성시키고, 편의점 프린터로 인쇄한 원고를 어머니의 관에 넣어 함께 태웠습니다.

'그러고 보니 일하는 모습을 보여드린 적도 없네…….'

새하얀 유골이 된 어머니, 그리고 재가 된 원고. 저는 그 두 개가 담긴 유골함을 안아 들면서 그런 생각을 했습니다. 언제 울음을 그쳤는지 생각이 나지 않을 만큼, 눈물이 멎지를 않았죠.

집필은 순식간에 끝나지 않습니다.

5권을 완성시킬 때까지, 괴로운 상황은 이어졌습니다.

장례식을 치른 후에도 상속 수속과 유품 정리 등을 해야 했고, 그런 일이 어머니와의 기억을 떠올리게 하며 제 마음을 후벼 팠습니다.

공허함과 후회, 슬픔, 그런 감정에 연이어 휩싸이는 와중에도 글을 계속 쓸 수 있었던 것은 수도 없이 불합리한 운명에 휘둘리면서도 포기하지 않고 도전하는 기사들의 뜨거운 싸움의 궤적이, 순위전이라는 이름의 역사가 있었기 때문입니다. 인간은 어떤 고통과 슬픔도 반드시 극복할 수 있다는 증거가 있었기 때문입니다.

후카우라 코이치라는 증거가 말입니다.

'그에 비하면 라이트노벨을 쓰는 것은 일도 아니다.'

'더 할 수 있어. 더 좋은 글을 쓸 수 있어.'

'아끼지 마. 『이 글을 쓰고 나면 죽어도 좋아』 같은 생각이 들 정도의 작품을 쓰는 거야!'

벽에 부딪힐 때마다, 자신의 필력이 부족하다는 것을 실감하며 분노가 치솟을 때마다, 저는 후카우라 선생님의 『승급자 기쁨의 목소리』를 다시 읽었습니다. 그리고 마음속으로 읊조렸습니다.

——남겨진 자들이 최선을 다할 수밖에 없다——.

어머니는 상냥한 사람이었습니다. 그 상냥함을 제가 이어받았다면, 문장으로 그것을 표현하는 것이야말로, 제가 소설을 쓰는 의미일지도 모릅니다.

장기 세계는 저에게 슬픔을 극복할 힘을 줬습니다.

바라옵건대, 이 이야기가, 독자 여러분에게도 힘이 되기를.

슬픔과 고통 속에서, 한 걸음이라도 앞으로 나아가는 힘이 되기를.

말로 형용할 수 없는 고독과 절망 속에서, 그래도 '내일도 살아가자.' 는 생각이 들게 하기를.

그렇게 된다면, 어머니도 기뻐할 거라고 생각합니다.

감상전
© shirabii

바비큐
“BBQ 하자!”

그것은 느닷없는 제안이었다.

칸사이 장기회관의 기사실에 뛰어 들어온 츠키요미자카 여류 옥장은 연습 장기를 마치고 감상전 중인 나와 쿠구이 마치 산성 앵화를 향해 그렇게 말한 것이다.

“어? 바비큐? 어? ……왜요?”

“좋대이~.”

나는 그 갑작스러운 제안을 듣고 당황했지만, 쿠구이 씨는 쾌히 승낙했다. 그리고 “내 차 타고 가삐자~.”라고 말하면서 뒷좌석에 나, 조수석에 츠키요미자카 씨를 태우고 출발했다.

예전에는 조수석에 남을 태우면 신경 쓰여서 운전을 못한다고 말했지만, 요즘에는 좀 익숙해진 것일까? 아니면 그때 그런 말을 한 건 나를 옆에 태우고 싶지 않았던 것일까……?

“고기 사자! 고기! 고기!! 고기!!!”

“채소도 사야 안 되긋나~.”

우리는 도중에 슈퍼마켓에 들러서 필요한 것들을 샀다. 여성 두 사람이 좋아하는 식재료를 고르는 사이, 나는 바비큐 세트와 1외용 접시 등을 챙겼다.

그리고 계산대 앞에서 합류했다.

“쓰레기. 네가 계산해.”

“어? 어? 왜요?”

"네 순위전 승급을 축하하는 자리잖아. 빨리 지갑 꺼내라고."
"용왕 씨, 잘 묵을게~♡"
석연치 않았지만, 축하를 받는 사람이 돈을 내는 것은 장기계의 전통이기에 어쩔 수 없이 지갑을 건넸다. 이것저것 샀더니 금액이 꽤 나왔다. 뭐, 다음에 샤를 양과 바비큐 데이트를 할 때 또 쓰면 되니까…… 하고 나 자신을 납득시켰다.
"그런데 어디 가서 할 거예요?"
"이 근처 강가에서 하면 되지 않아?"
"어."
아니나 다를까, 말을 꺼낸 사람은 완전히 노 플랜이었다.
쿠구이 씨도 "그럼 저기면 괜찮겠대이~."라면서 우연히 눈에 들어온 강가를 향해 핸들을 꺾었다.
우리는 그저 넓기만 하고 별것 없는 강가에서 바비큐 준비를 했다. 뭐, 딱히 불이 번질 만한 것도 없고, 물도 근처에 있으니 바비큐를 하기 딱 좋은 곳 같기는 했다.
"……여기서 불을 피워도 될까요?"
"아앙? 불 잘 붙었으니 괜찮을걸?"
그런 의미가 아니라고…….
"질이 좋은 고기는 아니지만, 밖에서 먹으니 맛있대이."
"그렇지?! 장기꾼은 하나같이 인도어파잖아. 때로는 이렇게 밖에서 노는 것도 괜찮을 것 같았어!"
확실히 고기도, 채소도 맛있다.
계절은 어느새 봄이 됐다. 강가의 제방에 심어진 벚나무에는 아직 봉오리만 피었지만, 강에 부는 바람은 온기를 머금고 있어서 기분이 좋았다.

나는 불 옆에 서서 고기와 채소를 굽고, 츠키요미자카 씨와 쿠구이 씨는 차의 뒷문을 열고 나란히 걸터앉아 있었다. 왠지 청춘 느낌이 물씬 나는 상황이었기에, 처음에는 부정적이었던 나도 좀 즐거웠다. 나쁜 짓을 하고 있는 듯한 느낌이 마음을 자극하고 있는 건지, 식사와 대화도 즐거웠다.

그렇게 한 시간가량 즐겁게 놀았을 즈음이었다.

츠키요미자카 씨가 페트병에 든 콜라를 벌컥벌컥 들이켜다가 불쑥 이런 말을 했다.

"……어이. 우리가 처음 만났을 때를 기억해?"

물론 기억한다. 선명하게 말이다.

"초등학생 명인전 때죠? 내가 초등학교 3학년이고, 츠키요미자카 씨와 쿠구이 씨가 5학년이었죠. 그리고 아유무도요."

"내는 준결승에서 료한테 깨져서 엉엉 울어뻤고——."

"나는 준결승에서 아유무한테 이긴 후, 결승에서 츠키요미자카 씨와 붙었어요."

"그리고 진 내가 표창식이 끝난 후에 화풀이 삼아 쓰레기를 두들겨 팼지."

"그때는 정말 아팠어요……. 벌써 10년도 더 된 일이네요."

기사가 될 인간은 철이 들기 전부터 장기를 배운다.

그리고 도장과 대회에서 마주친다.

일본 전국에 흩어져서 살더라도, 마치 장기가 인연을 만들어

준 것처럼 말이다. 우리가 초등학생 명인전에서 처음 만났던 것처럼 말이다.

그러니 우리는 소꿉친구다. 그리고 경쟁 상대이기도 했다.

"지금 생각해 보면 불가사의하네요. 최악의 형태로 만났다고 해도 과언이 아닌데, 어찌된 영문인지 지금은 이렇게 사이좋게 바비큐를 하고 있잖아요."

어릴 적부터 경쟁을 하다 보면, 극히 드물게 성격이나 가치관이 맞는 상대를 발견하게 된다.

그리고 『전우(戰友)』라고 부를 수 있는 관계가 되는 것이다. 싸울 때마다 유대가 깊어지는, 그런 관계 말이다.

아유무를 포함한 우리 넷은 그런 관계다.

"뭐, 앞으로도 수십 년 동안 이 악연이 계속될 거라고 생각하니 나는 벌써부터 마음이 무겁네요. 앞으로도 당신들한테 계속 구박을 당할 거 아니에요……."

"……그러면 좋겠네."

"……맞대이."

나는 약간 의아한 마음이 들었다. 두 사람의 태도가 평소보다 가라앉은 것 같았기 때문이다.

내가 그 이유를 물어보려고 한 바로 그때였다.

위이이잉~~~!!

"큰일 났다! 짭새가 떴어! 튀어!!"

"어?! 이게 경찰차 사이렌 소리예요?!"

이 소리가 귀에 익은 츠키요미자카 씨가 허둥지둥 그렇게 외쳤고, 쿠구이 씨는 재빨리 차에 시동을 걸었다. 쓰레기와 짐을 정리한 내가 뒷좌석에 타자마자, 문이 닫히기도 전에 차가 발진했다.

우리는 멋진 팀워크를 선보이면서 경찰차를 따돌렸다.

"이야~. 아슬아슬했대이."

"다행이야. 내가 조기 발견을 한 덕분이네."

"뭐가 다행이라는 거예요?! 전혀 다행 아니거든요?!"

차에서 떨어질 뻔하며 겨우겨우 뒷좌석의 문을 닫아서 안전을 확보한 후, 나는 깔깔 웃으면서 하이파이브를 하고 있는 두 사람을 향해 고함을 질렀다.

"두 사람 다 타이틀 보유자로서의 자각이 있는 거예요?! 우리가 한꺼번에 경찰에 잡혀가기라도 하면, 장기계 초유의 대형 스캔들일 거라고요!"

"괜찮대이. 우리 모두 미성년자다 아이가."

"그래. 이름도 보도되지 않아."

"그런 문제가 아니란 말이에요!"

내가 뒷좌석에서 몸을 내밀며 그렇게 외치자, 츠키요미자카 씨가 대꾸했다.

"뭐, 이런 데서 경찰한테 잡혔다간 사흘 후의 대국에서 부전패가 될 테지. 그건 좀 곤란해."

"속죄 삼아 다음에 아까 거기에 쓰레기라도 주우러 가야겠대이."

"그래요. 꼭 그러자고요."

힘차게 고개를 끄덕인 나는 요즘 자기 대국에만 집중한 바람에 츠키요미자카 씨가 어떤 대국을 앞두고 있는지 몰랐다.

"……그런데, 사흘 후에 어떤 대국을 치르는데요?"

"산성앵화의 도전자 결전이야. 사이노카미 이카와 붙어."

"예?!"

엄청 중요한 대국이잖아!

쿠구이 씨── 산성앵화의 타이틀 보유자는 웃음을 흘리며 말했다.

"지금 확 조수석만 전봇대에 부딪치면, 내 방어 확률이 조금 올라갈지도 모른대이."

"뭐, 나보다 이카 녀석이 약하기는 하니까 말이지."

"그렇대이. 재능은 그쪽이 낫지만, 료는 끈질기다 아이가."

"헛소리 하지 마."

그런 농담을 주고받으면서도──.

만약 츠키요미자카 씨가 도전자로 결정된다면, 두 사람이 같은 차를 타는 일도 없어지리라.

츠키요미자카 씨가 칸사이 장기회관에 와서 연습 장기를 두는 일도, 셋이서 함께 바보짓을 하는 일도 없어진다.

대국을 한다고 해서, 이제까지 쌓아온 우정이 사라지지는 않는다.

하지만, 우리는 장기에 인생을 걸고 있다. 기사에게 타이틀은 목숨이다. 목숨을 걸고 싸우는 이상, 둘 다 멀쩡한 상태에서 결판이 날 리가 없다.

장기는 격투기가 아니기에 몸에 상처가 나지 않는다.

상처를 입는 것은 바로 마음이다.

그래서 깊은 것이다. 몸에 난 상처라면 언젠가 낫지만, 마음에 난 상처는 영원히 지워지지 않는다.

——오늘 이 바보짓도 내 승급 축하 파티가 아니다. 결별의 연회인 것이다…….

츠키요미자카 씨도, 쿠구이 씨도, 말은 하지 않았다.

겉으로는 평소와 다름없이, 평소보다 더 바보짓을 하고 있다.

하지만 두 사람이 목숨(타이틀)이 걸린 대결을 펼치는 것은 이번이 처음이기에, 이렇게 함께 바보짓을 하며 확인하고 있는 것이다.

언젠가 사투를 벌일지라도, 두 사람의…… 우리의 관계는 언젠가 다시 원상복귀되리라는 것을…….

사투를 벌인 직후에는 상처가 있을지도 모르지만, 언젠가는 아물 것이라고 믿는 것이다.

그 심정을 눈치챈 나는 뒷좌석에서 농담 투로 이렇게 말했다.

"그냥 확 사이좋게 사고나 당해요! 방해꾼이 사라지면 내 제자가 타이틀을 따기 쉬워질 테니까요."

"마치. 후진기어를 넣어. 저 쓰레기를 뒷좌석 채로 뭉개자."

"오케이!"

"우와아아아아아아아아아아! 왜, 왜 나는 진짜로 짓뭉개려는 건데요?! 무서워! 죽겠어! 무서워, 죽겠어, 하지 마, 하지 마, 하지 마아아아아아아——————!!"

그로부터 사흘 후.

칸토에서 열린 도전자 결정전은 여류 타이틀 보유자가 격돌하는 대격전이 됐다.

서로가 승부에 집착하며 두 번의 천일수가 발생한 이 대국은 제한시간이 짧은 여류기전으로서는 이례적일 정도로 밤까지 계속됐다. 그리고 도전권을 거머쥔 자는 집념이라 해도 과언이 아닐 만큼 끈질기게 버티면서 역전승을 거뒀다.

그 도전자는 바로――――― 츠키요미자카 료 여류옥장.

대국 후의 인터뷰에서 기자가 타이틀 탈취를 향한 포부를 묻자, 도전자는 '도전하는 이상, 탈취는 최소 목표. 상대를 죽이고라도 빼앗겠다.' 라고 말했다.

봄. 교토에서 벚꽃이 흩날릴 즈음.

산성앵화전(山城櫻花戰)이, 시작된다.

역자 후기

안녕하십니까. 근로청년 번역가 이승원입니다.
『용왕이 하는 일!』 7권을 구매해 주셔서 진심으로 감사합니다.

5월이 되자 본격적으로 추위가 가신 듯한 느낌이 듭니다. 며칠 전까지만 해도 추워서 전기장판을 켰습니다만, 이제는 밤에 창문을 열어둬야 할 정도로 훈훈하네요.

하지만 며칠 안 되어서 본격적인 더위가 시작되겠죠. 슬슬 선풍기를 꺼내야 할지도 모르겠습니다.^^

그리고 슬슬 장마 준비도 해야겠네요.

집이 워낙 낡아서 물이 새는 곳이 꽤 있는지라, 장마가 시작되면 물방울이 뚝뚝~ 떨어집니다.

작년에 시멘트 새로 칠하고 방수 페인트 공사도 했지만, 봄비만 내려도 천장 곳곳이 축축해지는 걸 보면 다시 공사를 하긴 해야 할 것 같습니다, AHAHA.

……언젠가 돈 많이 벌어서 이런 공사를 전문가에게 의뢰하고 싶네요. 오래간만에 로또 생각이 간절합니다.^^

그럼 본편에 관한 이야기를 좀 해 볼까 합니다.

스포일러가 포함되어 있을 수도 있으니 본편을 읽지 않으신 분들은 유의해 주시길!

이번 메인은 바로 야이치의 스승인 키요타키 코스케였습니다.

야이치와 긴코의 스승으로서 오랫동안 두 사람을 가르쳐왔고, 결국 장기계의 최정상의 자리에 올려놓은 위대한 장기기사. 하지만 자신의 실력이 쇠퇴하고 있다는 사실을 깨닫고 은퇴를 고민하게 됩니다.

컴퓨터 소프트를 통한 장기가 주류를 이루면서 자신이 시대에 뒤쳐지고 있다는 것을 자각하죠.

이런 상황에서 구질구질하게 장기계에 남느니, 명인 도전자로서 깔끔하게 은퇴하는 편이 낫다는 생각을 가지게 됩니다.

하지만 장기에 대해, 그리고 자신에 대해 돌아보는 계기를 얻은 키요타키는 초심으로 돌아가 다시 시작해 보려 합니다. 장기계의 존경받는 어르신으로서가 아니라, 장기를 좋아하는 한 사람의 장기꾼으로서 말이죠. 그런 그에게 공감한 수많은 이들이 『키요타키 도장』이라는 이름으로 그의 곁에 모여들고, 그들과 함께 절차탁마한 그는 순위전 강등이 걸린 중요한 일전에 임하게 됩니다.

이번 권의 키요타키를 보면서 저 또한 여러모로 공감했습니다. 아니, 인생을 살아가는 이라면 누구나 키요타키와 같은 처지에 처하는 일이 있지 않을까 생각합니다. 과학의 발전에 의해 자신의 입지가 위협받고, 직접 가르친 후배에게 추월당한 위기에 처한 끝에, 명예로운 은퇴와 꼴사나운 발악 사이에서 고민하는 인간…… 그 어느 분야에서나 일어날 수 있는 일일 거라 저도 생각합니다.

이번 권에서 키요타키의 행동은 그런 고민에 처했을 때 내놓을 수 있는 희망적인 선택지 중 하나이며, 언젠가 저도 비슷한 상황에 처했을 때 키요타키처럼 멋진 선택을 할 수 있으면 좋겠다고 생각했습니다.^^

그럼 이만 줄이겠습니다.

재미있는 작품을 맡겨주신 노블엔진 편집부 여러분께 감사드립니다. 앞으로도 잘 부탁드립니다.

밀면 마니아 악우여. 밀면이 맛있는 음식이라는 건 공감하지만, 새벽 네 시에 연락해서 24시간 밀면집 찾았다며 가자고 말하는 건 좀 그렇지 않느냐. 그리고 내가 마감 때문에 안 자고 있을 거라는 걸 꿰뚫어 보다니…… 이 무시무시한 놈!

마지막으로 제게 버팀목이 되어주시는 어머니와, 『용왕이 하는 일!』을 읽어주신 모든 분들께 진심으로 감사드립니다.

감상전의 양대 히로인의 혈투(?)가 펼쳐질 『용왕이 하는 일!』 8권 후기에서 다시 뵙겠습니다!

2018년 5월 중순 역자 이승원 올림

용왕이 하는 일! 7

2018년 06월 20일 제1판 인쇄
2018년 07월 01일 제1판 발행

지음 시라토리 시로 | **일러스트** 시라비 | **옮김** 이승원

펴낸이 임광순 | **제작 디자인팀장** 오태철
편집부 황건수 · 신채윤 · 이병건 · 이홍재 · 김호민
디자인팀 박진아 · 박창조 · 한혜빈 · 김태원
국제팀 노석진 · 엄태진

펴낸곳 영상출판미디어(주)
등록번호 제 2002-000003호
주소 21311 인천광역시 부평구 평천로 132 (청천동)
전화 032-505-2973(代) | **FAX** 032-505-2982

ISBN 979-11-319-8259-4
ISBN 979-11-319-5731-8 (세트)

노블엔진(NOVEL ENGINE)은 영상출판미디어(주)의 라이트노벨 및 관련서적 브랜드입니다.

NOVEL ENGINE

시라토리 시로 관련작 리스트

[소설]

용왕이 하는 일! 1~7

· 글 : 시라토리 시로 / 그림 : 시라비 / 감수 : 사이유키

[코믹스]

용왕이 하는 일! 1~4

· 만화 : 코게타 오코게 / 구성 : 카즈키 (원작 :시라토리 시로/캐릭터 원안 : 시라비)

청춘의 상상, 시동을 걸어라!